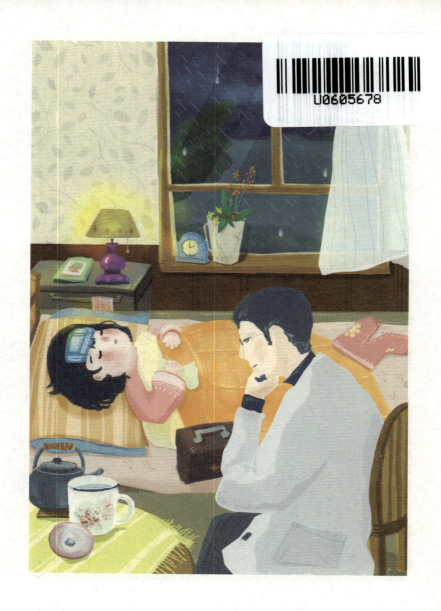

好不辣德皮特 / 绘

好不辣德皮特 / 绘

好不辣德皮特 / 绘

好不辣德皮特 / 绘

周末

餐厅

小 森 / 著

重庆出版集团 重庆出版社

图书在版编目（CIP）数据

周末餐厅 / 小森著. —— 重庆：重庆出版社，2017.5
ISBN 978-7-229-12082-5

Ⅰ．①周… Ⅱ．①小… Ⅲ．①长篇小说—中国—当代
Ⅳ．①I247.5

中国版本图书馆CIP数据核字(2017)第056973号

周末餐厅
ZHOUMO CANTING

小森 著

责任编辑：吴向阳 谢雨洁
责任校对：李春燕
装帧设计：何海林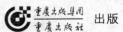

重庆出版集团
重庆出版社 出版

重庆市南岸区南滨路162号1幢 邮政编码：400061 http://www.cqph.com
重庆市国丰印务有限责任公司印刷
重庆出版集团图书发行有限公司发行
邮购电话：023-61520646
全国新华书店经销

开本：890mm×1240mm 1/32 印张：8.125 彩插：8 字数：226千
2017年5月第1版 2017年5月第1次印刷
ISBN 978-7-229-12082-5
定价：38.00元

如有印装质量问题，请向本集团图书发行有限公司调换：023-61520678

目　录 | CONTENTS

远 处 的 灯 光

1

午夜 12 点，夏季的闷热依旧令人喘不过气来，街道上有钱买空调的住户少得可怜，家家户户都把电风扇调到最大挡，枕边还要备一块擦汗的毛巾，上面洒了足量的花露水，用来驱赶蚊虫。整个夜晚风扇声哗哗作响，夏日里没有谁能睡个安稳觉。

街道口有个垃圾箱，夏天食物馊得快，却依旧吸引来不少饥肠辘辘的野狗，它们在垃圾箱里翻找食物，找到后便相互争抢，发出吵闹的犬吠声。不知不觉，街道上弥漫起阵阵薄雾。

"喵……"

这声猫叫就像一个暂停键，野狗停止争抢，眼珠咕噜噜地在眼眶里打转，1 秒钟之后野狗扔下食物四处逃窜，炙热的温度明显下降。薄雾里走出一只黑猫，它打了个哈欠，吐出猩红的舌头，径直走过垃圾箱，黑猫对这样的食物没有兴趣，步伐轻盈地朝街道最深处走去。

这个时间，只有一家小店还亮着灯，黑猫跳上窗台，顶开倚着的木窗，熟门熟路地往里挤。

"守门人死了。"

说话的是一位中年男子，他一身黑袍，包裹全身，完全不顾及现在的气温，手里拿着一根绳子，面无表情地半跪在一位老人面前。

老人摘下老花镜，杂乱的眉毛有些花白，眉头微皱，一双眼睛犹如老鹰一般，令人毛骨悚然，"别这么说，他本来就没活过。"

"是裘铭杀了他。"

"裘铭？"老人合上书，刚进屋的黑猫跳进他怀里，"终究是意外死亡这一块，也好，这么多年了，我也想来点变动，你说对不对？"老人拍拍黑猫的头，黑猫慵懒地叫了一声，舒服地眯起眼睛。

屋外温度骤降，睡梦中的人伸手去拉一旁的被子，打雷了，暴风雨要来了。

2

拴在外面的细犬叫个不停，李玉荣催老公出去看看，是不是偷鱼的来了。

"你听不到吗？外面风那么大，是要下雨了，随它去吧。"

周劲睡意正浓，听到外面刮大风，估摸着是要下大雨了，能有多大事，翻了个身继续睡。

"去看看，万一有人呢。"

"没事！"

"赶紧去吧！"李玉荣踢了他两脚，周劲实在没办法，只好睡眼惺忪地出去。

"拿把伞！"

"知道啦！"

周劲心里骂着臭婆娘，手却听话地拿起门边的雨伞，推开门，外面狂风大作，但还没见雨点。细犬见主人出来，低头呜呜了两声，干瘦的肋排在月光下清晰可见。周劲关上房门，打开手电筒，原来是用作狗窝门的木板被风刮走了，周劲有些费力地把木板拖回来，没走两步就忍不住打了个喷嚏，奇怪，不就是要下雷阵雨嘛，怎么温度降了这么多！周劲把木板重新绑在狗窝前，呼了口气，真是个讲究的狗祖宗，知道下雨天要有门挡雨，所以费那么大劲把自己吵醒。

"这回好了吧！"周劲拍拍手上的灰尘，有些吃力地站起来，硕大的肚子在任何时候都是个累赘。

"汪，汪，汪……"

细犬依旧叫个不停，周劲打着电筒四处张望，并没有发现什么可疑的人，只是气氛确实古怪，因为相比平时视线太清晰了。

周劲脚下的鱼塘是家里众多鱼塘中的一个，位置有点偏，靠着一座山，因为这座山终年起大雾，所以被村里人唤作雾山。雾山在村里的口碑并不好，有一些奇怪的传言，而且都很邪门，不过多亏了这点让人心存忌惮，使得鱼塘平时很少遭贼，因为胆小的都不敢来。不过今天有点反常，平时那么重的雾，整个鱼塘都会被包裹，现在反倒没有了，而且更让周劲想不通的是雾山上的灯光，按理说山里是没有人的，怎么可能会有光亮。也许是平时雾气太重，把里面的一切都挡住了，难得今天刮大风，就把雾山上的雾给刮走了，周劲决定过去看看，看看是哪位胆大的邻居住在山上。

3

周劲在一棵大树旁找到了上山的路，碎石小道，蜿蜒而上，尽头就亮着灯光。周劲拿着电筒一路前行，雾山上风很大，所有树木都像抽了疯一样张牙舞爪，还发出可怕的呼啸声，周劲心底泛起一丝胆怯，却不想打退堂鼓，腿脚打颤地往前走。

"我只是想见见他！"

周劲听到声音，立刻猫着腰往前跑了几步，是个院子，里面站着一群衣着奇怪的人。周劲把电筒关上，躲在门外一看究竟。

"为了你的一点念想，你就打死了守门人？"

打死？怎么还跟人命有关？周劲紧张地盯着说话的老头，看他的打扮，短衣短裤，灰扑扑的布料，清汤寡水没有一点花色，连家里的抹布都比这强，还光着脚，是因为天太热了吗？可是此刻山里的温度很低，周劲都有些后悔没带件衣服出来。

"我不知道他会这么不堪一击。"

"呵，那还是我的错了？"

老头声音低沉，目光紧盯着对方，周劲没来由地觉得一阵紧张，那位张口辩解的年轻人似乎也受到了惊吓，老头原地不动，他却在不断后退，一脸恐惧。

"我早已习惯意外收录者的背叛，不过现在似乎有点严重，我的守门人居然被杀了，看来我得改变策略了。"老头一脸平静，他把别人的恐惧和不安当做理所应当，只管讲述自己的想法，完全不在乎眼前的年轻人已经痛苦地跪倒在地。而老头身后站着一整排黑衣人，他们都用漠然的神情望着前方，纹丝不动犹如静止的木偶。周劲有点看不下去了。

"得再找一个喽，噢不对，是再找两个。"老头似笑非笑地转过身，"不过守门人这次……"

老头话还没说完，惊人的一幕发生了，一整排收录者同时挥起手中的绳子，绳子在展开的瞬间变成幽蓝的长鞭，老人消失在空气中，十几条鞭子瞬间绑在同一个人身上，就是刚刚那位跪倒在地的年轻人，他原想偷袭老头，没想到立刻就尝到了惩罚的滋味。消失后的老人突然出现在年轻人身旁，依旧是一副轻松的表情，想来即使没有身后的随从，他也能轻松避开年轻人的偷袭。

"下次我在选人的时候得好好看看人品，这个比较重要。"

"放开我，啊！啊！"年轻人全身的鞭子都在收紧，原本漆黑的着装变得有些透明。

"还不够。"

老头淡淡地吐出这几个字，年轻人的叫声更大了，听得周劲浑身直打颤。突然天空中闪过一片光亮，雷鸣声紧随而至，像是要把夜空撕开。

"喵……"

周劲吓了一跳，低头一看，原来是只黑猫，它正一脸敌视地看着自己，周劲伸出脚想把它赶走，可它纹丝不动根本不怕人，睁着金黄色的瞳孔紧盯周劲不放。

"哈，原来有客人。"

周劲听到院内传来冰冷的声音，吓得六神无主，这"客人"肯定指的就是自己了，这群人本来就奇怪，说消失就消失，杀人也是用这种闻所未闻的方法，还是赶紧跑吧。

"你好！"

老头探出半个身子，周劲僵住，还没走出两步，就已经迈不开步了，只好转过身，浑身哆嗦地面朝对方。即使只是在黑夜中对视，周劲也觉得分外吓人，那异常凸起的眉骨下，一双眼睛犹如鬼魅一般，只和他对视一眼，周劲的全身神经都麻痹了。

"等我处理完家务事再来招待你。"

"不不不，我只是路过，我这就走。"

周劲擦了把汗，立刻转身离开，却听到身后传来命令的口吻，"别走，请等一下，我们马上结束。"

冰冷的语气里似乎还透着礼貌，可任何见过之前那一幕的人都不可能用平常心面对他。周劲想走，可身体已不再听使唤，两

条腿不受控地跟着老头往院里走，心里的哀怨多过一切，如果手
还能听使唤，周劲一定要狠抽自己两巴掌，大半夜干吗要跑来看
热闹，这回肯定要把小命搭进去了。

周劲的到来并没让那群黑衣人感到意外，他们忙着处置叛徒，
连扫都没扫他一眼。周劲看着那位可怜的年轻人，想到自己接下
来的下场，一阵眩晕。

黑猫慢悠悠地走到年轻人面前。

年轻人脸上浮现出巨大的恐惧，用尽力气想要挣脱，大喊道：
"滚！滚开！"

黑猫眼中亮起了两团蓝色火焰，火焰投射到他脚上迅速蔓延
至全身，整个人瞬间燃烧起来。此时雷声大作，大雨滂沱，但蓝
色火焰并不受雨水影响，它摇曳着烧毁年轻人的每一寸肌肤，一
点一滴，包括灵魂。周劲彻底晕了过去，以一种扭曲的姿势，晕
倒在大雨中。

4

"叨叨，叨叨。"文静脸上挂着泪珠，她的心快碎了，外面下
那么大的雨，偏偏女儿在这个时候发起了高烧，吃了药之后不但
没有好转，还开始抽搐，"怎么办啊，要是抽坏了脑子该怎么办，
叨叨本来就身体弱。"

"别急了，已经去叫医生了，这个雨简直像是倒下来的，还打
这么大的雷，也不知道医生肯不肯来。"

说话的是叨叨的奶奶周素琴，一家人最宝贝的小孙女总是生
病，其实像这样发烧到抽搐的情况以前也发生过一次，上次运气好，
立刻送了医院。可现在是大半夜，外面又下着大雨，为了不让叨
叨病得更严重，只能把医生请来。

"我再去换盆水，别着急，急也没用。"

周素琴端着水盆出去，文静始终含着眼泪，每次孩子生病她比任何人都自责，总觉得是在娘胎里没养好，才让这些病痛跑到女儿身上。

换毛巾的时候，叨叨微微张了张眼。

"叨叨，叨叨，你醒醒。"

文静又哭起来，周素琴也赶紧凑上前。

"好……吵……打起来了。"

"你说什么？"

"鞭……子，打……起来了。"

文静捂着嘴巴哭泣，周素琴也红了眼眶，她比年轻的媳妇坚强一些，可也好不到哪去，双手合十，嘴巴里一直念着"阿弥陀佛，菩萨保佑"。可叨叨依旧不断抽搐，每一次雷鸣她都颤抖得更厉害。

"咚咚咚！"

盼了许久的敲门声终于响了，文静跑下楼，发现老公李峰已经开门进来了，站在身后的医生以前从没见过。

"实在对不起，这么晚还要麻烦您，可是孩子病得太重了，我们一点办法都没有。"

文静话语里带着哭腔，医生收起雨伞，露出一张苍白诡异的面孔。他身材高大，比个高的李峰还要高出一个头，可他太瘦了，脸颊深深凹陷，镜片后的眼睛空洞乏力，眼下浓重的乌青仿佛在向所有人解释，他已经很多年没睡了，身体左侧斜挂着一个巨大的医疗箱，是医生的行头没错，只是看起来太沉重了，与他枯瘦的身材相比，不免让人有些担心。

"带我上去吧。"医生一开口，文静就忍不住打了个寒颤，即使平日里见到的医生多半也是这样清冷寡淡，但眼前的这一位，那种寒气像是与生俱来的，有点瘆人。

"老婆。"

"哦，好的好的。"

文静回过神，赶紧在前面带路，这个医生她从没见过，不知老公是从哪里找来的。趁他在给叨叨看病的时候，文静把李峰拉到一边，低声询问起来。

"我原本想去周医生家的，可是才到半路，就碰到他了，我看他背着医疗箱，就上去问了一下，没想到真是医生，姓付，隔壁村的，也是刚看完一个孩子。"

"是吗？"文静还是有些怀疑，虽然很感激他能过来，但自己心里总有种说不上的感觉，毛毛的。

"小孩今天有去过哪吗？"

"什么？"家人都围了过去。

"听孩子奶奶说是突发高烧，白天有去哪里吗？虽然这在医学上有点说不通，但这个年纪的小孩很容易受到惊吓，大人甚至都意识不到。"

一家人面面相觑，突然周素琴想到白天带着叨叨去了一趟雾山，其实也不能说去了雾山，而是去了靠近雾山旁的一片菜地，自家在那里有棵甜梅树，叨叨想去摘果子，所以就带她去了。

"妈，您怎么能带叨叨去那呢，村里都有好几个小孩，去那之后回来就生病了。"

"哎，是我不好，我见天气好，叨叨又高兴，所以就把这事给忘了。"周素琴有些过意不去，平时儿子、儿媳在外面上班，孙女都是她带，以往很注意这种事的，今天居然疏忽了。

"找到原因就行了。"付医生冷冷地打断，他没耐心听别人争吵，"小孩子难免的，这个给您，你们都下楼去，在门口把它烧了，稍等一会儿再上来。"

付医生递给他们一张类似符纸的纸片，一家人明白地点点头，文静却站着不动，还是李峰推了她一下，她才跟着下楼。

"我怎么觉得这个医生怪怪的。"

"我觉得还好啊。"李峰不明白老婆为什么这么想。

"医生会让烧这个？"

"其实大医院也会碰到这种情况，找不到病因，就从病人心态上解决。而且咱们这儿的雾山邪门，这你也不是不知道，附近一带的医生多少都备点这个。"

听老公这么解释，文静便不再多言，只希望这个付医生真的能治好叨叨。

"鞭子。"

叨叨又说了一句胡话，付医生打开医疗箱，里面没有医生常用的工具，都是些液体，颜色不一，用玻璃瓶装了满满一箱。付医生挑了一瓶泛着红光的，小心扶起叨叨，让她喝下。

喝下液体后的叨叨没一会儿就停止了抽搐，慢慢睁开眼睛，迷糊地看着面前的陌生人问："你……是谁？"

"我姓付，叫我付医生就好。守门人不行了，要不然你也不会生病。"付医生伸出手，修长的手指骨节分明，他摸了摸叨叨的额头，那种冰冷，叨叨一辈子都忘不了。

"守门人是谁？"

"这个你不用知道，好好长大吧，把今天看到的当成一场梦，好不好？"

叨叨虚弱地看着付医生，听话地点点头："谢谢你。"

付医生轻笑，没料到这样的小娃娃，已经病得天旋地转了还知道向别人道谢，不过她很快就会将看到的全部忘记，重新过上正常人的生活。

"守门人就是打输的那个吗？"

付医生微微皱眉，合上箱子回到床前，小女孩脸颊绯红，一双精灵般的大眼睛因为发烧看上去有些无力。"你还记得什么？"

"两个人打起来，穿黑衣服的人赢了。"

"守门人活着……那么大的雾，你怎么进去的？"付医生心中有些不解。

"奶奶在干活，我就进去了，他们，他们……"

叨叨没说两句就睡着了，付医生撇撇嘴，推了一下鼻梁上的眼镜，"老头什么都爱提前准备，小姑娘，看来后会有期了。"

一家人在楼下待了好一会儿，始终听不到付医生的招呼，才记起医生只说在楼下等会儿，便轻声往楼上走，发现房间里除了叨叨没有其他人，那个奇怪的付医生不见了。

"退烧了！"

文静趴在床头欣喜地说道。

后上来的李峰脚步声有点匆忙，见屋内没有付医生的身影，瞪着眼看着老婆和母亲，恍惚地说道："付医生的伞……不见了。"

5

"我要找一个孩子。"

"您要找哪家的孩子，我帮您找吧。"

"我要找一个孩子。"

他总在重复这句话，声音空洞缥缈，讲话像是在念咒。叨叨看不清他的样子，因为从始至终他都背对着她。

"您不冷吗？"

他每次都穿着短衣短裤，连鞋子都没有，一双青筋凸起的脚，用力抠着地面，像是要往土里扎根。他应该很老了，袒露的肌肤上布满老人斑，干巴巴的，像是揉皱的纸片。

"我要找一个孩子。"

"我帮您找，但您要找什么样的呀？"

"找什么样的？醒醒，醒醒。"

不知为何，妈妈的声音穿插进来，老人消失了，叮叮被摇醒了。

"你啊，肯定是白天玩得太疯，说了一晚上的梦话，奶奶过来看了你好几次，叫都叫不醒。"文静手里拿着衣服，坐在叮叮床边，让她赶紧起床。

"我做了个梦，梦里有个老爷爷，他要找一个小孩。"

文静不接叮叮的话，将毛衣领口拉开，叮叮很配合地将头伸进去，"他不怕冷，大冬天也穿短袖。"

"所以说那是做梦啊！"文静拖长尾音，一把将叮叮抱下床，很显然，她对女儿的梦兴致不大，"今天都结冰了，家里水管都冻裂了，现在还穿短袖肯定得冻死。"

"可他还跟我说话呢。"

"行了行了。"文静打断叮叮的解释，脸上浮出一丝不耐烦，"我怎么记得你和我说过什么老爷爷的，那都是梦，都是假的，赶紧下楼吃早饭，等会儿送你去幼儿园。"

"他真和我说话了。"

"是，他是和你说话了，但那都是你的想象，有时候觉得你挺小大人的，但现在看来，你就是个幼儿园小朋友。"

文静开玩笑地说这番话，却让女儿觉得很扫兴，在叮叮看来大人总不把小孩的话当回事，像现在妈妈总认为她是在说胡话，可这个梦叮叮做了好几次，而且一次比一次清晰，说不定下回老爷爷就该告诉自己他要找的小孩是谁了。

叮叮挨着床边等了一会儿，妈妈还在整理床铺，房间里开了暖气，叮叮有点闷，就跑去阳台，推开房门的瞬间，寒风扑面而来，一下就把她冻清醒了。叮叮踮着脚趴在阳台上，使劲伸长脖子，地面白茫茫一片，昨晚下霜了，寒霜下的庄稼隐约透着枯黄，天寒地冻里满是单调。不过也有例外，叨叨吸吸鼻子，庄稼地的尽头有座山，无论春夏秋冬，它都笼罩在大雾里，仿佛大雾天才是它唯一的节气。

"还是种四季常青的树好，什么时候都是绿的。"文静不知何时来到叨叨身后，她也在眺望远处的雾山，虽然大雾弥漫，但里面总透着青翠，泛着生机，"小心着凉了，赶紧下去吧。"虽然在女儿面前表现得不动声色，但文静心里总对雾山抱有想法，夏天时叨叨的突发高烧仍历历在目，所幸结果还好，叨叨没两天就康复了，也没留下什么后遗症，就是总爱做梦，每天醒来的第一件事就是和家人说梦到了什么，虽然有些小话痨，但看到她活泼依旧，文静也算知足了。

叨叨家的房子坐落在南方的一个小山村，上下三层，住了三代人，爷爷奶奶，爸爸妈妈还有叨叨自己。爷爷今年 10 月份从公司退休，往常他都住在单位，周末才会回家，而现在每天都待在家里，帮着奶奶干农活。叨叨喜欢一家人在一起，其乐融融的，也热闹。

"爷爷早，奶奶早。"

"早，快吃吧，别迟到了。"

奶奶正在剥一个滚烫的鸡蛋，不知她从哪里听来的妙招，说是煮好的鸡蛋不放在凉水里过凉可以更香，为了让叨叨吃到最香的鸡蛋，她坚决不碰凉水，所以在那儿左手抛到右手，鸡蛋怎么剥都粘壳。

"爸爸呢？"

"在加水，怕发动机冻坏，昨晚把水放了。"奶奶说着把鸡蛋放进叨叨的粥里，其实叨叨最讨厌吃没味道的东西，这一点和李峰很像。李峰平时总找借口出去吃，周末的时候也会带上叨叨，不过今天要上学，鲜美的小馄饨是没希望了，叨叨勉为其难地喝了几口粥。

叮叮家与幼儿园的距离，就隔了一条马路，李峰的车没开出几米就到了。因为一家子的急脾气，每次说要迟到了，结果还是早到，今天更是早得离谱。

门卫大爷虽然一脸不情愿，但还是提早给叮叮开了门，毕竟有家长在，而且在这个小山村里，每个人都彼此认识，低头不见抬头见，总要给对方留点面子。大爷开门的时候朝叮叮使了个眼色，其实他也知道，即使不开门叮叮也有办法进去，只要没大人陪着，叮叮看到校门没开就会直接爬进去，大铁门上的条条框框就像一个扶梯，非常好爬。但最近天气太冷，又下了霜，铁门有些滑，为了安全起见，叮叮决定安分一点，免得受了伤还要挨骂。

"为什么要选一个小孩？"

"这好像是第一次。"

听到对话叮叮回过头，大爷正独自在水井边打水，"您和我说话吗？"

"什么？"

"哦，没什么，我听错了。"叮叮快步往教室跑，妈妈经常说她是一个各方面都非常灵敏的孩子，任何藏起来的零食、玩具，叮叮都可以找到。但太灵敏了，就会变得疑神疑鬼，比如很多不存在的东西，叮叮总觉得它们就在自己身边，像今天这样，听到一些莫名其妙的对话，这种事情最近总在发生，但妈妈说，那是因为她耳朵太好，就像隔壁夫妻吵架，叮叮向来听得比谁都清楚。

6

幼儿园是个大人觉得有趣、小孩却觉得无聊的地方，因为课程实在太单调，所以那么多门课只需要一位老师教。升入大班后，教叮叮的不再是毛老师，而是整天板着面孔的王老师，她既教唱歌又教画画，连接下来叨叨最喜欢的运动课也是她教，她不爱笑，脸上没有一丝笑容，小孩子都不喜欢不爱笑的老师。

"分两组，排着队上。"

眼前的这个跷跷板，平日里就放在操场上日晒雨淋，玩的人很少。王老师简单用抹布擦了擦，才上去 4 个人，跷跷板就发出吱呀声。

"一边坐 4 个，动作快一点。"

王老师的语气满是不耐烦，等 8 个人坐好了，她歪着身子按压一边，跷跷板开始随着惯性左右摇摆。这种平日里没人玩的游戏，因为今天人多，大家居然都被勾起了兴致。叨叨个子高，站得比较靠后，好朋友许静比叨叨还高一些，站在她身后，不断向叨叨炫耀她新买的衣服。两人闲聊着往前挪，离跷跷板越来越近。

"总算要轮到我们了！"

排在叨叨前一位的同学上了跷跷板，下一趟就是她们，许静看到了希望，满心雀跃。叨叨离跷跷板最近，心里控制不住地小兴奋，脚更是不由自主地往前移。

"怎么回事，坐在上面的同学不要动！"

王老师的声音突然变得很烦躁，原来无论她怎么按，跷跷板都纹丝不动。许静和叨叨对视一眼，觉得奇怪，刚走出两步想一看究竟，跷跷板就动了，而且王老师使的力气一定很大，等叨叨和许静再回头看时，跷跷板以一种恐怖的弧度垂直于地面，力量只要再过一点，整个就要翻身，坐在上面的小朋友都在尖叫，还伴随着哭声，叨叨和许静吓得后退了两步。

叫声惊动了不远处的毛老师，看到这一幕，她立刻跑过来，费了好大劲，才与王老师一同把跷跷板稳住。

"干吗那么用力？"

"不知为什么，刚刚怎么都按不动。"

"小心点，真要出点事怎么办！"

王老师急得满脸通红，看到学生没受伤，才松了口气，一个劲向毛老师道谢。叨叨和许静呆呆地站在原地，刚才那失控的跷跷板实在太吓人，要是真翻过去了，情况就严重了。

"这不是你该管的事。"

"我怕压到她脚。"

"走吧，还有很多事情要熟悉。"

又是早晨的声音，而且就在耳边响起，叨叨四下张望，可身边除了同学，没有其他人。

"你怎么了？"许静见叨叨慌慌张张的，以为她吓到了。

"没事，我以为有人和我说话。"叨叨假装听错让许静放心，但这一次她很确定，一定有人在讲话，而且还与刚刚这件事有关，可为什么总看不见人呢。

因为这件事，跷跷板被禁了，老师们把它放置在学校的最角落处，堆积灰尘，蔓延锈斑。每次放学的时候，叨叨都会远远地看着它，不知为什么，总觉得它有点委屈。

7

过年的时候，爸爸送了叨叨一个礼物，一种可以用嘴巴吹的画笔，往笔管里加入不同的颜色，对准已有的图框，用力吹几秒，一幅前所未有的绚丽画作就完成了。这个礼物伴随叨叨度过了单调的冬季，等到迎春花开放的那天，叨叨再次用力吹笔管，最后一滴颜料也被她吹干了，不过，春天到了。

这是叨叨在幼儿园的最后一个学期，她还是不喜欢王老师，因为她总是心不在焉，对学生提不起兴致。像现在，好好上着课，王老师却在忙自己的事，让班长蒋馨云当小老师，站在讲台边，负责抓讲话的学生。

许静凑过来和叨叨说话,叨叨朝她摇摇头,指了指蒋馨云,她正在不远处抓人,讲台旁已经站了快有半个教室的学生,他们在台下讲,上了讲台也在讲,所以教室里依旧闹哄哄的。让小孩管小孩,纯粹就是闹着玩,这一点连叨叨都明白,但王老师却在放纵这种行为。

叨叨自顾自画画,听到一句"你上去站会儿",声音里带着玩笑。叨叨抬头一看,是蒋馨云,她面带微笑,这句话是与叨叨说的。

"可我没讲话。"

"你上去站会儿。"见叨叨还嘴,蒋馨云一下就来劲了,还走过来拽叨叨的胳膊。

"我又没说话。"叨叨一把推开她,面带愠色地看着对方。

"但我看到了。"蒋馨云是班里长得最高的女生,喜欢扮大人,知道如何讨老师欢心,就像现在,她明明在撒谎,却还要摆出一副理直气壮的样子,见叨叨坐着不动,就跑上台告诉老师。但叨叨无所谓,她知道自己没讲话,没做过的事情,自然没必要承认。

蒋馨云挨着讲台说了好一会儿,叨叨看到王老师朝她挥挥手,教室里顿时安静了。叨叨放下画笔,心有不安地走过去。

"让你站上来为什么不站啊?"王老师依旧是满脸的不耐烦,这副样子让叨叨很反感,一旁的蒋馨云一脸得意,像极了童话故事里永远不说好话的巫婆,眉眼上扬,嘴角边挂着讥讽的笑容。

"我又没说话,为什么要站?"被老师发问,虽然有些紧张,但叨叨不会承认自己没做过的事情,"你真的看到我讲话了吗?"叨叨将目光转向蒋馨云,盯着她。

"我,我……"蒋馨云变得有些结巴。

"好了,都回去吧。"王老师不知是替蒋馨云解围,还是恰巧忙完了手头的事。她站起身,开始管纪律。叨叨回到座位,许静一脸佩服地对她说："你居然敢反抗蒋馨云，好厉害啊。"叨叨没理她，继续画画，她并不觉得自己厉害，只是将事情说明而已。

但得罪班长，终究不是件好玩的事。自从那节课以后，小朋友们都不找叨叨玩了，除了许静，她是叨叨最好的朋友，也不喜欢蒋馨云。那段时间，两人的关系好到可以去结拜。

每天放了晚学，叨叨和许静都会在村口玩，那里有一整片荷花郎，一朵朵紫色小花，聚集在一起，散发着淡淡的甜香。两人并排躺在上面，仰头看着天空，天空湛蓝澄澈，云朵很少，像是被扯散的棉花糖，没什么形状。

"我们结拜成姐妹吧，你喊我姐姐，怎么样？"

叨叨应了一声，点点头，荷花郎挠得她耳根发痒，一扭头就看到不远处的雾山，真是好奇怪，即使天气再好，那座山依旧笼罩在大雾里。

"许静，你爬过那座山吗？"

"那座呀！"许静直起身，"我妈说小孩是不能去的，去了就会生病，那里有些奇怪的东西。"

"奇怪的东西？"

"是啊，专门吸小孩灵气的。"许静摆出鬼脸，张牙舞爪地演起来。只是那样子一点都不吓人，反倒有些搞笑。

"你不觉得奇怪吗？天气这么好，怎么就它起大雾呢？"

"去看看吧。"

"去看看？"叨叨震惊地望向许静，不过很显然，她又一次听错了，以至于许静以为是叨叨提议要去雾山看看，手摆得都快有重影了。

"不去不去，真要招了不好的东西回来，多恐怖，我们回家吧。"

许静把叨叨从荷花郎上拉起来，她不喜欢叨叨的提议，确切地说应该是某个声音的提议，只是叨叨一直不敢和她讲明，许静是她唯一的朋友，叨叨不能因为总听到一些奇怪的声音，就让她觉得自己是一个怪人，然后再也不理自己，那可比得罪蒋馨云要难受得多。但刚刚听到的明明是女声，与早上的声音不同，难道有很多这样看不见的人吗？

回到家，已经是 5 点半了，奶奶在做晚饭，其他人都还没回来。叨叨打开客厅的电视，今天是周五，平时这个点都放动画片，但今天放的是木偶戏，这是叨叨最讨厌的节目，木偶长得很难看，还叽叽喳喳吵个没完。

"你把这个端给太婆婆。"

奶奶递给叨叨一碗白饭和一碟菜，里面盛着豆腐咸菜，还有红烧鱼。

"让太婆婆少念点经，多出来走走。"

"哦。"

叨叨接过碗碟往后院去，她还有一个太婆婆，快八十岁了，平时不和他们住一起，一个人独自住在后院。后院有间老房子，狭窄冗长，阳光照不进去，终年泛着霉味。叨叨去后院的次数比较少，因为太昏暗了，她也不喜欢那里的味道，一股灰尘和泥土在霉菌里发酵的味道。但叨叨挺喜欢太婆婆的，每次有好吃的太婆婆就会叫人转交给她，比如叨叨并不爱吃的柿饼。

"太婆婆，吃饭了。"

叨叨推开虚掩着的木门，一股淡淡的霉味钻进鼻腔。太婆婆正在念经，叨叨知道她的习惯，念整遍的时候不能被打断，所以叨叨踮着脚，将饭菜放在八仙桌上，然后爬上一旁的竹椅，坐在上面等她念完。

"太婆婆，明天开始就和我们住吧，这里太暗了。"

后院还是最陈旧的砖块地，不像叨叨住的房子，铺了好看的花岗岩。

"我老了，就喜欢住这儿，不想挪地方。"

太婆婆走过来吃饭，她颤颤巍巍，动作缓慢，叨叨想下来扶她，却被她制止了。

"你姑婆送了好多饼干过来，拿回去吃吧。"

"不用了，我有。"奶奶一再告诉叨叨，别拿太婆婆的东西，留着让她自己吃，这一点叨叨一直记着，加上自己零食很多，又都是自个喜欢的，所以这次叨叨一定不能拿。

"不拿就不拿吧。"见叨叨推了好几次，太婆婆也不再坚持，放下手里的筷子，一声不吭地走进里屋，叨叨以为她生气了，赶紧跟进去，却看到她拿了几本书出来，"吃的不要，书总要吧。这还是你爸爸的，以前放在这里，都快忘了，都是故事书，有图片，你应该看得懂。"

叨叨接过图书，书页都泛黄了，拿在手里只比手掌大一些，"谢谢太婆婆，那我回去了，您慢慢吃，晚点我再过来拿碗，奶奶说了放着别洗。"

"知道了，去吧。"

叨叨捧着书跑出后院，天已经变黑，只能勉强看清书上的图片，像是哪吒闹海，爸爸前阵子给她买了彩色版的，现在已经被翻烂了。

"吃晚饭啦！"

奶奶站在后门喊她，叨叨大步往前跑，使劲向她挥着手里的书，"奶奶你看，太婆婆送我的书！"

"这小孩挺乖的。"

"也蛮有脾气啊。"

"也许她真的适合。"

两个苍老的声音。

8

6月份的天气闷热多雨，阴霾了一整天，雨点时有时无，等到放晚学的时候，居然出太阳了。

小孩的记忆很短暂，前阵子都跟着蒋馨云孤立叨叨，现在又有人愿意和她说话了，集合了六七个人，并排站在乡间小道上比赛跑步。

相比其他圆鼓鼓的小朋友，叨叨和许静跑得最快，撒开腿一路狂奔，觉得身后没人了才停下来。回头一看，好几个小朋友已经停下来走路了，叨叨和许静站在路边等他们，突然听到几声猫叫。

叨叨循着声音跨过田埂，弯下腰，拨开眼前的草堆，里面果真有一只小猫，睁着圆溜溜的眼睛，身体软软的，耳朵还有些透明。

"黑猫欸。"

"怎么了？"叨叨抱起小猫仔细打量，确实是很纯粹的黑色，连一点杂毛都没有。

"我妈就是不让养黑猫，说黑猫身边总围绕着一些不干净的东西。"

许静又开始胡说八道，叨叨故意把小猫捧到她面前，吓得她直往后退，"拿走拿走，说不定还有跳蚤呢。"

其他小朋友也围上来，应该是许静大呼小叫的样子吓到了他们，一个个都往后躲，好像叨叨手里真的抱了只怪物。

"不和你们玩了，我先回家了。"

不管他们怎么看，反正叨叨挺喜欢这只小猫的，捧在手里也温暖，还时不时叫两声。叨叨一路小跑回到家，奶奶已经开始做晚饭了，见她抱着小猫回来，拿着锅铲冲她直嚷嚷："哪里抱回来的，赶紧扔掉，别把衣服弄脏了。"

"我先去给它洗澡，洗了澡就不脏了。"

"你养不活的。"

"谁说养不活，现在扔了才活不了。"

叮叮了解奶奶的脾气，她对自己坚持的事情向来没办法，争论了两句之后，只好关了煤气，帮叮叮把洗澡的东西都准备好。叮叮往凉水里兑了些热的，摸起来水温合适，这才将小猫放进去，挤了些洗发膏，小心给它揉搓。

洗完之后，小猫叫得厉害，无论叮叮怎么摸它，怎么和它说话，都没有用。素琴觉得小猫应该是饿了，让叮叮找点吃的去，但这么小肯定不会吃鱼啊。

"去问问太婆婆，她那好像有奶粉。"

一听有奶粉，叮叮立刻往后院跑，正火急火燎地准备往屋里冲时，却听到里面传来剧烈的咳嗽声，叮叮心里一惊，怎么咳得这么厉害？停下来缓了口气轻轻敲门，听到回应后才推门进去，太婆婆正拍着胸脯喝茶，过了好一会儿才把气捋顺。

"您感冒啦？我告诉奶奶去，让她给您买药。"

"不用不用。"太婆婆喊住叮叮，又咳了两声，问她有什么事。叮叮把捡到猫的事从头说了一遍，太婆婆起身给她拿了两袋奶粉，催叮叮快走，说咳嗽会传染，免得她也生病。

叮叮一回家便向奶奶描述太婆婆的情况，她应了一声并没有多说，叮叮心里却担心得很，蹲在地上也有些心不在焉。小猫胃口倒是很好，它饿坏了，一碗冲泡好的奶没一会儿就被舔干了，叮叮摸着它鼓起来的肚子，心想现在离吃晚饭还早，不如带它出去散散步。

"小猫，你说我太婆婆是不是生病了。她以前不咳嗽的，等会儿我要告诉爷爷，让他带太婆婆去医院看看，年纪大了就是会生病，你说这个世界上要是有长生不老药那该有多好啊，这样我们一家人就能永远活着，也不会生病，还能一直陪着我。"

"喵，喵……"

小猫像是听懂了叮叮的话，在她怀里叫了两声。

"真乖，你以后就留在我家里，我天天给你买好吃的……"

叮叮还没说完，小猫就从她怀里跳了下来，自顾自地往前跑，叮叮担心它跑丢了又得饿肚子，就紧跟着不放。但跑了一会儿，发现小猫是朝雾山方向去的，叮叮放缓脚步，小猫却像是在等她一样，跑出一段就停下来歇一会儿。

"别跑了，我不能去雾山的。"

叮叮才跟上，小猫又往前跑，眼看着离雾山越来越近，雾气轻柔地贴着皮肤。叮叮心里犹豫，脑子里响起许静的那番话，"这山里有奇怪的东西，小孩去了会生病。"不知道这是不是真的，小猫没有停下来的意思，依旧往前跑，消失在了大雾里，它身后留下一条小道。叮叮跟了上来，停在路口，犹豫着要不要进去。

一阵风吹过，几朵槐花落在叮叮肩头。这清淡的花香好闻极了，叮叮抬头，却只能看到槐树最底部的花朵，一串串，晶莹剔透。槐树绝大部分枝丫都淹没在大雾里，只能隐约看到些深色树干。

叮叮伸出手握住身旁的一团雾气，凉凉的，展开手掌，雾气幻化成圆圈环绕于手腕，而另一只手腕上也出现了同样的圆环。叮叮觉得好玩，正想低头细看，双手却被猛地抬起，一股力量拽着她快速往前跑。

叮叮来不及反应，只能跟着这股力量一路小跑，奔跑中到处都是雾气，视线范围超不过两米，叮叮只盼着千万别撞上什么东西，加上跑步姿势别扭，没一会儿就累得气喘吁吁了，整个人也被雾气打湿，不经意间一颗透亮的水珠顺着发丝滴进叮叮的眼睛。

"啊！"

刺痛来得突然，像是一根针横穿过眼珠，那种尖锐的疼痛集中在一个点上，又瞬间散开。叮叮痛苦地捂住脸跪倒在地，担心有更多的水气会浸入眼睛，立刻紧闭双眼，不敢再睁开，慌乱中，手已经恢复正常。而疼痛也没有持续多久，叨叨感觉到眼睛在一点点好转。

"喵，喵……"

"小猫！小猫！"

叨叨闭着眼四处乱摸，自己都这样了，不知小猫会是什么情况，蹲在地上看能不能摸到它。没一会儿，真的在碎石旁摸到一块软软的，有点温度的皮毛，应该是小猫吧。

"小猫，你眼睛疼不疼，我现在都睁不开眼，我们赶紧回去吧。"

叨叨很着急，她始终不敢睁开眼，刚刚的经历让她觉得走出雾山是件难事。拼命在大脑里搜索来时的记忆，自己是沿着一条碎石小路跑来的，那么只要顺着这条路应该就能回去。想到这儿，叨叨立刻把脚上的鞋子脱掉，虽然有些硌脚，但这样能更好地感觉到路面。她抱起小猫，不过这次有些费劲，它好像变沉了，叨叨管不了那么多，小心翼翼地踩着地面，顺着坡路往下走。

"喵，喵，喵……"

小猫在她怀里叫个不停，叨叨总觉得它变重了，而且在她怀里不停地折腾，没走多久，小猫就从她怀里挣脱了，叨叨一下睁开了眼睛。

"小……"

一定是自己太紧张了，看东西都有些变样，但小猫明显长大了，或者说，根本不再是之前的小猫，它体型修长，皮毛黑得发亮，眼睛是明亮的金色，它朝叨叨眨了下眼，瞳孔中清晰地泛出两簇蓝光，像是火焰。

叨叨全身发麻，屏住呼吸不敢往前，黑猫朝她叫唤了两声，原本围绕在身边的大雾瞬间散去，叨叨被吓得不行，双腿直哆嗦。不过露出全貌的雾山，并没有自己想象中的恐怖，与山外一样，还能看到快要落山的夕阳，想到家就在不远的地方，叨叨有点想哭。

黑猫原地踱了几步就跑开了。叨叨松了口气，看了眼四周，发现自己身后有个院子，陈旧的铁门用大铁链拴着，一副生人勿进的架势。换成平时，这样的铁门对叨叨而言只是摆设，因为栏杆间的缝隙完全足够自己往里钻了，只是今天有点惊吓过度，眼睛的疼痛还没散去，手腕还有些疼，所以叨叨打定主意不进这个院子。既然它关着，那就是不让进的意思，还是识趣一点，赶紧回家吧。

"估计是吓着了，她才六岁，用这样的方法不合适吧？"

"这才刚开始。"

<h2 style="text-align:center">9</h2>

从雾山回来之后，叨叨原以为自己会生病，发个烧之类的，但什么都没有发生，自己身体好得很，同时为了不增加自己的烦恼，去雾山这件事并没有告诉家人。那天回到家的状态有些惊魂未定，叨叨只说是因为小猫丢了，自己找了好一会儿。奶奶正忙着准备晚饭，没有多问，只是提醒叨叨，下次走路的时候要把鞋穿上。这件事就这样过去了，眼睛也没再疼了，甚至比以前更好了，虽然叨叨以前看东西也很清楚，但从来没有像今天这样，能看到 5 米高的旗杆上有一只知了，而它的右半边翅膀还有些破损。

叨叨和许静眯着眼，抬头盯着国旗，它正一点一点往下降，速度慢得让人揪心。升降国旗这种光荣的任务，老师们向来都是交给自己最喜欢的学生来做，不用说，幼儿园里哪位学生最受欢迎，当然是蒋馨云了，今天是她最后一次在幼儿园降国旗，所以降得特别慢，因为等到下一次开学，她们就要搬去镇上的小学了。

"暑假一起游泳吧！"

叨叨点点头，等国旗完全降了下来，两人才往回走。

"我爷爷弄了两个车胎，比塑料的救生圈结实多了，到时候我送你一个，我们一起去游泳。"

许静的爷爷是修汽车的，子承父业，许静一家都往修车方向发展，生意做得有声有色。平日里他们总能找到一些废弃的内胎，简单修补后，打上气用作救生圈，有时候还有大卡车的内胎，一个救生圈可以让好几个小孩同时用。

"我先回去了，明天再来找你玩。"

"好，明天见。"

叮叮朝许静挥挥手，蹦蹦跳跳地往回跑。走进家门，便闻到浓郁的菜香，夏季的食材很多，奶奶厨艺好，每天都变着法给家人做菜。

"今天你有口福啦！后门的伯伯送了些石蟹过来，来，看看。"

奶奶揭开厚重的木头锅盖，蒸气糅合着香味扑面而来，红红的石蟹让人口水直流，如果不是奶奶说还没熟，叮叮一定要先尝一下。

"奶奶，下次教我吧，这样我以后也能给你做。"

"行，不过你现在还小，先看，看看就会了。"

奶奶用粗糙的大手抚摸叮叮的脸，她高兴的时候就会这样，见她心情好，叮叮搬了张凳子进厨房，和她说幼儿园的事。

暑假就这样波澜不惊地开始了。叮叮平日里除了和小朋友玩，就在厨房守着奶奶学做菜，妈妈最会替她作打算，为了让叮叮能更好地适应一年级，不知从哪里找了一个文具盒，打开这个生锈的铁皮盒子，盒盖上印着99乘法口诀，叮叮对乘法没有概念，但已经识数，妈妈让她把口诀背下来，说上了一年级肯定有用。叮叮不明白 4×5 为什么等于 20，但妈妈说，只要背下来就行。所以这个美好的假期又多了一件让她无法理解的事。

"$3 \times 3=9$，$3 \times 4=12$。"

叨叨边背边写，邻居过来借三轮车，看到她坐在小板凳上那么用功，直夸她好学。叨叨听着挺高兴，就更努力地背。

"5 × 5=25，5 × 6=30。"

"你在干吗？"

许静来了，手里还提着两个黑色的救生圈，她爸妈从不让她背乘法口诀，看到叨叨叽里咕噜地念着一堆奇怪的东西觉得很好玩。

叨叨给许静搬了张凳子，但她没坐，而是直接躺在救生圈上，看起来舒服极了。

"我们去游泳吧！"

"可现在才 3 点，大人还没回来。"

一听许静说要去游泳，叨叨心里就犯难了，家里一再代没大人不准去河边游泳。

"没关系的，小志也去啊，他都五年级了，还有燕群，他也要升三年级了，我们总共去 6 个人呢，不会有事的。"

叨叨有些为难，又看了眼墙上的挂钟，离爸妈下班还有两个小时，让许静再等两个小时她肯定不愿意。

"我不能去。"叨叨嘟起嘴。

"去吧，没事的，就后面的水库，水特别干净。"

许静从救生圈上爬起来，趴在叨叨身前的长凳上继续说。叨叨拿出两支已经削好的铅笔装模作样地继续削，苦着脸抱怨："我妈说水库的水很深的，连上岸的地方都没有，小孩不能去，太危险了。"

许静叹了口气，叨叨也跟着叹了口气。

"那我先去吧，你爸妈回来了你就过来，这个给你。"

叨叨接过救生圈，向她保证自己很快就过去。送走许静，叨叨就完全没心思削铅笔了，乘法口诀也不想背了，捧着救生圈一直盯着钟面，以前怎么没觉得秒针走一圈要那么久啊。

3点半的时候，车库传来动静。叮叮立刻往后门跑，原来是爷爷回来了。

"爷爷，许静他们都去游泳了，你也带我去吧！"

叮叮边说边晃他的手，爷爷向来疼她，马上就同意了。他放下手里的镰刀，锁上门，蹬着自行车带叮叮往水库赶去。

村里的水库是因为修建铁路才出现的，原本都是庄稼地，后来挖空了一边的泥土将路面地基垫高，日积月累，挖深的泥塘都变成了水库。自行车只能到达铁路南面的庄稼地，叮叮从车上下来，不等爷爷停好车，就顺着铁路旁的楼梯往上爬，上了铁路再从北面的楼梯下去，水库就在不远处，叮叮已经能看到在玩水的许静了。

可不是说只有6个人吗？叮叮远远看去明明有7个，许静、燕群，小志游得很远……还有一个应该是大人，穿着黑衣服，可为什么站在水面上。

叮叮揉揉眼睛，确实是7个人没错，那个穿黑衣服的大人低着头，看不清长相，却纹丝不动地站在水面上。这个身影叮叮觉得在哪见过，但一时想不起来了。小志就在他旁边，在水里浮浮沉沉，渐渐没了动静。许静他们在岸边玩，并没有看到小志的情况。

"爷爷，爷爷，小志不见了。"

爷爷跟过来，此时的水面风平浪静，看不出任何异样。

"你确定吗？"

"刚刚还在的。"

小志似乎沉了下去，而刚刚的那个黑衣人转眼就不见了，叮叮困惑，难道是自己看错了，不可能啊，自己连他手里的绳子都看得一清二楚，怎么会看错。爷爷向水库跑去，水面上始终不见小志的身影，叮叮的心一下提到了嗓子眼，一定是出事了。

10

小志被打捞上来的时候，天已经黑了。水库边风很大，叨叨耳旁是小志妈妈的哭声，身旁的许静一直在瑟瑟发抖。叨叨和她手拉手并肩站着，听着眼前的大人们彼此私语。

"这种地方怎么能来游泳呢？"

"是啊，都没了好几个了，大人一点都不当心，也不好好看着。"

小志妈妈的哭声更大了，许静身体一抖，叨叨松开手拍拍她的后背，轻声安慰她，许静眼角泛着泪光，鼻头红红的，她在自责，因为这次出来游泳是她促成的，结果还害死了小志。

"静儿！"

许静妈妈从远处跑来，她手里拿着干衣服，小跑过来帮许静披上。她身后还跟着叨叨奶奶，她走路慢，一脸着急，远远地看到孙女没事，才放下心来。奶奶走去一边和爷爷说话，简单交谈后就回来带她们先走。叨叨和许静各自坐在自行车上，许静还是有点蔫蔫的，一声不吭。

"以后不要来这游泳了。"

"是啊，小志这孩子可惜了，那么聪明。"

许静妈妈说话的时候看了俩孩子一眼。叨叨总在回想小志出事前的那一幕，分明有一个黑衣人在，如果小志不是被他害的，他干吗要消失？

"奶奶，我看到有人把小志按在水里。"

叨叨这话一出，立刻引来两位大人的惊讶目光，许静也瞪大了眼望着她。

"一个穿黑衣服的人，他站在水上，手里还拿着一根绳子，小志消失后他也消失了。"叨叨把看到的都说了出来。许静妈妈凑到奶奶耳边，特意压低声音说话，叨叨隐约听到"吓坏了，竖筷"之类的话，自己早该想到，她们根本不会信。

过了岔路口，两家便分开走了，这时奶奶才理会叨叨："以后不要再瞎说了，你今天看到的肯定是影子，我回去给你立一下筷子，帮你把不好的东西赶走。"

"可我真的看到了！"

"不准再说了！"叨叨的话被奶奶打断，"本来水里就有野猫，专门抓你们这样的小孩子，以后不要去游泳了，离开了水，就碰不到它了。"

"那不是猫。"

"你和许静一样，都吓坏了，你看她都不说话，你也别再乱说了。"

叨叨赌气地缩着脖子，不再吭声，也不想再解释，虽然自己心里很确定当时看到的不是影子更不是野猫，但就算坚持下去，奶奶也不会信，她总认为自己是受了惊吓，看迷糊了，所以才要去"竖筷"（当地一带常用的驱鬼法子），叨叨以前见别人弄过，一直觉得好笑，现在却轮到自己了。

因为小志这件事，游泳成了家里被禁止的一项活动。叨叨和许静对此也没了以往的兴致，聚在一起只能堆堆积木、看看电视。

夏天的傍晚，家家户户都把餐桌搬到门外，吹着晚风，喝着啤酒，啃着没加辣椒的鸡爪。爷爷和爸爸觉得味道不够，叫叨叨进屋拿醋，叨叨捧着醋瓶出来，隔壁的爷爷也向她讨了一点。

"夏天胃口不好，不吃点味道重的根本吃不下饭。"

"是啊，天气预报说大城市都到40℃了，我看呐，咱们这儿也是早晚的。"

"不一定哦，"隔了好几家的婆婆端着碗走过来，"咱们这儿有座山，帮着把温度降了不少。"

婆婆说着，拿筷子指了一下雾山，叨叨心头一颤，握紧手中的醋瓶，雾山确实不热，上次她去的时候是6月份，里面湿漉漉的还有点凉。只是现在是8月初，一年里最热的时候，不知道里面是什么情况，不过它什么时候都起大雾，一年四季应该都没差。

"我跟你们说啊，那雾山真有点邪门，"婆婆扒了两口饭，坐在别人递给她的小板凳上，开始神神叨叨地说起来，"翠菊家的儿子周劲，他不是在山脚下养鱼嘛，说是去年进过一次雾山，还是大半夜，就是电闪雷鸣的那个晚上。"

叨叨啃着鸡爪装出漫不经心的样子，却非常留意婆婆的每句话，一旁的大人围过来凑热闹，让她赶紧往下说。

"周劲说雾山上有个房子。"婆婆挑着眉看了眼身旁的人，"屋主是个老头，精瘦精瘦的，看上去特别吓人，不过周劲说，老头还请他喝茶了。"

"喝茶？胡扯吧，雾山上怎么会有人，周劲肯定瞎说的。"

"什么瞎说，他那天晚上真的进去了，下暴雨那会儿风特别大，雾都被刮散了，他那鱼塘不是离得近嘛，晚上出来巡夜，看到山上没有雾还亮着光，所以就进去了。"

"都那么晚了，正常人都已经睡了，他要怎么说还不都是他说了算。"隔壁的叔叔满脸不信，他一直觉得这个婆婆喜欢夸大事实，加上周劲这个家伙也不是什么靠谱的人，平时满嘴胡话，话里分不清几分真几分假。

"你别不信啊，对了素琴，那天晚上不是叨叨发高烧吗？你们一家肯定都没睡，有没有看到什么不一样的？"婆婆将话题扯到叨叨奶奶身上，素琴思考了一下，但摇了摇头。

"那周劲后来还进去过吗？"人群里有人问了一句。

"他说进不去了。"

"什么叫进不去？是根本没进去吧！"起哄的人多起来。

"就是进不去，你们别不信啊，他说就是因为进了一次，所以还想闯一闯，再到里面看看。但后来试了好几次，可每次只走几步，那个雾就越来越重，一开始还能勉强往里走，到最后那雾就像石墙一样，推都推不动。"

"夸张了吧，雾哪有那么重？白天的时候不还能看到一些树嘛，真要是像石墙一样，那看过去就应该是一片白的。"

"所以说邪门啊，周劲说原本雾挺薄的，但每次隐约听到一声猫叫后，雾就越来越浓。"

"猫叫？"身边的人笑出了声，开玩笑地说她又开始说书了。但叨叨却有些相信，因为确实有一只猫，可以通过叫声来控制大雾，自己亲眼见过。

"照我看啊，我们就不该去雾山，祖祖辈辈就一直说雾山不能去，那就不要去呗，反正庄稼地都长得挺好的，干吗要去打雾山的主意呢？"

说这话的是素琴，她一向守规矩，这番话也得到了大多数人的认同，婆婆见再往下讲没什么意思，干脆扯开话题，反正她那奇怪的事情多，随便拿出来讲讲都能引来一堆观众。素琴笑着进屋盛饭，但一转身脸色就沉重起来，叨叨好奇地跟过去。

"真的就没人去过雾山吗？"

"这个我不知道。"素琴递给叨叨一碗米饭，"给你爷爷的。反正我和你现在一样，也是大人说不能去，所以就一直没去。"

"去了会怎么样呢？"

"不会怎样吧，就像翠菊她儿子，如果婆婆说的是真的，那他也进去过了，现在还不是守着鱼塘在养鱼，所以啊，好端端地干吗要去雾山呢。"

"可你们不想看看里面有什么吗？"叨叨一再追问，惹得素琴有点不高兴，表情越来越严肃，"既然雾山里没有任何东西是我们的，干吗要进去呢？你记住啦，雾山不能去，上次你只是靠近了一点，回来就发高烧了，记住了，不能去！"素琴一再强调，叮叮赶紧点头，幸亏没和她们说自己去过雾山，要不然真是自找麻烦。

叮叮捧着饭出来，文静迎面走来拍了拍她的头，她也要进屋盛饭。

"你别多说啊。"叮叮听到奶奶和妈妈在说话，悄悄地往后退了两步。

"可我们确实看到雾山上有光的。"

"这种话多说无益，后来不是再没看见过嘛，别多说了，幸亏叮叮现在身体健康，想到那一晚，还有那位医生，真让人心里不安。"

叮叮听到脚步声，赶紧往屋外跑。婆婆已经扯开话题，一群人又在热火朝天地讨论。从奶奶和妈妈的对话听来，叮叮断定，雾山上一定有什么秘密。

晚饭过后，叮叮捧着西瓜跑去三楼，一个人坐在阳台上，看着星星吃西瓜。夜幕降临后，雾山不那么明显了，周围也少了白天的炎热，让人心平气和。李峰推门进来,他在工厂忙了一天,累坏了,躺在一旁的凉椅上休息。

"看那边，以后那里会建一个游乐场，到时候带你去玩。"

李峰指着东南方向，一片漆黑中亮着几簇灯光，"那要等多久啊？那时候我就长高了，不能买半票了。"

李峰笑着朝叮叮招手，让她坐到身边来："那时候爸爸一定赚够钱，不管买什么票，都带你去。"

"嗯。"叮叮心满意足地靠在李峰怀里，目光从东南角移到了正前方，灯光？叮叮猛地坐起来。

"爸爸，你看到灯光了吗？"叮叮指着不远处的雾山，不敢置信地问道。

"不是我指给你看的吗？"李峰不明白地反问，他依旧说的是东南角的灯光，在他眼里除了那里有灯光，其他地方都是一片漆黑。

11

叨叨躺在长凳上，明媚的阳光透过葡萄藤间的缝隙一点点洒落在她脸上。因为雾山上的灯光，叨叨一晚上都没睡好，现在是半上午，躺在后院的葡萄藤下，开始犯困。

"咳咳咳……"

叨叨仰起头，太婆婆拄着拐杖从屋里出来，手中还拿着蒲扇。叨叨爬起来，柔软的头发随意地搭着，一副睡意蒙眬的样子。

"太婆婆。"

"这里不晒吗？"太婆婆在长凳上坐下，一只手挥着蒲扇给叨叨扇风，另一只手给她整理头发，"葡萄熟了，晚些时候让你爸爸给你采一些回去。"

"奶油味道的？"

"嗯，喜欢吃吗？"

"喜欢。"叨叨蹦起来，跑去里屋费力地搬出一张藤椅，离爸爸下班还早着呢，不如自己采。

"太高了，你别摔着。"太婆婆有些不放心地扶着叨叨，但小重孙比想象中灵活，更知道如何把握平衡，没一会儿就采下两串葡萄，剥了皮先递给她。

"你自己吃。"

"您先吃。"

见太婆婆吃了几颗，叨叨才丢了一颗进自己嘴里，浓郁的甜香赶走一丝困顿，但她脑子里总想着雾山上的灯光，葡萄也越发没了滋味。

"你一个小娃娃，在想什么呢？"

"嗯？"叨叨回过神，迟疑了片刻还是将心中的疑惑说出来，"太婆婆，您有去过雾山吗？为什么奶奶她们都说雾山不能去呢？"

"雾山啊！"太婆婆若有所思，"在我那会儿，进雾山是要靠缘分的。"她语调很慢，像是要开始讲一个漫长的故事。

"缘分？"叮叮来了兴致，太婆婆是第一个愿意谈论雾山的人，不像奶奶她们，一说起雾山，就嚷嚷着不要多说。

"好像只有被雾山认可的人，才能进到山里面。它的那层大雾，就是一个屏障，用来筛选它想找的人。"

"那有人进去过吗？"

"有。"

叮叮倒吸一口气，认真地盯着太婆婆，她的样子不像是在哄自己，"是谁啊，您认识吗？"

太婆婆摇摇头："我不认识她，但我亲眼见她进了雾山。"太婆婆眯着眼睛，她在努力回忆，"好像是从别的地方赶过来的，背着一个布袋子。那时候我还小，在地里帮着干农活，因为村子小，彼此之间都认识，所以难得看到一张陌生面孔我就跟了过去。她好像也是第一次来，兜兜转转地在雾山外转了很久，直到在一棵大树旁发现了一条小道，她就进去了。我也是第一次见到雾山上有路，平时根本没动念头要去雾山，所以就赶紧跑了过去。"

"您也进去了？"

"我以为我进去了，一开始还能看到路，可大雾来得很快，像是墙垛一样挡在我面前，我根本进不去，所以只好回去干活了。"

叮叮有些失望，她多希望进去的是太婆婆，那自己就可以把在山里看到的情景和她讨论一下。可现在看来，自己也许是那个被雾山认可的人，但太婆婆并不是，既然这样，还是先保密为好。

"我记得那个女人的表情，"太婆婆继续将记得的一字字说出来，"她好像难过极了，还不时擦眼泪，走起路来都有些摇晃，可能这也是我为什么要跟着她的原因，想看看她到底要做什么。"太婆婆陷入回忆，叮叮不明白什么样的难过能让她如此记忆深刻。

"那您见她出来了吗？"

"没有，"太婆婆很遗憾的样子，"我是很想等她出来，可那时候要干农活啊，不见一会儿，家人就开始找了，找到了还要被责备两句。"太婆婆无奈地笑了，自己很久没有想起这件事了，但年轻时发生的事情反倒比最近发生的要记得清楚，看来真的是老了。说了几句话，嗓子又痒起来，忍不住咳了两声。

"您没事吧？"叨叨轻拍她的后背，这种连着心肺的沉重咳嗽声，最近老听到。

"没事，人老了总要生病。"

"可我希望您能长命百岁，永远活着。"叨叨一脸认真，这个想法在她更小的时候就有了，因为身边的人对她好，所以总希望他们能永远活着，永远陪在她身边。

"你还小，经历的事情太少了，等你长大了就会明白生老病死的规律，这个没人能改变。"

叨叨一知半解地看着太婆婆，她脸色灰灰的，接近泥土的颜色，说这话时语气沉重却又坦然，听得叨叨心里很不好受。虽然太婆婆还在身边，可叨叨已经感觉到了离别的气息。

12

"小点声，我爸爸还在睡觉，吵醒了会被骂的。"

"好。"

三个小朋友尽可能不发出任何声响，走路时都踮起脚尖。可屋里杂物太多，铁锹、铁锨横七竖八地放了一地，一不小心就会踩到，倒是一旁的农药罐子被码得整整齐齐，每一排都有分类。

"找到了，许静、叨叨，我们走吧。"

周燕群从竹匾下翻出一个灰扑扑的篮球，虽然有些旧，但打上气应该能用。三人依旧小心翼翼地往外走，好不容易走到门口，推开门，细犬突如其来的嚎叫声吓了所有人一跳。

"阿旺，阿旺别叫、别叫。"

很显然这条细犬并不买小主人的账，勉强不朝周燕群叫，也不肯放过许静和叨叨，朝她们龇牙咧嘴，腥臭的口水挂得满嘴都是，嚎个不停。

许静向来害怕猫猫狗狗，更何况还是这么一条长相丑陋、干瘦如柴的猎狗，早就吓得躲在叨叨身后，一步都不敢往前挪。

"别叫！"

叨叨壮胆似的吼了一声，瞪着眼朝细犬挥挥拳头，其实她心里也害怕，知道周燕群家的细犬能抓野兔，看到普通的小狗，如果主人不拉着绳子，能一口咬断对方的脖子，叨叨很担心它会挣脱绳子冲过来，但看到许静那么害怕，还是想保护一下朋友。连喊了两声"别叫"之后，细犬居然真的不叫了，还发出痛苦的呜咽声，躲进狗窝。

"快跑。"

周燕群大喊一声，两个小伙伴跟着拔腿就跑，跑出鱼塘后才停下来。

"我家的细犬太凶了。"

"是啊，好吓人。"

"下次燕群你自己回家拿。"

周劲顶着乱糟糟的头发站在门口，远远看到儿子抱着篮球，一群人有说有笑的。一旁的细犬发出"呜呜"声，周劲走上前，刚刚还听到它叫呢，怎么现在就耷拉着耳朵了，一双本就不大的眼睛眯成一条缝，完全是被打败的样子。

"你干吗？"

周劲见它一个劲地舔爪子，就把它拽到身边，原来爪子被利器划伤了，有一条红色的血印子，不过没见血。可狗窝周围哪有什么利器，难不成又是狗门，边角的地方有点尖，真是条蠢狗，这都会被伤到。

周劲站起身，伸了个懒腰，看到雾山脸色沉重起来。从去年进雾山到现在为止，已有一年多了，期间自己想了很多方法想要再进去一次，但事与愿违，那看着轻盈的白雾对自己而言就是一堵石墙，敲砸都无用。可周劲脑海里总记得那个院子，还有抱着黑猫的老头。老头阴森森的，见周劲大晚上过来，就给他泡了一壶茶，说了一堆不知所云的话，但有一句周劲一直记在心里。

"是个可怜人。"

老头说周劲是个可怜人，周劲觉得很可笑，自己哪里可怜了，老婆孩子都有了，鱼塘的生意也不错。即使平时打理鱼塘有些辛苦，但自己的收入很可观，相比村里那些在工厂里替老板打工的人，自己的日子好太多了。不过这个老头有种与众不同的气场，不像是随口而言，所以周劲总想着要再进去一次，问个清楚，可自那以后从没成功过。不过周劲最近发现了一件好玩的事，李峰家的女儿似乎能进雾山，那天自己正在鱼塘边除草，看到一个矮小的身影从里面匆匆跑出来，她似乎受了惊吓，还老在揉眼睛。槐树旁的小道在她出来后便消失了，等周劲再跑过去，已是一堵白墙。这样的场景，这一年来周劲只见过一次，但这更坚定了他内心的想法，雾山上肯定有人。

13

"不要豆沙的，我要奶油的，那个。"

周燕群指着冰箱角落的三支奶油冰棍，递给老板 50 块钱。

"小子，很有钱嘛，你爸给的？"

老板娘满脸狐疑地看着他，周燕群没吱声，接过零钱就跑了。这个年纪的小孩很少有这么大面额的钞票，大人一般不会给。不过周劲这家伙赚点钱就爱显摆，村里没有谁不知道他这两年靠养鱼赚了些钱，好几万吧，都快抵上公家厂的老板了，虽然搞不清真假，但从这孩子的出手也能看出一二。不过这么教养孩子会不会惯坏啊，大多数小孩就买5毛一支的豆沙冰棍，他倒好，一定要奶油的，老板娘伸长脖子看了眼门外，嘿，还请客，真是财大气粗。

"谢谢你，燕群。"

"不客气，吃吧吃吧，等下我们再去买萝卜饼。"

叨叨和许静咬了一小口冰棍，奶油味很浓，确实比豆沙的好吃。三个人刚刚打完篮球，就是那种彼此轮流拍，看谁拍得最多的游戏，这几天他们总在玩这个，燕群年纪最大，赢的次数也最多，还特别大方地每次都要请客吃冰棍，所以叨叨和许静都特别喜欢跟着燕群玩。

"你家人真好，给你那么多零用钱。"许静很是羡慕，她平时根本没有零用钱这一说，要买什么必须回家汇报，等爸妈许可了，才能拿着正好的钱出来买。

叨叨歪着头看燕群，他似乎有些心不在焉，根本没在听许静说了什么。

"等会儿去我家看电视吧，放动画片呢。"叨叨提议，另两位都同意了。

"妈，你别血口喷人，我怎么就拿你钱了！"

"我好好的50块放这儿，等下要买鱼食的，怎么就不见了。"

"那你也不能说是我拿的呀，我一整天都在地里，根本就没回来过。"

"那谁知道，说不定你中途偷偷摸摸回了一趟，我能一直看着啊！"

李玉荣百口莫辩，自己怎么解释，婆婆也不肯相信她，怪只能怪娘家太穷，从嫁到周家的第一天起就一直在受气，婆婆平时只是发几句牢骚，在背后念念，今天倒好，钱不见了就指着鼻子说是她偷的。李玉荣实在气不过，打电话去鱼塘，让周劲赶紧回来。

"我说你就不能让着妈点嘛。"

周劲满眼通红，像是刚睡醒，一进门就低声数落李玉荣，在他的印象里，母亲和媳妇吵架是再常见不过的事，任何鸡毛蒜皮的小事，她们都能叫嚣着吵起来。

"50 块钱呢，一个月的鱼粮啊，要不是她拿的还会有谁？家里又没别人了。"

周劲忙朝母亲摆摆手："你先想清楚，上次说戒指丢了，结果呢，就在枕头下面，这回是不是又塞哪了，仔细想想，有什么好吵的。"

"周劲，你别有了媳妇忘了娘！"

周劲来气地往藤椅上一坐："得得得，我懒得劝，这 50 块钱你们自己解决。"

"会不会是燕群拿的？他一上午都在家。"李玉荣在争吵中仔细回忆，儿子说要在家赶暑假作业，现在这会儿不见人了。

"你别往群群身上扯，他不是这种孩子。"

"妈，我没说群群不好，可能他要买什么吃的，刚好我们又都不在家，他就拿去了呢。"李玉荣尽可能压着脾气，当着周劲的面，自己也不好语气太差。

"就算是群群拿了，也是你教子无方，穷人家出来的，哪里知道怎么教养孩子。"

婆婆的话犹如一把利剑划过李玉荣心头，她有些喘不上气来，眼睛酸得厉害。她不再解释，拿着草帽继续去地里干活，身后依旧是责骂声，婆婆说话难听，什么刻薄话都能说出口。李玉荣觉得委屈，出门后泪流不止。自己家条件是不好，但嫁给周劲已有 8

年了，这么长时间，即使是陌生人也能培养出感情，但婆婆就是看她不顺眼，说她没文化、没教养，配不上她儿子。可是周劲又好到哪去？如果不是家里承包了几个鱼塘，加上李玉荣自己没日没夜地顶着干活，光靠周劲，这些鱼塘早就废了，他只是嘴上功夫了得，最近外面总在传他赚了多少钱，但真正赚了多少，李玉荣最有数。而且最近周劲又迷上了雾山，总围着那座山研究，白天睡觉，晚上出去乱逛，一颗心根本不在正事上。李玉荣越想越委屈，眼泪掉进庄稼地里，手还在不停地干活。

14

燕群回到家已是晚饭时间，家里空无一人，揭开锅盖，里面什么也没有。也许今天在鱼塘吃，燕群拍着篮球朝鱼塘跑去。

"妈！妈！"

燕群在鱼塘来回找了两遍，一个人都没有，自己倒是不饿，一下午吃了很多东西，但都这个点了，爸妈是去哪了？燕群东张西望，鱼塘上飘着淡淡的雾气，四周空荡荡的，除了他没有别人。燕群抱着篮球去到杂物间，依旧将球放在竹匾下面，屋里一切如旧，只是一旁的农药瓶居然被捣乱了。这在平时很少见，妈妈很在意农药的分类，哪些除草、哪些加在鱼塘里除病，这个不能搞错。

"汪，汪，汪……"

燕群以为是爸妈回来了，放下篮球便往外跑，可是来的人是叼叼与她奶奶，说是来买鲤鱼的，一早就和燕群妈妈说好了。

"可他们还没回来，不知道去哪了。"

"家里有没有啊，说不定已经放哪里了。"素琴提醒他，因为带着叼叼，不想在鱼塘多待，可小孙女一点无所谓，一听是来燕群家，非要跟着。燕群在屋里找了一圈，并没有鲤鱼，就立刻拿起一旁的渔网，往鱼塘边跑去："他们把鲤鱼分开养的，我知道在哪，给你们捞一条吧，一般不会提前拿出来。"

"你会吗？"

听到叨叨发问，燕群特别自信地点点头，他只比叨叨大两岁，但已经很能干了。

"小心一点啊。"素琴提醒他。

"放心吧。"

素琴站在两个孩子身边，以防他们掉下去。燕群很熟练，拿着渔网在水里来回晃，已经有鲤鱼越出水面，叨叨兴奋地鼓掌，站在一旁又蹦又跳。

"咦！水里有东西。"

叨叨看向鱼塘中央，不知从何时起，雾气对她的视力越发没有影响，她能清晰地看到水面上浮出一双鞋子。燕群也看向水面，他的表情越来越僵硬，身体却开始战栗，他扔了渔网想往水里跳，却被素琴一把抱住。

"好孩子好孩子，我们赶紧叫人，你可千万不能下去。"

"妈！妈！"

叨叨看着大哭的燕群，捂着嘴不敢出声。

"是个可怜人。"

"是个可怜人。"

周劲从睡梦里惊醒，摸摸脸颊，搞不清楚是汗水还是泪水。李玉荣的丧事办完一阵子了，谁都没料到，那天的争吵会引来这样的悲剧。她不只是跳河自尽，还喝了农药，求死如此坚决，都没有替燕群考虑一下，更别说周劲了，两人的关系本来就不是很好，但夫妻之间有点吵闹是再正常不过的事，自己真是想不通，为什么她要用自杀来解决问题。

燕群还睡着，周劲轻轻关上房门。李玉荣去世后，他们便不再住鱼塘了，那个地方本就靠着雾山，现在又发生了这样的事，实在让人心里不舒服，周劲想把鱼塘转手，不过有兴趣的人寥寥无几，一时半会儿根本卖不出去。现在天还没亮，周劲没了睡意，决定去鱼塘看看。

太阳还没出来，鱼塘边的雾气比往日都要浓一些，细犬听到动静叫个不停。周劲唤了一声，叫声没了，细犬趴在地上朝他摇头晃尾。

"也得给你换个窝了，一个人无聊吧。"

细犬低声呜咽，像是听懂了主人语气中的伤感。周劲起身，绕着鱼塘慢慢踱步，原来少一个人的感觉差那么多，原本总嫌李玉荣啰嗦，现在却盼着有个人能和自己吵两句。这个鱼塘现在冷冷清清的，一点生气都没有，这段时间总觉得心里有什么东西吊着，整个人都提不上兴致。

走出栅栏，往右拐不远就是雾山入口了，周劲看着路旁的槐树，在它旁边本该有条路，不过现在除了雾气什么都没有，手越往里伸，雾气越结实。周劲知道进不去，徘徊了一会儿，只好往回走。他没有注意，有一个身影从头至尾都跟着他，而且就在他试探大雾的时候，雾山的另一处出现了一条小道，那个身影进了雾山。

15

暑假结束的前一天，文静给叨叨买了一个书包，大红色，上面还有一只可爱的米老鼠，叨叨第二天背着书包去学校，发现书包比桌肚还大，怎么都塞不进去。蒋馨云在不远处捂着嘴笑，叨叨脸红了，因为越着急越塞不进，最后干脆把书包放在课桌旁。

人到得差不多了，班主任拿着点名册进来，她看上去比幼儿园的王老师更严肃，但她是那种很认真的严肃，而不是一脸的不耐烦。叮叮有些不适应四周的同学，王老师给她安排的同桌是一个留级生，名叫小斌，个头比她高，还时刻想欺负她。而坐在他身后的是蒋馨云，她和小斌有种自然熟，没一会儿就聊开了。而许静，离叮叮实在太遥远，隔了好几排桌子，对于这样的位置安排，叮叮只能无奈地接受。

叮叮的性格并不擅长交朋友，人越多的地方她就越想远离，所以基本上把时间都花在看书上。虽然识字不多，但对于拼音的掌握程度，她比谁都好，课间的时候就拿出爸爸买的童话书，看着拼音一页页往下读。小斌起初还来捣乱，但他似乎很害怕叮叮盯着他看，挨不过几秒就跑开了。

"和同学处得怎么样？"

每天来接叮叮放学的文静，都会问女儿同一个问题，叮叮敷衍着说还行，其实她认为妈妈完全可以不操这个心，自己比幼儿园时更勇敢，也更有想法，虽然朋友不多，但也不是没朋友，像许静，还有几个新同学，她们玩得都还不错。

回到家，打开家门，看到眼前的雾山，这才是叮叮心里真正发愁的东西。她可以去适应新学校、新老师，以及新同桌，但就是适应不了雾山上的雾气在一点点消散，而察觉到这一点的，似乎只有叮叮一个人。自从那天晚上看到灯光后，每当夜幕降临，雾山上就会亮起灯光，原本有大雾遮着，只是隐约透出些光亮，现在却越来越清晰。

"在干吗呢，看，爸爸给你买什么了？"

李峰晃了晃手中的透明盒子，是两片烤得金黄的面包，中间夹着一整块白亮奶油，是叮叮最喜欢的那种，看着就让人流口水。叮叮捧过面包，心里高兴极了，想到明天又是周末，雾山那点奇怪的事就先放一边吧，毕竟雾大雾小，只要自己不嚷嚷，并不会影响任何人的生活。除非，哪天自己无事可干，而这无事可干的时候来得有点快。

周六的晚上，叨叨照旧在看少儿节目，电视里的小鹿姐姐穿了一件用鲜花做的衣服，特别好看。李峰今天回来迟了，一家人都在等他吃晚饭，但叨叨不饿，一下午吃了很多零食，还有李峰昨天给她买的面包。偏偏就是这个面包把心情不怎么好的李峰给惹火了，在文静喊了第三遍吃晚饭，而叨叨依旧盯着电视不肯离开后，李峰走进客厅，看到玩具卡车里装着的半块面包。他没有做任何解释，径直把叨叨拎出家门，"砰"的一声，用力把门关上了。

有时候大人的脾气比小孩还要古怪，而且不给时间让人去理解。叨叨知道自己不吃晚饭是有点过分，但爸爸也没必要发那么大的火呀，这还是第一次被他教训。叨叨低着头在门外发了好一会儿呆，发现家里没人出来搭理自己，所以决定找点事情做。先跑去许静家，没想到她家门紧闭，邻居说是出去吃饭了。叨叨只能扫兴地往回走，走到半路，看见不远处的雾山又亮起了灯，几个月前的经历还是让她有些后怕，但叨叨现在更怕回家，万一爸爸气还没消，那挨骂更不好受。既然现在的雾山基本没雾了，那就不会再有水滴，没有水滴眼睛就不会再疼了，叨叨这么一推理，又一次向雾山走去。

前往雾山的路上，经过燕群家的鱼塘，几个礼拜前的事情又重新浮上心头。过去的这个暑假真是不太平，不管是小志的意外还是燕群妈妈的自杀，都让人对池塘产生了恐惧，家人聚在一起就会彼此提醒，少去河边，少去游泳。其实叨叨心里，即使没有家人的提醒，也不会再去游泳了。由于两次事情，都是她第一个发现，这种巧合让叨叨心有不安，为什么撞上这种事的总是自己？即使别人没在意，但叨叨心里总有芥蒂。

今天的鱼塘特别安静，连那条吓人的细犬都不在，看来是像奶奶说的，燕群家想要把这里卖掉。想到这里以后会变成陌生的模样，叨叨有些失落，不知燕群是否也会这样觉得。

老槐树就近在眼前了，此时的雾山真的只飘了一层淡淡的薄雾，夕阳倾洒，石子路上尽显平整柔和。这一幕让叨叨很心安，完全没了上一次的惊慌。

一路往前走，因为心静，居然听到了鸟叫和泉水的声音，还挺悦耳，沿途的植被青翠欲滴，可能是山里光照舒适，温度又适宜的原因，植被看起来比山外更有生机。叨叨注意着有没有猫叫声，不过这次挺走运，一直到半山腰，来到那扇大铁门前，她也没碰上那只能控制雾气的黑猫。而且，这次门没上锁。

叨叨不清楚燕群的爸爸，那个大块头的叔叔，是不是真的来过雾山，但自己来了第二次，并没有碰到他口中的雾墙，也许真像太婆婆说的，雾气会选人，而叨叨就是那位被雾山认可的人。想到这儿，叨叨居然有点小得意。

在铁门外徘徊了一会儿，门没上锁，但也没敞开，而且里面有个院子，种满了桃树，遮了大半的房屋，屋里亮着灯，应该有人在。

叨叨用力敲铁门，大声询问有没有人，等了好一会儿都没回应。这种有主人的陌生屋子，在没得到同意前叨叨不愿进入，正准备离开时，却看到来人了。

见到屋主，叨叨便明白为什么会这么久没回应了，因为她实在太老了，看起来比太婆婆年纪还要大，一头白发在暮色里闪着光亮，她走路很轻，像是在一点点往前飘。

"婆婆，我看您这儿亮着灯，所以就过来了。"

"你看得见这里亮着灯？"

她说话颤颤巍巍，语速很慢，开门的时候叨叨真害怕她跌倒，立刻过去扶她，她的手像是枯树皮，粗糙僵硬而且感觉不出温度。

"我早就看到了，只是……只是……"叨叨想总不能对她说，村里人都不让进山吧，什么神神鬼鬼的，眼前的婆婆不就是人嘛，而且她还住这儿。

"没关系，我欢迎所有能来的人，婆婆很高兴，很高兴。"

听婆婆讲话有些费力，不过叮叮能感觉出来她是欢迎自己的，便小心揽着她，慢慢往屋里走。通往里屋的是一条鹅卵石小道，两边确实是桃树，上面还结着硕大的果子，叮叮第一次见到这么大的桃子，街上卖的都小小的，吃起来水气太重，没什么甜味。

"喜欢就采吧，要多少拿多少，都给你。"

"不不不，"叮叮第一次遇见这么大方的人，"我奶奶不让我拿别人的东西，拿回去会被骂的。"真要拿回去肯定要被问是从哪拿的，今年雨水多，街上都没见过比这大的桃子，拿回去肯定会露馅。

"是个家教不错的孩子。"

听到这话，叮叮有点不好意思，如果天再亮一些，婆婆一定能看到她脸红了。

"在我这吃晚饭吧。"

一进屋就是一张四方桌，桌椅复古华丽，繁琐的木雕看得叮叮眼花缭乱，桌上已摆好了晚饭，说来也奇怪，这屋里只有婆婆一个人，却摆了两副碗筷。

"您知道我会来啊？"

婆婆微笑道："我不知道你会来，但婆婆一直盼着有个人能来。"

叮叮半懂地点点头，也许是她一个人住在山里太寂寞了，所以才希望有人来。正准备爬上椅子，婆婆却让叮叮坐朝南的位置。

"这不行，在我家里都是爷爷坐朝南，我是小辈，不能坐这个位置。"

婆婆笑着摇头，一再坚持，叮叮推脱不了，只好坐下。上桌前叮叮并不饿，但看到眼前几盘雅致的菜肴，肚子居然叫了。婆婆给她夹了好多菜，每一样叮叮都觉得很好吃。

"你喜欢这儿吗？"

叮叮嘴里塞满了米饭，赶紧点点头。

"以后还愿意来吗？"

叮叮继续点点头，但一想每天有作业要做，赶紧咽了几口，含糊不清地说道："我平时没空，家庭作业好多呢，但我周末有时间，只要我作业写完了，我就可以来。"

"那好，那你就周末过来，我等你。"

"好。"

婆婆满意极了，放下手中的筷子，拍拍叮叮的手背，她的手掌比奶奶的还要粗糙，拍在手背上有种针扎的感觉。

叮叮继续扒了几口饭，听到一旁的挂钟响了，立刻跳下椅子去看时间，"8 点啦！婆婆，我得赶紧回去了。"一开心就忘了时间，爸妈开门要是找不到自己，肯定会急疯的。

"你慢点。"

"知道啦，婆婆再见。"叮叮急匆匆地往外跑，山里已经全黑了，又没路灯，叮叮跑跑停停，石子路上走不了多快。

"喵……"

叮叮整个人一哆嗦，难道是黑猫出现了，它该不会要召唤大雾吧，这下完蛋了，她赶紧加快脚步，不小心踩到一块凸起的石子，整个人就摔在了地上。

"喵，喵……"

猫叫声越发清晰，叮叮急得浑身是汗，踉跄着爬起来往山下跑，没跑出两步，发现身边似乎变亮了。

"哇！"叮叮一眼不眨地看着突然出现的光亮。那不是灯，而是一大群萤火虫，它们聚集在树枝下，汇成一条发光的丝带，幽蓝色，一簇一簇，美极了，一直沿着山路通向山脚。

叮叮忍不住放慢脚步，猫叫声没了，难道是它叫萤火虫出来给自己照明的？因为有萤火虫相陪，下山的路走得很顺利，快到槐树那了，叮叮回过头，远处的光亮在一点点消失，像是融进了空气中，缓慢轻柔。

等完全出了雾山，叮叮再次回过头，雾山上已经没了光亮，它寄身于黑夜里，重回安静。

叮叮满心欢喜地往回走，今天的经历让她对雾山产生了好感。没走两步，就听到说话声，远远望去，原来是鱼塘上亮了灯，叮叮眼睛好，隔着老远就能看清房屋前站着的四个人，其中两个是陌生面孔，应该是想要买鱼塘的人，身边站着燕群爸爸，他嘴巴一张一合的，似乎是在做介绍，而跟在他们身后的燕群一直板着脸，看上去有些不高兴。叮叮没有多逗留，瞥了两眼就匆匆往回跑。

走回村子，爸妈的喊声已经沸沸扬扬地传遍了整个村子。

"回来了！回来了！"

爸爸最先冲过来，一把拽住叮叮的胳膊，问她去哪了，叮叮还没来得及回答就被紧随其后的妈妈一把抱住。

"你干吗乱跑啊！我还以为你去河边了，吓死我了！"

听着妈妈略带哭腔的话音，叮叮心里有点过意不去，摸摸她的脸，搂住她的脖子，告诉她自己没事，就是随便走走而已。

叮叮在人群里看到了太婆婆，奶奶扶着她，她手里拄着拐杖，看到叮叮平安无事，才放心地往回走。

"送走了？去告诉你主人，孩子定下了。"

"喵……"

16

叮叮坐在花台边看同学们跳皮筋，自己运动细胞很好，但就是不喜欢这种太女生气的游戏。扎了两把小辫的蒋馨云是跳皮筋高手，她边唱边跳，明媚的笑容在阳光下显得更有感染力了。好吧，说实话，也是因为蒋馨云，叨叨才对跳皮筋提不起兴趣。一方面是因为这群长辫子女生不愿带她玩，而另一方面，叨叨弹跳力一般，跳皮筋时动不动要将皮筋框到腰那儿，这种游戏难度，叨叨玩不了。蒋馨云看准了叨叨对跳皮筋兴趣不大，便将叨叨的好朋友许静拉了过去，许静很喜欢玩这个，一开始还对叨叨抱有歉意，但次数多了，她似乎也喜欢和蒋馨云玩了。

操场上人很多，下了课，学生们都不愿意待在教室。叨叨看见燕群一个人站在篮球架下，他帮忙捡了好几个球，不过那群男生并没有带他一起玩的意思。最近叨叨听到了一些闲言碎语，说是因为燕群偷了家里的钱，所以才害死了他妈妈。也许就是因为这样，他才被同学孤立了起来，一个人站在那，形单影只。

"燕群。"

"嘿，叨叨。"

燕群转过身，眼中闪过一丝欣喜，不过那只是一瞬间，他不敢与叨叨对视，神情闪躲，不知该如何往下说。

"别站这儿了，我们玩双杠去。"叨叨主动提议。

"嗯。"

燕群跟在叨叨身后，他走路时始终低着头，叨叨回头看了他好几次，他有点晃神，并没有注意。

"别不开心了。"叨叨坐在双杠上，阳光刺得她眯起眼睛，一旁的燕群看了她一眼又立刻垂下头，如果没看错，叨叨觉得他眼睛红了，"你怎么了？是因为你妈妈的事吗？我奶奶说这些事都会过去的，你别老想了。"

叨叨想安慰他，可燕群却摇了摇头："是鱼塘，我爸爸要将鱼塘卖掉。"

叨叨想起上次在鱼塘边见到的两个陌生人，看来真的是有人要买了。

"我想留着那个鱼塘，我妈妈以前在那住得最久，可我爸……"燕群揉揉眼睛，阳光下他的瞳孔闪闪发光，叨叨知道他哭了。

"那就留着呗，"叨叨一本正经地面向燕群，对方困惑地看着她，"我在家也是这样，如果是我喜欢的东西，我就会和奶奶他们撒娇，或者耍赖，再或者忍着不吃饭，饿一顿他们就心软了。"

"这样真的有用吗？"燕群有些怀疑。

"当然有用，但光哭是没有用的。"叨叨眼神笃定，那一刻燕群觉得她不像是个小孩，更像一个发着光的精灵，两人相视一笑，燕群脸上总算浮现出了笑容。

放晚学时，叨叨留下来值日，许静和自己一组，可今天她有点反常，不愿意搭理叨叨。

整个教室打扫完，面对半人高的垃圾桶，许静只能和叨叨一起去倒。前往垃圾箱的一路上，两人都很沉默，叨叨不知道许静怎么了，平时都是她话多。

"你怎么还和燕群玩？"许静忍不住了，第一个开口。

"他是我们朋友啊。"叨叨觉得这个问题很奇怪，他们三个暑假玩得不是很好嘛，许静明明也很喜欢燕群的。

"他偷了家里的钱，所以他妈妈才会自杀，这样的人还是离他远一点好。"

许静说话时神情有些异样，但谁都看得出来，学校里除了叨叨没人愿意搭理燕群，她也是好心，提醒一下叨叨，免得她也被所有人孤立。叨叨没吭声，倒完垃圾依旧一言不发，许静沉不住气了："你干吗不说话？蒋馨云他们本来就不喜欢你，你再和燕群交朋友的话，真的就没朋友了。"

"许静，"叨叨停住脚，一双清冽的大眼睛盯着对方，"燕群偷了家里的钱，但他是给我们买东西吃了。"

"可，可我们又不知道那钱是偷的，如果早一点知道，我们肯定不会吃。"

"不会吃吗？"叮叮看到许静脸颊泛红了，"我们早就觉得燕群有那么多零花钱很奇怪，可是我们却为了奶油冰棍还有萝卜饼，就和他成为朋友，现在却发现那钱是偷的，我们就像所有人一样都躲他远远的。今天操场上的好几个小朋友我都认识，他们也认识燕群，可就是没人带他一起玩，燕群偷钱是不对，可我们呢？我们可是吃了他很多东西的。"

许静不接话，她在脑子里好好理了一下叮叮的话："如果继续和燕群做朋友，别人肯定就不理我们了。"

"别人？都是谁？蒋馨云吗？我们理不理燕群跟他们有什么关系。"

"到时候都没人找我跳皮筋了。"

叮叮拎起垃圾桶往前走，许静紧跟上来提起另一边，"操场上那么多人，你怎么会找不到跳皮筋的？"

"可别人都不认识啊！"

"那我陪你跳。"

"你跳得太烂了。"

"哪有……"

"真的。"

17

人生的第一次期中考试，叮叮基本上是在犯懵中结束的，题目中有好多字不认识，只是凭着感觉在答题。试卷是老师用复印纸手写的，整张卷子答完，手上都是蓝色的墨油。

交卷的时候，蒋馨云一直在说"别给她看，别给她看"，叮叮好奇，回头看了她一眼，蒋馨云立刻摆出一副藏卷子的紧张样，真是好笑，原来她那么紧张是为了不给叨叨看，可从头到尾叨叨都没影响她，她怎么就认为叨叨会在交卷时偷看她的答案呢？那种煞有其事，还招呼四周人都不要给叨叨看的积极样，让叨叨反感到了极点。

交完试卷，老师们都聚在一起批卷，教室里闹哄哄的，叨叨拿出彩笔画画，画着画着，同桌小斌又开始捣乱了。他挑衅地从叨叨文具盒里拿出一块橡皮，企图用小刀将它切成一片一片。

"你干什么？"

叨叨把声音提得很高，教室里顿时安静了下来，身后传来讪笑声。不用看叨叨也知道是谁，小斌是个脑子不灵光的人，这种事一定是别人教他的。

"切，切你橡皮啊，怎，怎么了？"

小斌说话有点口吃，他明明是个傻瓜却还要自作聪明做坏事，叨叨生气地夺过橡皮，他却用力地推了叨叨一把，叨叨没站住，一下撞翻了凳子，重重地摔在地上。

"小心，心我，我捏断你的胳膊！"

小斌说完将橡皮用力地砸在叨叨头上，那瞬间，叨叨心里充满愤怒和不解。多年后叨叨才明白，人的情绪可以催化出很多能力，消极的、积极的，还有与众不同带有杀伤力的。

叨叨没有还手，准确地说，如果不是接下来眼前发生的这一幕，她是准备站起来打回去的。她只是在爬起来之前瞪了小斌一眼，他的眼角就多了一条红印子，小斌发出惨叫声，捂着眼睛趴在桌上。叨叨又瞥了一眼他的耳朵，红印子又出现在他的耳朵上，小斌叫得更大声了，大喊"耳朵疼"。

看到这样的场景叨叨也很意外，她还不清楚自己的能力，更不明白为什么只看了一眼小斌，对方脸上就会出现红印子。四周的同学更是不知所措，毕竟刚刚所有人都看着，根本没人动他，小斌就像疯了一样喊疼。许静跑去叫王老师，没一会儿，老师过来了。

"我说周小斌，考试考不及格，怎么打人这种事总有你呢！"

王老师来到课桌旁，叮叮正站在一旁发愣，椅子还倒在地上。

"你就不能学学你同桌，人家考了双百分，你呢，就只会拖后腿，还要欺负别人，起来，让我看看。"

王老师让小斌站起来，他喊疼的地方有些红红的，但没有明显的伤口，王老师问小斌还疼吗？小斌摸摸脸，老实地摇摇头，王老师很生气，在她看来，刚刚这一出又是小斌闲着无聊装出来的，立刻让他去一边罚站。

叮叮把椅子搬回原处，听到王老师在表扬她，说她考了满分，还是教室里唯一的一个。不知是激动，还是刚刚受了惊吓，手里的彩笔画了两下，就断了。

"你没事吧，有没有摔疼啊？"

回家的路上，许静很担心叮叮，一直问她的情况，叮叮朝她摇摇头，谢谢她把王老师找来。

"不用谢，小斌真是无耻，打了你还装疼，以为王老师会帮他吗？"

装疼？叮叮可不这么认为，小斌的眼角和耳朵像是被抽过，叮叮不明白红印子为什么会出现，但这么一闹总归是好事，相信小斌以后再也不敢找她麻烦了。

"不过你真的好厉害啊，居然考了满分，我连题目都没看懂，就乱写了一通。"许静不好意思地挠挠头，她才考了80多分。

"我就是运气好，其实有些题我也没看懂。"

听叮叮这么说，许静笑出了声。虽然今天在学校和小斌吵架了，但因为考得好，叮叮心情很不错，现在就想快点回家，把考卷拿给家人看，特别是太婆婆，她总是从后院给自己找出很多旧铅笔和旧橡皮，她很关心叨叨的功课，所以也一定要告诉她，让她高兴高兴。

"诶，你家今天请客吗？"

刚走到村口，就远远地看到叨叨家后院挤满了人，姑婆也来了，正在和爷爷说话。

"我先回去看看。"

今天一整天叨叨都有些不安，以为是考试太兴奋了，现在看来根本不是，家里要请客完全不用挤在后院，除非是太婆婆出事了。叨叨心跳得厉害，跑向人群，看到在抹眼泪的姑婆，叨叨知道自己一定猜对了。

"爷爷。"叨叨走过去拉他的手，爷爷低下头，眼睛红红的。

"回来啦？太婆婆走了，你先别进后院。"爷爷哑着嗓子。

难过一涌而上，叨叨鼻子发酸，心里空落落的，站在院外木讷地看着屋内。走了？是不是就是死了的意思？那往后再也见不到太婆婆了吧！后院的葡萄藤没了夏日的生机，枯叶在风里萧瑟地掉落。太婆婆的屋里有很多人，为了表示对过世者的尊重，所有人都压低了声音说话。有一个穿着花衣服的法师，手里拿着符纸，在屋内来回念咒，跳跃的身影晃得叨叨脑子犯晕，他身后站着一个黑衣人，手里拿着一根绳子。

叨叨一哆嗦，瞪大眼睛，他不就是上次站在水面上，还害死了小志的那个人吗？虽然叨叨没看清他的长相，但他的衣着和那根绳子，完全和记忆中一模一样。叨叨很气愤，他害死了小志，现在还来害太婆婆，这是为什么？世界上怎么会有这么坏心肠的人？叨叨握紧拳头，这回一定要把他抓起来，让所有人都知道他是杀人凶手。

叨叨迈开步子往后院走，黑衣人站在里面，扭头往外看，起初他并没在意叮叮，但很快，他就发现这个小姑娘是冲着他来的，还一个劲地盯着他。他一脸不解，好奇地回望叮叮，叮叮心中的怒火越发涌动，使劲皱着眉头，太阳穴隐隐生疼。黑衣人觉得气氛不对，后退了两步，叮叮离他越来越近，黑衣人表情越发错愕，突然，他的脸上裂开一条血口子，叮叮一惊，发现自己双脚离地了。

"爷爷，你放开我！放开我！"

"都和你说了现在不能进去，听话！"

"爷爷，爷爷！"叮叮正准备把一切告诉他，可等她再回过头，黑衣人已经不见了。

叮叮被爷爷抱出后院，许静站在院外等她，她刚刚一直盯着屋内，肯定也看到黑衣人了。叮叮急着向她确认，可她却告诉叮叮："我什么都没看见啊！"

剩 下 的 饺 子

"又一位断肠人呐！"

"她怎么了？"

"好像是男友出车祸。"

初春时节，小雨淅沥沥下个不停，空气中还留存着冬日里尚未散去的寒气，燕子滑着剪影在空中飞过，万物复苏，却总有人伤心落泪。

1

挡位杆拨到空挡，拉上手刹，眼前的这个红灯有99秒，赵灵把脚从刹车上挪开，眼睛不时瞄一下后视镜，有小孩在公交车上就是麻烦。

"等下我靠边停，你让他憋一下。"

话音落，弧线般流畅的童子尿分毫不差地洒落进一旁的垃圾桶，今天中午才清理过，以为这样就可以直接下班回家，现在看来又没戏了。

老人家把完尿，搂过小孙子，回到座位上宠溺地亲了又亲，她完全没在意赵灵刚刚的话，许是耳背，许是压根不想理。

绿灯亮了，赵灵继续开车，这样被无视的场面，他早已习惯，来坐公交的乘客，大多一上车就戴上耳机，看着窗外放空发呆，唯一能让他们想起司机的，就是下车前，或是赵灵开太慢的时候，

"那一站怎么不停啊！""你就不能开快点吗？电动车都比你开得快，我要投诉你！"

这个时候，赵灵会选择沉默，自己开的是观光线，一路风景绝佳，正常情况下半个小时开完的车程，公司要求开一个小时，车速不能快，快了要罚钱。

车子启动，手机响了，短信来得很不是时候，公司规定开车时不能看手机，赵灵只好等待下一个红绿灯。

"晚上回家吃饭，你爸买了你最爱吃的羊肉。"

赵灵歪着身子避开车上的监控，迅速按下，"我不去了，你们吃吧。"

和父母分开住已有两年了，两年前，他们拿出 20 万积蓄，在这座城市给赵灵付了一套房子的首付。接下来的费用，就由赵灵自己来奋斗。相比连首付都拿不出的父母，赵灵算是幸运的，但相比年少时的家庭条件，赵灵过得有点憋屈。他很少回家，因为不想看到爸爸那张愧疚的脸，他总将赵灵现在的生活归咎为自己的无能，喝点酒就开始说对不起。一个父亲总向自己的儿子说对不起，还劝说不动，久而久之，赵灵就想避开他们。

2

清理完垃圾桶，赵灵把车开到清洗区，任由传送带把车子往前挪，沾满肥皂泡的刷子挤在车窗上"吱吱"作响。5 分钟的等待时间，赵灵拿出手机，翻看今天的热门新闻。

"美女腿长 1 米 3，因太高找不到工作。"

"大爷怕忘密码将钱埋于地下，5年后受潮碎成渣。"

"当红影星周嘉于，情商太低，直播时与主持人发生争执。"

赵灵揉揉干涩的眼睛，新闻每天都在变，记者们总能搜罗来奇闻怪事和热点噱头，可自己的生活怎么就没有一点新意呢？每四天换一次班，从最早班轮到现在的最晚班，明天是周日，自己刚好休息。可休息又能怎样呢，在床上躺到大中午，按压着自己辛劳的脊椎，除了身体上日渐加重的酸痛外，脑容量没有分毫增色，依旧一片混沌，无聊到爆。

下班前，赵灵回了趟办公室，发现几个上晚班的同事正聚在一起闲聊，一旁还放着吃剩的盒饭。公交司机就是这样，开车时没人说话，所以在车外逮到机会就要说个痛快。但赵灵今天饿极了，没仔细听，拿了外套就往外走。

"那个小方……"

小方是赵灵的同事，一个月前转行了，说是要去做生意。按理说公交司机的性格没那么活泛，站里的好多师傅都开了一辈子公交车了，也没想转行，虽说这里工资不高，但福利不错，五险一金又都有保障，赵灵当初考进这里，爸妈还松了口气呢。但听说小方家条件很好，父母是做生意的，有他们的支持，自然没必要窝在这么一个养老的岗位，出去闯闯即使失败了也有人埋单。

而赵灵的父母年轻时也做过生意，但赔了本，卖了房子，赵灵家自此以后再也不涉足生意圈。虽然他爸爸总怀念以前觥筹交错、五光十色的日子，可生意的失利对他伤害太大，像后遗症一样尾随不掉，所以每当赵灵冒出一些不安分的念头，他亲爱的爸妈就会合起伙来打压儿子，次数多了，赵灵也没那么多想法了。但他心里总是羡慕小方，羡慕他敢放弃眼前的工作，羡慕他敢走出去。

3

步行回到小区，赵灵从牛奶箱里拿出早上没来得及喝的牛奶，等电梯的时候，依旧拿出手机刷屏。

"叮……"

电梯门开了，赵灵走进去按关门，看到正前方有个身影匆匆跑来，嘴里还喊着："等一下！"赵灵按向开门键，电梯门徐徐打开，站在外面的是住在自己隔壁的女孩。

"谢谢。"

"不客气。"

赵灵心跳加速，脸颊微微泛红，不是自己对这个女孩有什么想法，而是她今天的穿着打扮，比较容易让人产生遐想。

电梯门关上，狭小的空间里弥漫着浓郁的香水味，赵灵偷瞄一眼对方，妆容虽然夸张，但衬得她玲珑精致，大红色唇彩配上亮闪闪的墨绿色眼影，很像一个精灵，短款黑夹克下面是一条很短的牛仔裤。赵灵不敢多看，虽然他长相秀气，很多次都被误认为是女生，但骨子里可是一条热血汉子。看到这样的女生，光是好奇，也够自己回味一阵了。

两人都住在13层，赵灵让女生先出去，对方在进家门前，朝他露出一个很灿烂的微笑，赵灵愣住了，脸颊绯红。漂亮女生很容易让人心动，而且还是这般长相的，赵灵被这一笑拨动了心弦。但想到自己是个本分人，爸妈更是保守，这个女孩光从打扮看，就知道与自己这样的平头老百姓不是一类人，还是不要异想天开，找个本分姑娘当女友才是正事。

回到家，与往常一样，下速冻饺子，看娱乐新闻。水饺端上桌，电视台刚好在播放周嘉于的新闻，这个小妮子自从前年爆红之后，事情就没有停过，不是和记者打嘴仗，就是装病不参加电影宣传，这段时间算有些好转，但今天好好录着节目，又和节目主持人闹了起来，这样负面新闻一堆的女明星，硬是凭着天使般的面容和居高不下的关注度，吸引了一大批粉丝。

赵灵谈不上喜欢她，但热闹谁都爱看，而且今天周嘉于的打扮，总觉得在哪见过。红唇，墨绿色眼影，啊！连衣服都和隔壁的女孩一模一样，赵灵回味那个微笑，再与电视里的做比较，真的相差无几。其实赵灵很少看到隔壁女孩浓妆的样子，大多数时候都是素颜，虽然很像，但容貌上与周嘉于还是有些差别的，这么一位大明星怎么可能会住在自己隔壁。

不到十分钟，一大半饺子便下肚了，煮得有点多，赵灵放下筷子，靠在椅背上跷起二郎腿，听着电视继续刷朋友圈，无意间看到小方分享了一条内容：

"周末餐厅，最有心的相遇。"

才一个月没见，这家伙怎么变得文艺起来，完全不像他平时咋咋呼呼的风格。出于好奇，赵灵点开链接，网页弹开，里面只放了几张简单的照片，自己没什么审美，看不出这样的网站吸引力在哪，但勾起自己兴趣的是网页上那句"每周末只招待一位顾客"。

世界上居然还有这么拽的餐厅，而且网页的右下角有个按钮，"点击预约"。今天已经是周六，这每周只有一个人的名额到现在还没被预约，赵灵觉得这肯定是店家故意做出来拉客的手段。网页的最下方标有餐厅地址，居然是自己观光路线上的一个站点，每天来来去去那么多趟，周末也载过不少游客，也没听说那里有家餐厅。啊，倒是有座山，一年到头都起大雾，真有餐厅会开在那种地方吗？赵灵想不通，但还是想点击试试，说不定根本预约不到，只是骗人的。

赵灵的手指才离开屏幕，手机上便弹出一个对话框，上面写着，

"你好：

非常感谢您的预约，周末餐厅将于每周六早上8点准时开门，恭候您的光临。哦，对了，如果您有剩余的晚饭，可以打包带过来，明天见喽。"

盘子里还剩了不少水饺，赵灵打了个饱嗝，重读一遍对话框中的内容，心中感叹这家店该不会是给人算命的吧，怎么就知道自己有剩饭呢？赵灵被激起了兴致，想先打探一下，便给小方发去私信，等了好久也收不到回复，也许刚做生意比较忙吧，赵灵没放心上。他从厨房拿来一个便当盒，把剩余的水饺装起来，不管是家什么样的店，明天一看就知道了。

4

趁渲图的空档，李幕北靠在椅子上休息，才闭上眼，就听到电脑当机的声音，四周一片漆黑。李幕北划动鼠标，意料之中的毫无反应，台式机渲图就会有这种问题，一停电前面几个小时就等于白忙活了。

"Happy birthday！"

烛光摇曳下，一个高大的身影捧着一盒精致的蛋糕出现在办公室门口，不用猜也知道是Tony，李幕北挤出一脸笑容，配合地走上前。

"Surprise！"

办公室灯光重新亮起，Tony身后跟了好些同事，头上戴着生

日帽，手里举着气球，一眼望去，真是最无聊的生日惊喜。李幕北满耳朵都是喇叭声，同事们夸张的小丑装扮不断在眼前跳跃，想到等会儿还要重新渲图，李幕北只想快点结束这个烦人的生日惊喜。

"嘿，你刚刚许了什么愿？"

Tony 端着一碟蛋糕斜坐在办公桌上，代表北欧特色的大长腿直直地杵在那儿，整家公司没有人敢这样放肆，除非他是大老板，而且还是一个对技术没有一点概念的大老板。

"我希望赶紧完成这张设计图。"

李幕北说话时紧盯屏幕，幸好刚刚保存了光子图，现在只要简单调一下，几分钟之内就可以重新开始。

"拜托，我不希望我的员工太累了，而且今天是你的生日，25 岁，多么美好的年纪。"

Tony 语气真诚，李幕北无奈地抬起头，一双精灵般的大眼睛直视对方。Tony 熟悉这种眼神，乖乖地举手投降，自己的这个下属算是个好脾气的人，但就是太认真，原则性太强，工作时最烦别人打扰，Tony 识趣地端着蛋糕开门离开。

"还有一件事，"Tony 回过头，朝李幕北挥着手中的叉子，"你升职了，设计部创意总监，恭喜！我原本想等会儿宣布的，不过……"Tony 耸耸肩，"你忙吧，其实你可以放一些明天做的，干吗要把自己逼那么紧？"

李幕北朝他微笑："你忘了，明天是周末，周末我不上班。"

"哦，sorry，我都忘了，周末愉快。"

Tony 走出办公室，隔着玻璃门盯着忙碌的李幕北，像是在欣赏一件艺术品。

"为什么要选择我们公司？"

"因为你们有双休。"

这就是这个女孩当时应聘时说的话，一脸的坦荡加无畏，如果不是她的简历确实优秀，Tony 再随性也不敢招一个为了双休才想入职的员工。一转眼，已是两年了，李幕北依旧留着与当初一样的爽利短发，漂亮又帅气。短短两年间她就从小职员变成了创意总监，升了无数级，却没惹来半点非议，因为她有足够的能力，也有足够的气场，即使是 Tony 自己，也不敢长时间与她对视。真是走运，她是自己的得力干将，而不是竞争对手。

"早点回去，周一见。"

"周一见，总监。"

李幕北的身影消失在走廊里，办公室所剩不多的员工都松了口气，他们中大多数人都比李幕北年长，却心甘情愿成为她的下属。很多人都觉得李幕北寡言，但在工作上她却很好沟通，对下属也很客气，只是要求颇高，不过这也保证了她接手的每个项目都能以高规格完成。大老板因此对她青睐有加，当然这也和长相有些关系。李幕北外貌出众，不是社会上常见的美艳，而是那种特别澄澈的秀丽，总能给人一种特别干净的感觉。也许私底下的李幕北会有些不同，但这一面同事们都没见过，从进公司起，李幕北就没参加过任何一场聚会，每个周末必须休息，不接受任何人的邀约，特别神秘，也特别吸引人。

5

"休息还不睡个懒觉，出来瞎逛什么？"

司机小唐扯着嗓子和赵灵说话，发动机声音很大，从车站出来的一路，两人都提高了嗓门在讲话。

"老睡觉也没劲啊，出来逛逛。"赵灵坐在第一排，扶着车把手尽量靠近小唐，"你知道周末餐厅吗？"

"什么餐厅？"小唐没听清楚。

"周末餐厅。"

小唐盯着前方想了好一会儿，摇摇头："它什么意思，只在周末营业？"

"好像是，正准备去呢！"赵灵点开手机，依旧没有收到小方的回复。

"你去看看，如果好的话，我休息的时候也去。"小唐笑着露出两颗不对称的虎牙，因为常年日晒，脸上长满了小雀斑。

这趟车总共有 5 个轮班司机，赵灵是前年来的，小伙子带着特有的水灵感，说话时总带点害羞，特别讨小唐这样姐姐辈女生的喜欢。

下了车，赵灵盯着手机地图一路往前。车站离雾山很近，没记错的话，雾山背面是一片墓园，公交车要从那里经过。幸亏今天阳光不错，如果换成是阴雨天来这种地方，还真有点令人犯怵。

赵灵在公路上走了一会儿，拐进一条石子小道，路过一个打理得很好的鱼塘，鱼塘主人在小道一边种上了大片藤蔓。应该是蔷薇吧，赵灵凑上前观察了一番，还没到花季，看不到花团锦簇的场面，不过能用整片花墙来当栅栏，应该是个很有情调的养鱼人。

赵灵沿着石子路走到尽头，那里有一棵老槐树，有一大半枝丫都淹没在大雾里，看上去有些年份了，粗壮的树根估计四五个人都抱不住。手机地图到此便没了显示，赵灵看了下时间，7 点 58 分。周末餐厅该开门了吧，到底在哪呢？赵灵满眼都是雾气，看不到哪里还有路。

赵灵在槐树前徘徊了一会儿，惊讶地发现眼前的雾气变淡了，而且视线越来越清晰。原来老槐树旁就有一条小道，一路蜿蜒上去看不到尽头。赵灵顺着石子路往上走，小路一直通向半山腰，道路两旁还开满了枝叶繁茂的鲜花，这完全不是初春应有的景象。

也许是山里四季常温，这里的植物早开花吧，赵灵这么想。只是眼前的花簇，有粉色、黄色，还有蓝色，甚至多种颜色出现在同一朵花上的都有，赵灵不敢说自己对植物有多了解，但常见的月季和玫瑰还是认识的，可这里的花真的让人喊不出名字。赵灵想靠近细看一下，却发现自己与花丛总保持着固定的距离，无论怎么走近，都靠近不了它们。赵灵想不通，难道是雾气让自己产生了错觉，试了好几次都是一样，只好挠着头继续往前走。

"是这里吧？"赵灵盯着那块棕红色木头招牌，上面写着"周末餐厅"四个字，牌子看上去有些陈旧了，包括面前这扇锈迹斑斑的大铁门，夸张一点都觉得有几百年了。

已经过了8点，铁门很自然地敞开着。赵灵拉了拉肩头的书包，里面有昨晚的饺子，往里迈了几步，才发现这并不是一个简单的餐厅，更像是一个花园，眼前整片的桃树林，开满了粉色花朵，风吹过，带来一阵清甜的花香。赵灵顺着鹅卵石小路往前走，此时山外阳光普照，但这里却弥漫着淡淡的雾气，漫步其中，仿佛置身于仙境一般。

赵灵的好奇感越发汹涌，原本被花朵掩藏的房屋总算露出真面目，是一座白墙黑瓦的小平房，只有一层，样子有些普通，房门敞开，屋里却没有一点动静。赵灵悄悄地走进室内，不知为何，自己总有一种误闯禁地的感觉。一进屋，就被眼前的布置给惊呆了，不大的房间里塞满了各式各样的物品，布艺沙发，雕刻精美的挂钟，最惹眼的是东南角那个红木展柜，上面镶嵌着淡绿色玻璃。赵灵走上前，好奇地数起来，一层两层，从上到下展柜总共有5层。

黑白照？老板多大呀？

赵灵盯着第一层里面的照片，照片上的一家三口穿着古时候的衣服，夫妻很年轻，小孩还在襁褓中。这张照片应该是从以前保存下来的，男人还剃头留着辫子，不像现代人的古装照，是刻意做出的陈旧感。照片被平放在一块发黄的手绢上，赵灵还能看到上面的刺绣，是一片莲叶。

第二层挂着几个褪了色的红灯笼，小巧精致，是用纸做的，本该垂在下面的流苏不听话地往外翘起，像是炸开一样，赵灵真想伸手摸一下。

第三层是两只布艺孔雀，中间还夹着一个喜字，这个工艺品看起来有些眼熟，好像自己家里就有。赵灵想到爸妈卧室里的那个摆设，没错，和眼前的没什么差别，是他们结婚时买的。这么看，老板真的不年轻了，都收集些有年头的东西。

赵灵半蹲着看第四层的物品，《哪吒闹海》——居然是本小人书，这种版本现在在市场上已经不可能有了，黑白稿，拿在手里估计还没手掌大。

第五层只露出拳头宽窄的一条缝。赵灵站起身打量整个柜子，它设计得很奇妙，第一层像是有大半截消失在柜顶，看不出那一层有什么，而第五层还有一大半没从柜底出来，这样的柜子会让人产生一种错觉，好像它会一点点往上移动，也许只是店主品味独特，喜欢这种类型的柜子罢了。

"你来啦。"

赵灵听到声音慌忙转身，眼前站着的居然是一位和自己年龄相仿的女生，齐耳短发，脸蛋小巧，深蓝色毛衣外围着一条粉色格子围裙，手里还抓着一条鲜活的鲢鱼。

"你是店主？"赵灵疑惑地问道。

"要不然呢？"女孩笑起来，嘴角上扬酒窝旋开，睫毛如同蝴蝶双翼般在秀气的脸上投下阴影，还有那双眼睛，明明带着笑意，敏锐的目光却仿佛能看进人的内心。赵灵看得出神，觉得女孩周围好像有花朵绽放，山野间的清丽之美，说的应该就是眼前这个女孩了。

"你会杀鱼吗？"

"啊？"

赵灵来不及反应，对方已经将活蹦乱跳的鲢鱼抛到他手上。

"赶紧把鱼杀好，要不然中午没东西吃。"

女孩说完就走进一旁的厨房，赵灵赶紧跟进去，对方的毫不见外弄得两人好像原本就认识一样。赵灵盯着手里的鱼，怎么来餐厅吃饭还要顾客自己杀鱼呢？真是头一回，不过，这哪里又像餐厅，分明就是一间奇怪的小屋。

"片鱼会吗？"

女孩凑过来，手里拿着一根长长的筷子，筷子前端绑了一块纱布，靠过来的时候，赵灵闻到一股淡淡的茶香。

"嗯。"赵灵把杀好的鱼放到砧板上，才下去一刀，对方就看不下去了。

"算了，还是我来吧，你帮我把那堆茶叶泡了。"递给赵灵筷子的时候，女孩的手又迅速缩了回去，"你先把手洗一下，别窜味。"

"哦。"

赵灵不知道为什么会对这个女孩言听计从，可能是她的每句话都带着笑意，声音也是脆脆的，特别好听，让人不由自主地愿意照她说的做。

洗完手，赵灵发现鱼片已经好了，那薄如蝉翼的鱼片被码在一旁的骨碟里，晶莹剔透，自己甚至都没觉察到女孩用刀，鱼就片完了。对方忙完手头的事，蹲在冰箱前拿冰块。

"直接用手啊？"

"我洗过手了，放心。"

"我不是这个意思。"

赵灵不是嫌她手脏，而是这样徒手拿冰难道不冷吗？现在气温本就不高，等会儿手就该冻麻了。可女孩像没事人一样，端着冰块走到一边，有条不紊地将鱼片挪到冰块上，从头至尾一脸平静，手也白皙依旧，完全没有冻红。

"你的手？难道厨师的手真的是冷热都不怕吗？"

女孩玩味地走向赵灵，她的表情特别像那种想要逗你玩的大人，朝赵灵咧嘴一笑，拿起他身边的一包茶叶塞到他手里，"厨师那叫忍，但我不一样！赶紧泡茶吧。"

女孩独自出了厨房，虽然这里的一切都让赵灵觉得奇怪，但他心里却没有一丝不安，撕开茶叶包，一股沁人心脾的茶香渗透全身，真是好闻极了。

6

黑色铁炉上架了一口锅，下面有一个小碟子，里面放了些干冰，点燃干冰，泛起幽幽的蓝光。

"这是火锅？"

"是啊，只是口味比较清淡。"

赵灵干笑了两声，用茶叶汁当锅底，真是大开眼界了。山野间的奇妙口味，常人难以理解，赵灵端起面前的茶杯问："这和锅底一样吧？"里面的茶水就是自己刚刚泡的。

"不行吗？早知道我该换套茶具，原以为会来个女的，不过一样，你长得很秀气，这套茶具很配你。"

女孩的注意点不在茶水上，赵灵脸红了，其实在开公交的时候，很多眼神不好的老人家会喊他"闺女"，那时候可比现在尴尬多了。

"尝尝看吧，说不定味道很好呢！"

"说不定？你以前没做过？"赵灵瞪大眼看着这位"周末餐厅"的店主。

"你别误会，我只是不喜欢做重样的，不过很少失败。"

女孩说着夹起一块鱼片，在冒热气的茶水中涮了两三秒，赵灵觉得鱼片还没熟，可对方就入口了，女孩品得仔细，像是在吃什么美味佳肴，赵灵被她耐人寻味的表情勾起了食欲。赵灵忍了一会儿，憋不住了，夹起一片鱼，在锅里涮起来。

"还不错吧！"女孩托着腮帮子看他，确实，鱼片好吃得出奇，一点都不腥，赵灵点头，朝她竖起大拇指。女孩说："我从小就跟着我奶奶学做菜，说起来也是老厨师了。"

"原来是这样，难怪你刀工那么好。"

"刀工？"女孩停顿了一下，"也是啊，都那么多年了，能不厉害嘛。"女孩调皮地眨了眨眼，继续吃鱼。

赵灵觉得女孩是个很奇妙的人，不管你怎么和她说话，她都是一种无所谓的状态，轻描淡写，但又不像是在敷衍，她认真回答赵灵的每一个问题，而答案总像另有深意。赵灵问她为什么雾山上的花和外面的不一样，女孩告诉他，花就是花，没有什么不一样，它们只是按照各自的生长规律花开花谢罢了。赵灵说他想走近看一下，却发现花朵一直往后退，女孩大笑，说花哪里会跑，是他走得不够近而已。

"可我怎么走都一样，那个距离根本没变。"

"所以你就调头了？"女孩喝了一口茶，"说不定你再往前走走就够到了，因为你总在暗示自己够不到，结果就成真了。"

女孩语气依旧，却让赵灵觉得采朵花都变得好有道理。

鱼片比想象中的分量足，女孩又备了些小菜，赵灵吃得差不多了，想到包里还带了饺子——"你为什么让我带晚饭过来啊？"

赵灵打开背包，里面却空荡荡的，只剩下一个钱包，"不会啊，我记得带了，怎么会没有呢？"赵灵觉得不可能，出门前明明检查过。

女孩从沙发上起来，走到窗前若有所思地盯着窗外，突然钟响了，一声接一声，就在耳边，赵灵吓了一跳，这钟声动静太大了，自己都快被震晕了。

"12点了，原本还想和你多聊一会儿呢，看来不行了。"

女孩完全不受钟声影响，平静地下了逐客令，赵灵有点意外，但对方已经拿起他的书包，不多做解释径直往外走。赵灵跟着跑出房屋，外面变天了，来的时候虽然有点雾，但好歹是晴天，怎么一会儿天就阴了，还刮起了风。

"原路回去吧，别多逗留。"

"等一下，"赵灵站在铁门外，女孩已经开始锁门，"我还没付钱呢。"

"我这儿不收钱。"女孩语速很快，脸上没有一丝表情，和刚刚笑着聊天的样子完全不一样，赵灵居然感到一丝害怕。

"那，那可以告诉我名字吗？你叫什么，就当交个朋友。"

"我叫叨叨。"

女孩没多说话，转身离开了，赵灵扒着铁门还有话要说，但大雾起得太快，连院里最近的那棵桃树都模糊起来。而且院中的大雾一点点往外蔓延，像是一股推力，推着赵灵往外去。

7

叨叨快步往屋里走，院中的雾气渐渐散去，一位脸色青黑、满身伤口的男人坐在屋前的台阶上，挡住了去路。

"你为什么不提前和我说？"男人用仅有的一丝力气向叨叨咆哮。

"提前说有用吗？"叨叨冷笑一声，"提前说你就能忍着不偷吃了？提前说你就不会把这样的机会搞错了？"叨叨皱眉，"如果提前说有用，小方，那你还会死于意外吗？赶紧走吧。"板下脸来的叨叨令人恐惧，小方却还想努力一把。

"真的没有机会了吗？"小方往前挪，他浑身战栗，虚弱无比，雾气在他半透明的身体里肆意飘浮，"我还想见见她，求你了！求你了！"

叨叨有些反感地往后退，说："钟声响就没机会了，你最好装成走散的样子回去，魂飞魄散可不比被卡车撞舒服。"

小方跌倒在地，缩着身子低声哭泣。叨叨绕到一边，走去房间。

"麻烦你，"小方抽泣着伸出手，用尽最后一点力气抓住叨叨的裤脚，"如果你能见到她……就让她忘了我吧……留我在她心里……只会更痛苦。"

叨叨默然不动，裤脚松了，身后雾气波动，小方消失了。就在此时，屋里传来动静，叨叨深吸一口气，脸色凝重地推门进屋。

"又招待客人啊？"

坐在沙发上的是一位身着黑衣的年轻男子，他拿起叨叨的茶杯，左右打量，身旁放着一条绳子，对于这种打扮的人，叨叨再熟悉不过。

"没事干啊？来我这儿。"

叨叨没好气地在毛毯上坐下，指着对方手里的茶杯，示意他放下。

"我听到钟声了。"黑衣人讪讪地说道。

"12点，钟当然要响，我看吴感你是想偷懒吧，来我这儿喝杯茶？"叨叨轻笑，"还是算了，你也是魂魄，哪里需要喝茶。"叨叨挑衅的样子让吴感很生气，屋内的空气也变得阴沉起来。

"我警告你，以前的守门人从不做这种事，你别坏了规矩。"

"坏了规矩？"叨叨眯起眼睛，"你来我这儿才是坏了规矩吧，交界处是我的地盘，你说来就来，嫌日子太好过啊？"

吴感最怕看叨叨的眼睛，因为守门人有种能力，她能用目光轻而易举地撕碎魂魄，即使收录者的伤口能瞬间恢复，但那撕裂感仍旧痛彻心扉。

"我今天来是有事。"

"那快说！"叨叨盯着他不放。

"快清明了，李美珍肯定会到焚香多的地方去，你后面就是墓园，我给你提个醒，她说不定会出现。"

"吴感，我知道我的职责。"叨叨放慢语调，一字一句说得分外清楚。李美珍是一个逃亡在外的魂魄，叨叨心里明白，吴感特意过来提醒，与焚香和墓园关系不大，毕竟这世界上墓地那么多，他不四处跑偏偏就来自己这儿，心思昭然若揭，无非是要告诫叨叨，不要帮李美珍，更不要多管闲事。

"那就别让我抓到把柄。"

吴感说完便消失了，屋里恢复了往日的平静，叨叨往后仰靠在沙发上，收录者身上带有浓重的戾气，他们出现的地方，空气都会变得很沉重。吴感就是叨叨见过的第一位收录者，他负责意外死亡这一块，当初小志溺水，就是他负责收录的魂魄。这么多年过去了，发生在叨叨身上的奇怪事情都得到了解释，她是一位守门人，负责看守人间和冥间的交界处，也就是人类眼中的这座雾山，听着有些匪夷所思，包括叨叨自己，如果她是在如今这个年纪才被选为守门人，那叨叨也会觉得自己疯了。但她被选为守门人的时候才6岁，一个热衷于童话故事并且没什么朋友的小女孩，意外发现雾山的与众不同，就像是找到了自己的秘密基地，心里更多的不是害怕而是窃喜，而且当守门人还被赋予了一些神奇的能力，这种能力在过去的十几年被磨练得越发娴熟，比如叨叨的目光，它既可以用来撕裂魂魄，也可以用来切鱼片。这种能力不分地域，叨叨在任何地方都可以使用，但在人间生活的时候，叨叨会刻意抑制这种有伤害性的能力，两种地域两种状态，她分得格外清楚。

相比其他的收录者，吴感来这里的次数是最多的，因为意外死亡这一块的亡魂总是有各种各样未了的念想，他们跑来找叨叨，希望通过她能与人间的至亲取得联系。起初，叨叨很容易被这些亡魂感动，为他们的遭遇感到难过，但见多了，心态总要发生变化，就像多愁善感的实习医生和见惯生老病死的主治医师那样，叨叨的心脏早就变得比后者还要强大了。除非碰上抗拒不了的悲伤，这时候叨叨才会做一些在收录者眼里不容发生的行为，替亡魂联系亲人。亡魂从收录者手里逃跑已是错事，再要联系活人就更是犯忌了，不过叨叨这些年还算顺利，有时候亡魂的离开和收录者的到来就在几秒之间，只要不被当场抓住，就算吴感心里百般笃定叨叨在帮魂魄，但没有现场证据，他拿叨叨就没有办法。像今天这样，小方在吴感到来的前一秒离开，这时间点卡得太准了。

8

"赵灵，来来来。"

回程依旧是小唐的车，只是赵灵才上车，小唐就神神秘秘地把他喊到身边。

"怎么了？"

"小方出车祸死了，上周末的事，你知道吗？"

"什么？死了？"赵灵打了个寒颤，下意识地握紧手机。

"后面那个，"小唐撇了撇嘴，"他女朋友，上一站接到的，刚从墓园回来。"

赵灵往后看，那人确实是小方的女友付碧华，她头发凌乱，眼睛通红，整个人无力地瘫坐在位置上，眼神空洞地盯着窗外。赵灵以前见过她，是个眉眼清秀非常爱笑的姑娘，自己曾经也羡慕过小方，以小方不出众的外形怎么就摊上这么一位好姑娘呢，想来是家庭条件帮了大忙。但现在看来，付碧华是真心的，那种悲伤让人不忍。

赵灵随便找了个位置坐下，不想去打扰她，车子颠簸地往前开。赵灵想起昨天小方发的信息，心中奇怪，拿出手机，可怎么也找不到昨天的内容，甚至给小方的私信也显示无任何留言。赵灵想不通，难道是计算机病毒？可是周末餐厅确实存在啊，既然存在，就不应该是垃圾信息。或者是付碧华，她为了纪念小方才发的？这么想比较合理一些。只是眼前的她太难过了，赵灵不忍心上前确认。

车子慢慢开进市区，赵灵无聊地看着窗外，车停车起，一个熟悉的身影上了车，赵灵看着她，对方也看到了赵灵。今天她只化了淡妆，仿佛白天见她的时候都是如此素净，虽然不如昨晚惊艳，但身着白裙的清爽样子却比昨天更让人心动。赵灵脑子里突然响起叮叮关于花的理论，其实这个女孩和雾山上的花一样，都是按照自己的生长路线在生长，她美得与众不同，却非常吸引人，她就在那儿，在找位置，而自己身边就有，赵灵吸了一口气，举起右手，朝对方轻轻挥了一下，一丝雀跃浮现在女孩脸上，她快步朝赵灵走来。

"你好，我叫赵灵。"

"我叫李彤。"

9

会议室光线昏暗，只有大屏幕上光彩夺目，一张张设计精良的 3D 图，向史文凯展示着他未来的办公区。讲述者是韵瑕设计公司的创意总监李幕北。她与史文凯只沟通过两次，还都是在用餐期间，前后加起来总共不超过一个小时，中间还夹杂着 Tony 的絮絮叨叨，主题被模糊了一次又一次。在这样的情况下，这位创意总监居然还能紧扣主题，并在这么短的时间内交出如此优秀的作品，真是让人佩服。

史文凯朝 Tony 点点头，表示对方案认可，他俩曾同在德国留学，算是师兄弟。只是出乎史文凯意料的是，这位主攻金融的瑞典人居然跑来中国办起了设计公司，把低调奢华的北欧风推广得有声有色，而且光对他的选人眼光，史文凯就很是佩服。像李幕北这样的人才，雇到她就像雇到了宝，既撑得了场，又做得了设计，关键还很符合 Tony 的审美。

"晚上一起聚个餐吧，各位辛苦了，今天由我埋单。"

史文凯话音落，Tony 就起哄带头鼓掌，还用非常不标准的中文大喊"火锅！火锅！"惹得在场员工都忍不住偷笑。

李幕北一身轻松，为了这个提案自己忙了将近一个月，得到这样的认可算是挺圆满的。不过聚餐就算了，今天是周五，自己还有其他事要忙。

"给个面子嘛，你是大功臣啊。"

面对 Tony 深邃的蓝眼睛，一般人都会抵不住诱惑，而且他向来没有老板样，配上音乐就能卖起萌来。不过李幕北也是出了名的立场坚定，刚巧口袋里手机响了，以往还要费脑子想理由，看来今天是走运了。掏出手机，李幕北装出无奈的样子，走到角落接通了电话。

挂完电话刚转身，Tony 一双大眼睛满是委屈，这样的老板真是让人又好气又好笑。李幕北不管他了，向史文凯打了声招呼，背起电脑包，一路小跑，赶紧赴约去。

"这样的员工确实不错，既漂亮又能干，不过……"史文凯用胳膊挂住 Tony 的脖子，"人各有志，莫要勉强。"

Tony 中文不好，一知半解中又故意装糊涂："我不懂古文。"

"什么古文，你别懂了装不懂，还是要找一个和你一眼就能对上的人，这个比较实在。"

"可我觉得幕北很好啊。"

"我又没说她不好，但好不等于合适，你得认命。"

史文凯推着 Tony 往外走，李幕北绝对是好员工的不二人选，但是要做 Tony 的女朋友，这个搭配总有点奇怪，虽然自己和李幕北接触不多，但总觉得她是一个很清冷的人，说话做事都与工作挂钩，像是刻意与周遭的一切划清界线。如果她真要和 Tony 这样热情外向，还总爱耍宝的外国友人搭配在一起，合适指数为零。李幕北倒是脑子清楚，知道拿捏分寸，连一点搞暧昧的机会都不留给 Tony，那自己就来提点一下老友吧，多带他见识几个美女。

10

周燕群从医院出来，拐去一旁的美食街，打包了好几个小菜，路过出口时，有位老太太在卖萝卜饼。打包的食物已经够多，周燕群走出几步又折了回来，要了三个萝卜饼，仔细包好后与小菜放在一起，希望它们相互取暖，不要凉得太快。

车子拐进鱼塘小道，叨叨的车已经在了，两个熟悉的身影正围着池塘边散步。

"你们不是有钥匙吗？"

周燕群大喊一声，许静听到声音跳起来向他挥手，拉着叨叨向他跑来。

"不冷吗？"

许静穿得还算厚实，大红色棉袄，帽檐上一圈白色绒毛，看上去挺暖和。叨叨穿得就太少了，一件单薄的米色风衣，里面只配了一件白衬衫，一如既往地清爽好看，但总让人担心她会着凉。

"放心吧，叨叨意志力坚强，要风度不要温度。"

"去你的，我们公司都开暖气，所以才穿得少。"

叨叨推了一把许静，对方立刻装出快要跌倒的样子，燕群咧嘴笑了，他们还是和小时候一样，喜欢打打闹闹，关系一直很好。燕群从口袋里掏出钥匙，有段时间没来了，天又老下雨，门锁生了锈，费了好些力气才把门打开。屋里空气不流通，有股潮味，叨叨打开窗通风，燕群跑去里屋推上电闸。灯亮了，屋里的陈设还是与先前一样，简单的八仙桌，四张木质长凳，刷在上面的红漆有些翻起，随手一抹都会掉落好些。

"得擦一下。"许静去找抹布。

叨叨在屋里转悠，房间里不再有任何捕鱼工具，燕群也提过，现在的鱼塘难得出现几条小鱼，都是每年换水时，顺着水流从大河里冲进来的，他们已经不再放鱼苗，所以现在的鱼塘只能算是一个附带游泳池的院子。燕群隔三差五回来一趟，有时候打理一下池塘边的植被便匆匆离去，在他心里，只要这个地方不要太荒凉就可以了，时不时给它添点人气，燕群心里便有了慰藉。

"萝卜饼，你们先吃。"

燕群将纸袋子递给她们，叨叨拿了一个，已经不烫嘴了，吃起来正合适。

"你啊，还把我们当小孩呢？"许静咬了一口萝卜饼，帮着燕群把菜拿出来，顺便把椅子再擦一擦。

"叨叨还是小孩，但你已经不是了。"燕群故意逗她，许静手中的抹布毫不留情地朝他飞过去。

许静已是一个3岁男孩的妈妈，当初别人念高中、念大学，成绩一般的许静则选了一所技校，早早学完便进了社会，组建家庭自然也比别人早一些，"我说，你们一个学医要读研，还有一个要拼工作，什么时候才能给我们家球球添个玩伴啊。我现在都不敢把球球放外面，就怕他结交到一些不好的朋友。"

叨叨和燕群对视一眼，笑出了声。

"才 3 岁吧，你别想多了，赶紧让你儿子自由发展一下，别在家憋坏了。"

"是啊，3 岁懂什么，还是人之初性本善的时候。"燕群笑得眼睛眯成一条缝，他觉得屋里有点冷，搓着手说，"你们先吃着，我去生个炉子。"

燕群跑去一旁的杂物间，叨叨吃得嘴巴上油亮亮的，调侃完许静脸上满是笑容，自己还是喜欢和以前的朋友在一起，那种贴心让她很舒服。

"老实人就是容易被欺负。"

"嗯？"叨叨不解，许静朝隔壁撇撇嘴，她说的是燕群。

"燕群他爸新娶了一个老婆，那女人可霸道了，自己也带着一个女儿，和燕群差不多大，什么好东西都塞给她自己的孩子，根本不管燕群。燕群有 27 了吧，家里根本不管他的事，车子啊，房子啊，以后都是那女人的，燕群他爸别提多糊涂了，村里好多人都觉得燕群可怜呢。"

"不是还有奶奶吗？她那么强势会让燕群受委屈？"叨叨想起燕群奶奶一手叉腰，一手指着别人鼻子破口大骂的样子，村里人都知道她的泼辣，可燕群连一点气势都没有遗传到，整日文文静静的，好话坏话到他那都转换成傻傻一笑。

"好像是身体不好，一直在吃中药呢。每天从她家门口经过，地上都是中药渣，哪还有工夫帮燕群啊！"

叨叨不了解这些，虽然每周都会回家，但她向来不爱问这些邻里琐碎，倒是与燕群的沟通还算多，有时间就会打个电话，但他从没提起过后妈的事，包括他奶奶的事。

"你说现在这个社会，有几个女孩子会完全不挑家境就嫁给一个男的，我看燕群以后娶媳妇都难。"

"你现在可真像一个妈妈，特别话多。"萝卜饼吃完了，叨叨一手油。

许静递给她一块抹布，"你嫌弃我啊，叨叨你是条件好，长得漂亮工作又好，家境又那么幸福美满，你可以完全不用愁，但燕群不一样啊。"

"什么不一样？"

燕群拎着炉子进来，见两人聊得正起劲，想试试能不能插上嘴。

叨叨眼珠一转，把抹布翻了一面，递给燕群："擦擦手吧，然后告诉这位许妈妈，你的女友是怎样的大家闺秀，省得她总担心你娶不到老婆。"

叨叨朝许静一挑眉，对方立刻激动起来："燕群，你有女朋友啦？怎么不早说，我还想给你介绍呢，赶快说给我听听，你们可真能瞒啊，还拿不拿我当朋友啊！"

燕群拿大呼小叫的许静没办法，有些责备地看了叨叨一眼，她不是一个大嘴巴，但就是喜欢捉弄朋友，每次见面都能把许静惹得直跳脚，现在又把这个导火线引到了自己身上。

"说说说！"

"哎呀！"燕群被缠得没办法，"还没正式交往呢，你别听叨叨瞎说。"

"这么说，是真的有喽！"许静咄咄逼人，一旁的叨叨吃着栗子看热闹，燕群脸上写满了招架不住。看着他俩的样子，叨叨不由感叹时间过得真快，许静生过孩子后一直有点丰腴。燕群也和小时候长得不一样了，也许是像他爸爸，有点小肚子，脸颊也是圆圆的，都说学医辛苦，所以燕群经常把自己的胖归结为过劳肥。他性格一直很好，除了小时候低沉过一段日子，基本上都是蛮随和的，他很少谈及家里的事，所以叨叨总觉得，燕群的生活并没有受到他后妈的影响，而对于家里的东西，像许静说到的车子和房子，叨叨并不认为燕群有多在意，除了脚下的这个鱼塘，当初燕群流着眼泪说想要留下来，与此相比，到目前为止还没有出现第二样东西是燕群非要不可的。

其实每个人想要的东西不同，渴望过平淡日子的人，认为拥有柴米油盐和车子、房子就是乐事。而另一些人，即使拥有了这些也不见得快乐，因为他们想要的从来都是别人无法理解的。

天黑了，三人围着八仙桌热热闹闹地吃起来，一旁的暖炉不时发出"噼啪"声，像是谈话中的小插曲。池塘边的雾气越发浓重，雾山上似乎有些不平静，叨叨握紧筷子，不动声色。许静抱怨为什么初春还这么冷，又往炉子里添了一块炭火。

11

轻柔的声音环绕整个房间，这首经典名曲《*close to you*》是Tony和史文凯的最爱。公司聚餐结束后，史文凯带着Tony来到自己的别墅，这里远离市区，没有喧嚣嘈杂，特别适合听卡朋特兄妹的歌曲。

"我还是喜欢这种声线，特别轻柔，还带点小伤感。"Tony躺在沙发上，闭上眼，手脚直线拉伸，享受此刻的美好。

"卡伦为什么过世，那时候才三十多吧？"

"三十二，那叫……"Tony皱眉，专业性太强的文字他总是念不好，"神经性，厌食症，对，是为了减肥。"

"为什么明星都爱减肥，他们已经够瘦了，有这个必要吗？"

"只有这样才能显脸小，不像我，天生的。"Tony得意地拍拍脸，史文凯递给他一杯伏特加，抬脚踢了他一下，让他往一边挪，人高马大地霸占了一整张沙发。

"我再给你放首歌，听听看怎么样。"史文凯按下鼠标，环绕式音响里传出一首中文歌，光听前奏猜不出歌名。

"谁唱的？"

"周嘉于。"

Tony 想了一下："她不是演电影的吗？"

"嗯，因为唱片卖得不好，所以改演戏了，不过我还是蛮喜欢她这种声线的，和卡朋特差不多，但更干净一些。"

Tony 同意地点点头，抿了一口伏特加，这种用瑞典冬小麦酿制的好酒口感细滑，配上这歌声，整个人都像身处云端，柔和舒适。不过现在市场上流行大嗓门歌手，也难怪周嘉于要转去演戏，真是可惜了这么好的嗓音。

"嗡嗡嗡……"

被调成静音的手机响了，史文凯走去外面接电话，Tony 爬起来翻看周嘉于的资料，这张精致的面孔走哪都能看到，只是没想到她才 21 岁，难怪负面新闻那么多，毕竟年龄还小，不知道如何在公众场合收敛情绪。但拥有此番实力，只要慢慢磨，情商总能被练出来。

接完电话的史文凯似乎兴致很高，回来便问 Tony 多久没回国了，想不想家。

"这个问题你应该去问女孩子，我一直喜欢满世界跑，没空想家。"Tony 实话实说，虽然他也不到 30 岁，但因为爸妈开放，自小就对他采用放养式教育，所以 Tony 更愿意四海为家，很少想家。

"那想同学吗？"

"嗯。"这个 Tony 反倒认同，从小和同学在一起的时间多过父母，对他们确实感情深厚。

"我过几天有个同学聚会。"

"什么时候的同学？我认识吗？"

"你哪会认识。"史文凯笑着摇头，端起酒杯走到落地窗前，看着窗外自言自语道，"都是初中同学了。"

"那就可惜了，还想一起聚聚呢。"来了中国，Tony 就很少有派对参加，他骨子里是个爱凑热闹的人，还挺希望史文凯能把他带上，一起去多认识几个朋友，只是这家伙似乎在走神，"你该不会是有喜欢的人在初中吧，什么初恋情人之类的？"

"怎么可能，我可是一门心思只想学习的好学生。"

"那你在想什么？"

史文凯倚着玻璃窗，看向 Tony ："你相信运气会转移吗？"

"运气？开什么玩笑。"

Tony 做出一个夸张的表情，史文凯喝了一口伏特加，语调缓慢地说起了以前的事。

"我家在我念初中的时候还很普通，爸爸是公务员，妈妈是小学教师，那时候我从没想过将来有一天我家会有公司，会有别墅。"

"兄弟，你是在炫耀吗？"Tony 笑着打岔。

"你先听我说完。"

Tony 立刻正襟危坐，摆出一副非常认真的搞笑姿态。

"我初中时有个同桌，是男生，虽然长得很像女生。"史文凯想起同桌的样子就忍不住强调这一点，"他家很有钱，爸爸是当老板的，在老家经营一个粮仓，通过将老家的低价粮出售到大城市，赚取其中不菲的差价。那时候我很羡慕我的同桌，他有穿不完的名牌，花不完的零用钱，老师们也因为他家境好对他格外照顾。我家在那个时候也算小康家庭，老师们觉得我乖，就把我们安排在一起，我俩关系不错，打打闹闹的，什么话都说。他告诉我他爸爸平时都在老家收粮，会趁天气好的时候将粮食运过来，这个行当已经做了好些年了，赚了不少钱。而我家那会儿，爸妈似乎总在吵架，我爸那时候利用职务的便利，正忙着将一家国有企业转为私有，他向很多亲戚都借了钱，虽然信心满满，但压力很大。我记得有一

次期末考，我考了全班第一，我拿着成绩单去找他，他当时一个
人坐在车里，捧着手机，听到我的成绩之后只是淡淡地说了声考
得不错，我一直记得他用力挤出来的笑容，肩头仿佛有座大山压着。
孩子与父母之间总有一些奇妙的联系，即使我爸妈总瞒着我工作
上的事，但那时候我已经觉察出他们的不顺，晚上做梦总会梦见
爸爸被抓起来，哭喊着要把他拉回来，这样的梦做了太多次，每
次醒来发现自己真的在哭。那段时间我整日惶恐不安，但我的同
桌却依旧过着顺风顺水的日子，每天豪车接送，碰上体育课就会
拿出零用钱请客，我那时候就在想，要是我爸爸有他爸爸的一半
运气就好了。"

"后来情况真的变了？"

"嗯，"史文凯点头，"我记得初二那年的夏天，天气特别干，
连梅雨季节也只下了几场小雨。按理说天气好对同桌家的生意完全
是好事，因为粮食谷物干得快，也好保存。他爸爸每年都会租好
几节火车用来运送粮食，那年天气好，他爸爸准备大干一场，租
用的车厢比平时多了一倍，可是老天跟他开了一个玩笑，从粮食
装上车，火车启动，天就开始下雨。火车不能为了他这一件事而
停运，只好等两天后粮食运到目的地再想办法，到了目的地天气
放晴了，他爸爸想着赶紧把粮食拿出来晒晒，可是当所有谷物曝
晒在地，天又开始下起了瓢泼大雨，那么多粮食一下都废了，而
且这样的事情接连不断地发生，很快就耗光了他的积蓄。"

"怎么会这样？"

"是啊，怎么会这样，而我爸爸当时却变得异常顺利起来，公
转私这件事得到了国家的许可，一直在为资金犯愁的爸爸得到了一
位战友的帮助，一下筹了很多钱，他成了当时公司最有实力的买主，
真的是在一夜之间，公司转到他名下。爸爸成了法人，成了董事长，
成了亿万富翁，而这样的基础让他以后做什么都轻而易举，一直

到现在。"

"天哪！"Tony 不知道该如何感叹这两种不同的人生，"不过这也不能说是你借走了你同桌的运气吧，有时候事情就是这样，顺的时候很顺，不顺的时候也很莫名其妙，这叫什么，Destiny。"

"命运，也许吧。"史文凯表情复杂，他从来没有因为自己是幸运的那一方而得意忘形，"这些年，我一直在关注我同桌的情况。"

"他过得怎么样？"

"谈不上不好，但没法和从前比。他以前很照顾我，课间的时候会给我买三明治，那时候我总担心家里，连妈妈给的零用钱都不拿，以为节约下这几块钱就能帮到爸爸，可初中时长身体，一到半上午我就饿得不行，总是他请我吃东西。"

史文凯微笑，那三明治的味道他到现在还记得，里面夹了淡奶油，一小片薄薄的香肠，还有半个荷包蛋，那温暖的滋味总让他为当年的想法感到愧疚。

"你……想帮他？"

"如果可以的话。"

12

"你又要干吗？"

"我不干吗呀，我就是讨厌你，讨厌你一副假清高的样子。"

蒋馨云没来由地把叨叨的文具盒扔在地上，只因为刚刚的班委选举，叨叨比她多了一票，成了新学期的班长。按照成绩，叨叨早该当选，从进小学开始，叨叨就一直是班里的第一名，而蒋馨云的成绩就像过山车，忽好忽坏，完全是因为她妈妈经常跑老师办公室，她才能保住班长职位。而叨叨的性格并不愿当什么班长，但新年级的班主任铁面无私，她认为成绩最好的就该是班长，经过同学选举，叨叨再也推脱不掉，却把蒋馨云彻底惹火了。

"放手！"

蒋馨云拽住叨叨的头发，当着同学的面动起手来。叨叨忍无可忍，转过身来还击。两人的个头差不多，打起架来不分上下，叨叨打急了想到自己还有一个绝招，在两人僵持互掐的时候，叨叨用力盯着蒋馨云，很快一条淡粉色的疤痕出现在对方脸上。蒋馨云尖叫着松开手，可叨叨被怒火冲昏了头，早该移开的目光却死盯不放，淡粉变成了血色，直到皮开肉绽，鲜血直流。

"啊！"

叨叨从噩梦里惊醒，满头大汗的她用力喘着气，摸开一旁的床头灯，才1点半，可自己整个人都被吓醒了，没有一点睡意，只好拿本书，走去客厅。

叨叨许久不做这个梦了，可能是与白天碰到蒋馨云有关。每个周末叨叨都会从市区回来，两人难得碰上，今天是在小镇的超市遇到的，虽然彼此的关系不再像以前那样剑拔弩张，但蒋馨云脸上的那条伤疤却永远留在那里，即使当初是对方先动的手，可小孩间的争吵真的不用受这么重的惩罚，那条伤疤永远消不了。想到蒋馨云每天都要顶着别人异样的眼光生活，叨叨心里就很不好受。所以叨叨才会限制自己在人间使用这种能力，人类不具备魂魄瞬间恢复的能力，裂开的伤口即使愈合，也会留下丑陋的伤疤。这样的伤害，让人于心不忍。

叨叨在沙发上坐下，身前的茶几上放着一个空饭盒，是上次赵灵过来的时候被小方偷拿的，叨叨所在的交界处是个神奇的地方，可以让魂魄恢复所有感官。而进入这里的人类，也可以见到魂魄，当然前提是魂魄愿意现身。小方想见的人不是赵灵而是他的女友付碧华，所以他不愿意现身，但他仍还念活着的美好，才会控制不住偷吃赵灵的水饺，本来叨叨怕赵灵吃不惯鱼片，所以才叫他带上多余的晚饭，没想到居然被小方偷吃了。魂魄不能触碰任何人间的东西，即使是在交界处，收录者都会立刻收到信息迅速赶来，叮叮房间的那口挂钟，便是警报器，收录者一旦靠近，它就会响，这种响声与平时的报时不同，像是在你耳膜边响起一样，震耳欲聋，让人心生胆怯。

"咚，咚！"

两点不到，钟声响得奇怪，看来真是想什么来什么。片刻之后传来敲门声，叮叮起身，门外是那张熟面孔，是吴感。

"你当所有人都和你一样不用睡觉啊？"

"我在找李美珍。"

收录者可以自由往来交界处，但碍于与守门人的关系以及双方的职责，收录者一般不会来。吴感没礼貌地走进屋，四处张望，他身上带着露水，比平时寒气更重。

"找不到魂魄就来找我麻烦，你有意思吗？"

"现在这个时候你还不睡觉，不是为了掩护李美珍是为了什么？"

叮叮好笑地坐回沙发："你都多少年不睡觉了，自然不知道什么叫失眠。不过拜托，我这儿没什么李美珍，你别大半夜私闯民宅，这和见鬼有差别吗？"

叮叮没心思和吴感废话，希望他赶紧走，和他同处一个空间总有种缺氧的感觉。

"我能喝杯茶吗？"

叮叮皱眉，不解地看着吴感，这家伙葫芦里到底在卖什么药，居然还要喝茶。

"每一个魂魄都想来你这儿，我也是魂魄，而且我们还是……同事。"吴感有些别扭地说出后两个字，"请给我泡杯茶。"吴感的脸色难看极了。

叨叨鸡皮疙瘩起了一身，收录者就适合装酷扮深沉，这样一本正经地求你倒杯茶实在让叨叨受不了，她赶紧跑去厨房烧水。

等叨叨端着茶壶出来，吴感正站在挂钟前，面无表情地盯着钟面，叨叨心里紧张，走过去一下挡住挂钟说："茶来了。"

"你不喝吗？"吴感端着茶杯见叨叨干坐在沙发上。

"不喝，我已经失眠了。"

"你是第一个人类守门人。"

叨叨往沙发上一靠，朝吴感翻了个白眼说："这我知道，你不用老和我说什么你一直反对人类当守门人之类的话，我都已经当了，从 6 岁开始，我现在都 25 了，你在冥间随随便便都能过个几百年，我没那么长寿，碍不了你多长时间。"

"活着的话，我 54 岁。"吴感将茶杯放下，依旧板着脸，看不出有什么情绪，"你当上守门人的那年，我做了收录者。"

叨叨在脑子里简单推算了一下："那就是 35 岁，为什么？"

"意外死亡，不过我没那么多念想。"

意料之中，叨叨料定他没什么念想，要不然也不会被选为收录者，他们可是这世间最铁石心肠的一群人，没感情，没冷暖，脑子里只有一件事，就是收亡魂。正常人面对突如其来的死亡哪会那么镇静，只有像吴感这样天生无感的人才能做到。不过光从吴感的长相看，眉清目秀的，又老爱板着一张脸，放到人间应该会很受欢迎。这样的人 35 岁就过世了，而且还没什么念想，他到底是怎么活着的。

"喂！"叨叨突然想到一些事，吴感端着茶杯停在那儿，"既然我们都是同一时间在冥间做事的，你干吗要反对我当守门人啊，你又不知道其他人做得怎样。"

"蒋疑和我说过。"

吴感口中的蒋疑就是当年收走太婆婆魂魄的收录者，负责正常死亡这一块，他是第一位被叨叨撕破脸的收录者，所以总对叨叨带有偏见。他年龄很大了，听说是某个朝代的县令，具体年纪估计连他自己都记不清了。

"他说我做得不好吗？他可是一次都没来过我这儿，凭什么这么说。"叨叨有些不服气，心想这个蒋疑一定是个小心眼的人。

吴感又喝了一杯茶，依旧用他冰冷的语调说话："亡魂的念想来自最后一下心跳，而你，"吴感指着叨叨的心脏，"念想最多，你能保证你能完全控制住自己的念想吗？"

"这和我的念想有什么关系？"叨叨觉得吴感在故弄玄虚，但很明显对方不想解释清楚。

吴感放下茶杯站起身，高大的身影挡住了灯光，"你早晚会知道的，谢谢你的茶。"吴感消失了，茶水已经没了热气，叨叨能感觉到屋外雾气涌动，但知道这并不是因为吴感的离开而造成的，而是另一个魂魄。叨叨心情沉重地站在窗口，雾气在她眼里已经起不到任何作用，任何身影在她眼里都一目了然。

13

赵灵加快脚步，他已经迟到，再不表现得火急火燎、气喘吁吁一些，那群老同学肯定要酸他。

"对不起，对不起。"赵灵进门就道歉，果不其然，那些似玩笑更似嘲讽的话立刻扑面而来。

"呦，赵灵事业做得很大呀，日理万机，连同学聚会都要迟到！"

"是啊，赵灵现在在哪高就啊，自己开公司还是在家族企业啊？"

说这种话的同学大多自己也混得不怎么样，但更了解赵灵的情况，他们比上不足比下有余，就喜欢捉弄像赵灵这样的软柿子。

赵灵讨厌同学聚会，以往总以上班不好请假来搪塞，但这次很不巧，碰上一位同学来坐公交车，两句话一交流，对方就推算出赵灵今天没班，所以只好来了。现在放眼望去，那位同学正安分地坐在东南角，看到赵灵来了，远远地打了一个招呼。赵灵知道，这样的聚会，他俩都轮不上当主角，能让自己安然度过这顿饭的最好办法就是蒙头吃饭，少发言。

"来来来，我敬史总一杯，史总发达了可不能忘了小弟啊，以前咱们可是上下铺。"

"是啊，史总那么忙还赶来参加同学聚会，真是给面子，念旧。"

张口闭口的"史总"，听得赵灵很反胃，这位全场的焦点哪里是那些人的上下铺，分明是自己初中三年的同桌——史文凯，家里很有钱，是现在流行的富二代，念书时两人关系不错。只是后来自己念了技校，而史文凯一路重点高中一本大学，还出国深造，已经很久不联系了，现在就算两人面对面，也不知道他能不能认出自己。赵灵继续吃饭，他不想厚着脸皮去敬酒，就算去了，光是等别人想起自己，估计也要段时间，就算想起来了，一问工作和年薪，那条条都是硬伤，所以还是不要去了。只是隔了好几桌看着闪闪发光的史文凯，赵灵心里多少有点泛酸。这就是命吧，如果自家的生意一直都顺利的话，那现在受人追捧的说不定也有自己。

聚会快结束前，赵灵出去上厕所，居然在那里碰到了史文凯，他肯定是跑厕所来吐的，脸涨得通红。

"赵……灵，好久不见！"

史文凯在酒醉的情况下还能认出自己，赵灵觉得很感动，立刻上前扶了他一把。

"你开车了吗？"

"呃，没有。"赵灵其实是有车的，但担心晚上要喝酒所以就没开，结果他被安排在女同学一桌，自己不出去敬酒，也没人来搭理他。

"那开我的车，送我一趟行吗？"

史文凯从口袋里掏出车钥匙，玛莎拉蒂的三叉戟像三支箭一样直戳赵灵的心脏。人和人是有差距的，从座驾就能看出来，赵灵的车标也与三有关，想多了是奔驰，实际是三菱，水泥大道上最多的改装车。

赵灵将踉跄的史文凯扶进豪车，在一众同学的注视下开车离去。车开上高架，原本昏睡的史文凯醒了。

"兄弟，车开得不错嘛！"

听这清晰的语调，赵灵疑惑地转向他："你酒醒啦？够快的。"

"我压根没醉。"史文凯摆正身子，"就是喝酒容易上脸，别人一看都以为我醉了，这招我一直用。"

"那……"赵灵想既然你没醉，那自己是不是就该让位下车了。

"你在开公交车？"

"是啊。"赵灵没想到他会问这个，觉得有些尴尬。

"所以开车应该很厉害。"

"也谈不上厉害吧，那是大车，开得比较慢。"

"你不会准备当一辈子公交司机吧？"史文凯开门见山，从起步就当领导的他不知道怎么说话算委婉，但他是认真的，不想和赵灵拐弯抹角地开玩笑，"我新办了一家公司，关于汽车评测的，需要对市场上的车辆进行相关测试，包括性能、外观以及内饰等很多方面，收集到的数据会放到网络上，给用户提供购车参考。所以我需要好的司机，替我去测试这些车，你有兴趣吗？"

赵灵没想到史文凯居然在给自己介绍工作，一时没反应过来。刚刚在聚会上自己还在心里说了他不少坏话，现在真想抽自己两嘴巴子。

"你有我电话吧？"史文凯看了赵灵一眼，见他不吭声，便从西装口袋里拿出一张名片，"以前的手机号没变，就是多了个工作号，两个你都可以打，来公司了解一下吧，那份工作肯定比你现在的有趣，而且更有未来。新的办公区正准备装修，所以我是认真的。"史文凯一脸真诚。

赵灵接过名片，心里有种说不上的感觉，手掌麻麻的，自己一感动就会这样。

"我还是喜欢读书的时候，是朋友的不会躲我，不是朋友的也不会来烦我。"

"你是奉承的话听多了吧，别人还羡慕你呢。"赵灵心里舒坦多了，语气也变得轻松起来，俩人的关系好像又回到了从前。

"没什么好羡慕的，那些话都是烟雾弹，还得自己脑子清楚。我可不想一辈子顶着我爸的光环生活，所以这个项目必须成功。"史文凯揉揉脸，眼神坚定，赵灵觉得他比刚刚在酒桌上神气多了，那种精气神让自己佩服。

"你好好考虑一下，机会是要靠自己把握的，于你于我，都是一样。"

赵灵转动方向盘，在车水马龙的高架上灵巧地穿梭，心头积压许久的力量再次被鼓动，而爸妈苦口婆心的样子不出所料地霸占了整个脑子，只是这一次，前方有个空隙，赵灵踩下油门，车子发出咆哮声，这个位置他要定了。

14

春雨如丝，每到周末就像如约而至一样下个不停，叨叨不喜欢下雨天，湿哒哒的做什么都不方便，但付碧华不论下雨与否，一到周末就守在墓碑前，泣声软语，让人动容，也让人揪心。

"你是？"

　　付碧华困惑地看着叮叮，不明白为什么这个陌生女孩要替自己打伞。

　　"我以前坐过小方的车，他还让我免了几次票钱。"

　　"是这样啊。"付碧华语气哽咽，"他一直都很喜欢交朋友，见谁都能聊两句。"

　　"我有个朋友在这里工作，她说你每个周末都来，你和小方的感情一定很深吧。"

　　"再深也没用了，"付碧华蹲下来抚摸小方的墓碑，"我们原本会在这个月结婚的，我总是很相信他，即使我身边的人都说他太浮躁了，可我还是爱他，爱他的热情，爱他的新奇想法，我一直在等他的戒指，等他为我穿上婚纱，可现在我等不到了，我只能从回忆里找到他。"付碧华哽咽着流泪，叮叮吸了口气，整理一下自己的情绪，毕竟是受小方的嘱托来安慰人的，现在弄得自己都有些伤感。

　　叮叮举着伞半蹲下来，一只手扶着付碧华的肩膀，说："别难过了，逝者已逝，你这样只会磨坏自己的身体。小方他那么乐观的一个人，肯定不希望自己爱的人整天活在难过里，节哀吧。"

　　"可我还是很想他！"付碧华突然痛哭起来，失去小方的痛始终牵绊着她所有的神经，越安慰反而越难过。

　　叮叮记得小时候自己为了学自行车摔了很多次，有两次摔得整个手掌都破了，可很奇怪，第一次自己没哭，第二次却哭了，按理说人应该越来越坚强才对，可是叮叮记得，第一次摔的时候，身边没有人陪，但摔第二次的时候，有爷爷站在身边，叮叮记得自己哭了很久，爷爷也安慰了很久。其实手掌的疼总会过去，只是那一刻我们期待别人的关心，放肆地把自己沉浸在难过里。叮叮知道付碧华的痛和自己的不一样，但道理却一样，哭过之后总该让伤口愈合。

"你知道吗？也许最错误的想念，就是让自己活在想念里，小方已经走了，你该往前看。"

叨叨把雨伞放在付碧华身边，再多说也没有用，她的情绪只能靠自己修复，付碧华竭力压制哭声却依旧忍不住，这就是每个人的情感，对客观现实最真实的反映。叨叨看惯了生死，所以在这方面变得越发理智，很多事情在自己那儿稍加考虑便能理清楚，唯独感情，每个人各有其解，叨叨不是当事人，很多切身的痛苦作为局外人根本体会不到。但她尊重每一份感情，也希望这些重感情的人能早点想通，就像小方说的，留他于心，双方都不好过，早些放手，对谁都是解脱。

墓园里有不少扫墓的人，清明快到了，处处都回荡着思念，也许过了这段时间，付碧华就会好起来。

"压 20 块钱在我这儿。"

"还回来的时候把灰倒掉。"

许静正忙着给扫墓的客人发铁桶，见叨叨没打伞就回来了，立刻撑着伞跑上前。

"你劝人把伞都搭进去了？"许静拉着叨叨往办公室跑，"你该不会是去骂人的吧，我怎么觉得她更伤心了。"许静看向远处，付碧华整个人都缩在墓碑前。

"哎，我帮不了她，只能靠她自己想通。"叨叨拧了一下衣服，居然能挤出些水来。

"冷不冷？你等一下啊。"许静立刻翻箱倒柜地找冬天的取暖灯。

"你以前不是很害怕那些神神鬼鬼的吗？现在看你倒也算适应。"

"不是算适应，是很适应。"许静探出头做了个鬼脸，又缩进去继续找，嘴巴也不闲着，"我发现在这里工作挺舒心的，需要打交道的人就那么几个。以前我是不懂，来了这里我才明白，为什么要害怕已经过世的人呢，他们曾经都与我们一样，只是先走一步罢了。现在安静地落户在这里，守着这片土地，保佑着我们。每次这么一想，我哪里还会害怕，感激都来不及呢。虽然我还是认为自己喜欢热闹，但年纪大了，发现安静更能让我心平气和，也更省力一些。"

叮叮露出微笑，佩服许静的适应能力，也欣赏她的处事态度。当初许静毕业后帮着家里打理汽修厂，事事都要操心，还要时刻关注市场的变化。老汽修厂主打维修业务，早就不是一些新店的对手了，他们推广贴膜、喷漆等一系列附加值高的产品，许静家不想革新，汽修厂就只能关门。刚好许静家有位亲戚是搞墓地项目的，缺一个能打打电脑、记记账的亲近人，许静闲着就填了这个空缺，仔细算来，快有三年了。

"别找了，我又不冷，衣服一会儿就干了。"

许静还趴在柜前，叮叮把湿漉漉的鞋子脱掉，光着脚站在窗前。付碧华依旧瘫坐在雨中，当初如果不是见到她，自己不会答应给小方再见一次女友的机会，可小方真的有些不靠谱，预约这件事，一靠叮叮，二靠魂魄的意志。能不能预约对人，魂魄必须集中意念，不过连付碧华都说小方想法很多，也难怪他会搞错。不过现在看来也好，如果见到了，以付碧华的状态应该会更糟，不妨就把她交给时间，时间久了，悲伤总会被冲淡。

"你别找了。"

许静总算从杂物堆里找出一盏取暖灯，想给叮叮烤一下，可叮叮已经拎起鞋子，一副要走的架势。

"你真不冷啊？还光着脚。我给你找双鞋，还有衣服，换一……"

许静的手停在半空中，叮叮的衣服已经干了。

"你火气真旺。"许静惊讶，却有些意料之中，自己的这位好朋友，从小就与众不同。

"我先走了，雨伞下次还你。"

叨叨还记得小时候梦里的那位老爷爷，现在冥间的人都称他为老头，再冷的天，他都光着脚，原来有些人不是不怕冷，而是感觉不到冷，就像现在的叨叨，对寒冷的感觉越发迟钝，这样的变化是循序渐进的，谈不上好坏，只是叨叨心里没底，继续这样下去自己会变成什么样。而且伴随着这种变化的还有叨叨的情感，说好听了叫越来越成熟，换言之就是不近人情。叨叨始终记得第一位魂魄出现在自己屋外时的场景，光是她虚弱的模样就激起了叨叨所有的同情心，可是那时候她还太小，一同与她守门的还有渡魂婆婆，她二话不说就将魂魄打了回去，那份坚决，不留一丝商量的余地。而这种漠然也开始发生在叨叨身上，甚至蔓延到了叨叨的日常，因为在交界处把一切看得太透彻，所以对周遭事物越发缺少兴趣，除了必要的工作，叨叨更愿意一个人待着。即使是许静，也会不时说一句："叨叨太慎独，完全不让人靠近。"为什么不让人靠近呢？也许就是看透一切的副作用吧，认为这世上的一切归根到底都是离别。可能再过些年，自己也会变得和婆婆一样，不再轻易被打动，可如果真那样，生活还有什么意义呢？叨叨向来瞧不起收录者，可等到那一天，自己与收录者又有何差别？想到这儿，叨叨无奈地摇摇头，独自一人朝车站走去。

15

赵灵打开窗户擦了一下反光镜，下雨天就是麻烦，动不动就要擦玻璃，雨滴和雾气都太影响视线，下一站就是墓园了，今天这种天气应该没什么乘客。

车门打开，寒风"嗖"地一下往里灌，叨叨提着鞋子站在车外，看着赵灵露出好看的笑容，赵灵很早就认识她了，不是在雾山，而是在更早的时候。

"又来看朋友啊，不冷吗？还光着脚。"

"鞋子湿了。"叮叮晃晃手中的鞋子。

"回市里还是回你爷爷奶奶那？"

"市里。"

车上没多少乘客，叮叮挑了最靠前的位置坐下，打开钱包找零钱。

"你别付了，咱们都是老朋友了，更何况今天是我最后一天开公交，算我请客。"

叮叮收起零钱，好奇地看着赵灵，他居然也要换工作，以他的性格出去做生意的话未免有点太牵强了。

"我有个同学开了一家新公司，正需要像我这样有驾驶经验的司机，所以我决定去他那工作。"

"你家人同意吗？"

"其实我今天才准备告诉他们，我太容易受他们的影响了，他们说的每句话我都会反复考虑，结果以前的机会都错过了。不过我这次反复想过了，也去同学的公司看过，是我喜欢的工作，虽说福利没那么好，但做着有劲啊！"

叮叮觉得赵灵今天很有意思，整个人的气场都不一样，神采飞扬的，便问："是不是还发生什么好事了？"

"嘿嘿……"赵灵挠挠头，有点脸红。

"你这是什么表情，害羞？该不会……"

"我有女朋友了。"赵灵羞红了脸，但害羞中又有点小得意。

"哦？"叮叮觉得更有意思了，离上次见面没隔多长时间，他就有女朋友了，小伙子动作还挺快。

"其实是我邻居啦，我以前和你说过的，总喜欢打扮得特别夸张那个。"

"可我记得你说过她不是你喜欢的类型。"

"嘿嘿，不是不喜欢，是觉得与她离得有点远，不过自从我去了一趟周末餐厅，我就想通了。"

"什么餐厅？"叨叨故意装傻。

"你也不知道吧，就在刚刚经过的雾山那儿，不过那地方玄乎，后来我还去了一趟，怎么都进不去，那雾就像墙一样，连个缝都不给你留。不过里面真有一家餐厅，店主很年轻，还特别漂亮，就像……"赵灵朝叨叨咧嘴一笑，"就像你一样漂亮。"在他眼里，现在的叨叨和周末餐厅的叨叨完全是两个人，"不过你爷爷奶奶家离雾山不远，以前完全没听过吗？"

叨叨摇摇头："那店主和你说了什么？让你一下就改变了想法。"出了雾山的客人是认不出自己的，这一点叨叨很早就知道，不过自己不记得那天有讲过什么大道理，怎么赵灵就突然开窍了。

"她那地方奇怪，花花草草的都和外面长得不一样，而且你压根靠近不了那些花，你越往前走，它们就越往后退，我没见过那么神奇的现象，所以就问那位店主，结果她说，是我走得不够远，你听，这多有哲理。"

"哪里有哲理？"叨叨不解，自己实话实说而已，哪来的哲理，雾山上的花就是这样，它们在那长了不知道多少年，知道如何保护自己，所以总在四周设下幻境，你以为没法靠近它，其实那只是错觉，实际上你可能就站在它跟前，就差伸手把它摘了。不过一朵花费那么多心思要自我保护，叨叨很敬畏这种精神，所以轻易不去碰它们。

"不懂了吧？其实女孩和花一样，外表看起来很美丽很高冷，让人不敢靠近，其实只要勇敢一点走过去，就会发现她人很好，而且很好追啊，我和那些花的距离，就像我脑子里假想的我与李彤的距离,嘿嘿,我女朋友叫李彤。只要坚持不懈往前走,总能好上。"
赵灵越说越兴奋,叨叨坐了他那么多趟车,还是第一次看到他这样。
赵灵能如此积极正面,让人看了很高兴,真希望付碧华能和他一样,
早点想清楚。

"所以我很感谢叨叨。"在赵灵心里,叨叨已经是他的朋友,
深藏心底,默默感激。

叨叨不动声色地点点头。

"对了,你叫什么啊?坐了这么多次车了,我都不知道你的名
字。"

"李幕北,小名叫,叨叨",叨叨看着窗外做了个口型,雨似
乎停了,乌云里透射出些光亮,叨叨贴着窗户让自己更靠近这久
违的阳光。为什么自己总愿意帮助魂魄呢,得不到任何好处不说,
还要时刻躲避收录者,也许就是因为像赵灵这样的客人吧,即使
是歪打正着,但心里依旧很开心。

16

音响声,尖叫声,还有主持人嘴里不断的安抚声,"请粉丝们
安静一下,周嘉于已经到了后台,她会与主创们一起参加这场电
影发布会的,请各位耐心一点,她很快就会出来与大家见面了。"

"已经迟到两个小时了!"

"凭什么让那么多人等她一个啊!"

再忠实的粉丝也受不了偶像在零点首发的时候迟到两个小时,
电影院里绝大多数人都是冲着周嘉于而来,想要一睹真人的风采,
可这位人气巨星总这样,脾气太骄纵,性格太特立独行,基本上
参加的每场活动都能上头条,迟到常见,发脾气也常见。

"所以说,凭什么啊,凭什么周嘉于能红啊!"

举办方的制作人文小姐，在后台已经抓狂，现在外面乱成一锅粥，可周嘉于硬是把自己关在房间里不肯出来。她的经纪人，娱乐圈数一数二的大人物麦田，正在里面做工作。

"居然关机！"麦田低低地骂了一句。

"麦姐，化好了。"化妆师田甜松了口气，自己的技术一如既往地好，即使只给她半个小时，也能将她人化成周嘉于，并且真假难分。

"外面灯光挺暗的，观众离得也远，头发这样散下来应该就不会有问题了。"

麦田看着化妆镜里的"周嘉于"，头疼地按了下太阳穴，"李彤，辛苦了，等下出去还是按老样子，速战速决，我已经和制作方说好，你只露面，不用回答问题。"

"放心吧，麦姐。"

李彤推了推假睫毛，这么浓的妆，自己都快认不出谁是谁了，她本来就和周嘉于长得像，现在看来根本没差。

麦田推开房门，一直守在门外的文小姐立刻冲上前。

"麦姐，你行行好吧，不带这么玩的。"

"好了，嘉于这么做还不是为了电影着想，"麦田一副老江湖的样子，为了周嘉于她什么场面都见过了，"今天这么一等，你看吧，明天肯定上头条，这可是给你的电影免费做宣传。来来来，嘉于，赶紧去吧。"

"周嘉于"低着头往外走，文小姐一脸苦笑地看着麦田，每次都做得这么毁誉参半，也只有麦田的艺人敢这样。自己也不想多说了，赶紧跟出去，以免这位小祖宗又出什么幺蛾子。

"我觉得你太宠她了。"田甜倚着门，盯着一脸疲惫的麦田，什么宣传，什么上头条，这不过是她的说辞，自己跟了麦田很多年，她不是一个爱闹新闻的经纪人。

"她还小。"麦田示意田甜进屋说。

"21 岁不小了，你该让她吃点苦头，要不然非把你自己折腾死不可。"

"她本性不坏的，是个好孩子，而且人也有灵气。"

"优点自然是有，但你不觉得嘉于的性格有点古怪吗？她好像反感任何人的好意，对她家人也是吧。"

麦田脑子里浮现出嘉于不受控时的样子，而激怒她的只是她爸妈的一次探班，她就像疯了一样，把所有人都轰出休息室。麦田想过很多次，带嘉于去看心理医生，可担心仅是提议就能轻而易举把她激怒，实在不知道该怎么办。

"她以前是不是发生过什么？一个孩子对自己的父母都这样，真的很难想象。"

麦田闭着眼摇摇头，她认识嘉于是在五年前，那时候自己已经是个很有名气的经纪人了，而嘉于刚参加完一个歌唱选秀节目，因为年纪太小，唱的歌又很冷门，所以没公司愿意签她。但麦田相信自己的眼光，更相信嘉于与生俱来的气质，在众人反对的情况下，着手培养她。其实仔细回忆，嘉于与五年前并没有任何差别，认识她的时候她就已经是这样了，沉默寡言，永远活在自己的世界里。只是这几年，红得一发不可收拾，以前可以内部消化的小脾气被莫名地放大，这对一个二十岁出头的女孩来说压力非常大。嘉于有她的个性，在这鱼龙混杂的娱乐圈既是好事也是坏事，很多人喜欢她的与众不同，但也有很多人认为她是在故意作秀，一个人每一次处理问题都需要去接受别人的辱骂和错解，那种感觉只有嘉于自己能体会。而以嘉于的性格，麦田很清楚，就算被全世界误解，她也会一根经走到底，决不做解释。

"我还是觉得嘉于唱歌的时候比较可爱，那种细细软软的声音，像是在给你说故事。"田甜对嘉于更多的是关心，毕竟这么些年彼此都培养出了感情。

"那你也得看看市场啊，现在唱片还卖得出去吗？如今不靠演戏赚钱的明星有几个，去参加真人秀啊，那更不适合嘉于，往那一站，面无表情跟鬼一样。嘉于虽然红，但地位终究不稳固。"

"可你干吗要争取 TR 的广告呢？他们真的很挑人的，而且 TR 走的是温暖路线，你觉得以嘉于的风格可行吗？你完全可以给她找一点年轻化的代言，叛逆的，有个性的，这比较适合她吧？"

"所以说你就只能当当化妆师啊，"麦田开玩笑地站起身，"叛逆那条路走不长远，而且我也不希望嘉于永远这么下去，总有一天她会变成熟，会知道自己真正想要的东西。"麦田对着镜子理理头发，"行了，不和你闲聊了，我去盯现场，你收拾一下东西早点回去吧，去嘉于那儿看看，还在听歌的话就催她赶紧睡，手机对她来说就是个摆设。"

田甜会心地笑了笑，麦田永远是最疼嘉于的那个。

"谢谢啊。"

"谢我干吗，这是我的工作。"李彤对着镜子卸妆，现场还算顺利，没人发现她是假的周嘉于，只是她真的一句话都不敢说，音色方面两人差别太大。其实李彤卸了妆容貌也不差，只是相比周嘉于略带逊色了一点，娱乐圈是个对容貌最为挑剔的地方，既然有了一张最好的面孔，那一张雷同又比不过前者的脸，肯定就没了市场。而且周嘉于虽然脾气古怪，但实力却是真的，要不然那么多大导演也不会冲着她参演才肯拍，她是艺术家的灵感，她红得理所应当。

"嘉于以前不这样，她是因为……"

"晓峰，你是她的司机，我是她的替身，我们做好本职工作就行了，我明天，哦不，是今天了，我还要陪男朋友去他家，你方便的话送我一趟，我想尽快赶回去。"李彤向晓峰微笑，眼前的大男孩是周嘉于的老乡，对周嘉于死心塌地，麦田正是看中他这一点才招他做的助理兼司机，他和娱乐圈的人不一样，很单纯，很忠诚，这与李彤很像。李彤从来没有取代周嘉于的野心，只希望在这闹腾的世界里找到一片属于自己的宁静。

晓峰将车停在小区入口处，李彤下车后让他稍等一下，跑去一旁的早点摊买了一些豆浆油条。

"给，你也累了，有时间就休息一下。"

"谢谢啊，"晓峰感激地接过，"李彤！你等一下。"

李彤回到车窗前，晓峰支支吾吾地说道："可能过几天还要你帮个忙，嘉于她要出去一趟，她和我商量好了，通告也看好了，可能你还得半夜起来。"

李彤喝着豆浆一脸无所谓，说："你把尾巴藏藏好，别哪天让麦姐知道了。还有啊，别把我牵扯进去，我可什么都不知道。"

晓峰憨笑，点点头。

"走了，拜。"

李彤往小区走去，现在已经是早上6点，今天是周末，赵灵应该还没起床，自己正好给他送早餐，吃完早餐再陪他去见父母。一个男生肯把女孩带回家见家长，那说明他是真心的，李彤想到这些，幸福的笑容浮上嘴角，一晚没睡的疲惫因为这一点小喜悦，被冲淡了不少。

17

餐桌上一大锅浓郁的鲫鱼豆腐汤，乳白的汤汁点缀上细碎的香菜，让人食指大动。

"你们先吃，我再炒个豆芽，很快就好。"

奶奶的老习惯，总是喜欢成为厨房里最忙碌的人，而等她一起吃，也成了一家人的习惯，等豆芽端上桌，爷爷给奶奶倒上果子酒，三人便开动了。

"大家都忙，不过还是叨叨最好，知道每周都回来陪我们吃饭，要不然真是太冷清了。"爷爷越老越像小孩，他喜欢热闹，喜欢新奇的东西，就像叨叨小时候喜欢玩具一样，现在一切都倒了过来，不过叨叨很喜欢现在这样心平气和的爷爷奶奶，他们的生活状态让叨叨很羡慕。而爸妈为了在工作上有更好的发展，在叨叨读初中时便搬去了市里，创业开店，因为勤勉实在，在生意圈建立了好口碑。他们没有休息的概念，每日忙忙碌碌，回家的次数确实没有叨叨多。

"这么多好吃的，我当然要回来啦。"

"工作别太拼，要注意休息。"

"嗯，我知道。"叨叨嘴巴一刻不停，爷爷奶奶又轮流夹菜，根本来不及吃。

"也要注意个人问题。"

叨叨被噎了一下，不用说，老话题又出现了，叨叨在奶奶开口前先发制人："同事送了我两张公园门票，你和爷爷去呗，难得这两天没下雨。"叨叨拿出一早就准备好的门票。

"哪个公园的？"

爷爷凑上来一看究竟，还不忘朝叨叨挤挤眼，这种话题出现的时候，爷爷就是叨叨的大救星。奶奶的记忆力大不如前了，嘴巴也不再那么厉害，被爷孙俩糊弄着忘了自己要说什么，笑眯眯地盯着手里的门票，直夸叨叨懂事。叨叨松了口气，继续大快朵颐。

吃完饭，叨叨收拾东西准备离开。

"明天是周末，为什么不在家里住？"

"我还有工作要赶，下周，下周我一定住家里。"

叨叨朝他们吐了吐舌头，自己每次都这么说，但真住在家里的时候却很少，不过他们已经习惯，孩子大了都希望有自己的空间，大人看得越紧，孩子反而跑得越远。不如像现在，一切点到为止就好。

两位老人目送着车子远去，直到灯光彻底消失，两人才彼此搀扶着回家。车子驶出一段路程，叮叮没有按照回城的省道继续前行，而是拐进了一旁的村庄，再从村庄的另一面出去，调转车头，去雾山。到了雾山跟前，就算不是在老槐树旁，叮叮只要按响喇叭，所有植被和土壤都会左右分开，露出平整的路面。这就是为什么第一次来雾山时，渡魂婆婆坚持让叮叮坐朝南位置的原因。地位最高者面朝南，在雾山守门人地位最高，所有事必须听从叮叮的安排。

眼前的路面将叮叮引向目的地，车子开到半山腰，停在院外，一切恢复如初。今天月光真好，叮叮在外面多逗留了一会儿。这里视野极佳，能看到远处的游乐场，这个乐园已经建成很多年了，到了晚上，夜公园的灯光四处照耀，就像黑暗里的一颗夜明珠，爸爸守约带自己去玩过，但那已经是很多年前的事了。游乐场后来换了老板，扩建后设施也进行了翻新，夜公园是最近才有的，为了吸引更多的游客。

叮叮伸了个懒腰往屋里走，薄雾里一丝波动，叮叮警惕地看了眼四周，快步跑进屋，没一会儿拎着一个铁皮桶回到院里。

最近雨水多，叮叮觉得手里的经文有些潮湿，不过没关系，再潮湿的东西在自己这儿也能被点着。叮叮用力握紧经文，经文四周很快泛起蓝光，蓝光在微风中摇曳着变成炙热的火焰，摊平手掌，缕缕青烟弥漫开来，原本平静的院里雾气汇聚，与经文的青烟相互融合，化成一个身影落在桶前。半透明的身体在青烟里越来越明显，是一位满头华发的老人。

"守门人。"老人的声音苍老微弱。

"现在吴感盯得特别紧,你动作快一点,指不定什么时候他又出现了。"

叨叨不看眼前的魂魄,目不转睛地看着手中的经文,它们一点点化成灰烬,掉入桶内。

"守门人,我可以见她了吗?"魂魄带着试探,她不敢多言,自己已经麻烦守门人很多年了,实在不好意思有更多的要求。

"我还是想不通,你为什么一定要见她。"叨叨抬起头,略带质问的目光让魂魄后退了两步,叨叨立刻看向别处,眼前的魂魄就是李美珍,吴感已经找了她5年,如果不是叨叨定时给她烧经文,她的魂魄早就消耗殆尽了。叨叨有些烦躁地踢了一脚铁皮桶,"就算见到了又能怎样!你已经过世5年了,她有她的生活,何必再去打扰她呢。"

李美珍低着头,有些内疚地说道:"她一直是个好孩子。"

"呵,大人都一样,太爱操心了。有时候我都不明白我这么做是对还是错,你看看你现在的样子,如果我了了你的念想,你该何去何从啊?吴感现在满世界找你,这么久了,即使你主动回去,收录者都不会放过你,到时候你就真的不存在了,为了那位好孩子,这样做值吗?"

老人沉默了片刻,缥缈的声音里带着一丝肯定:"她是我孙女,没有什么值不值的。"

叨叨握紧拳头,经文已全部化成灰烬,"算了,你们都有自己的道理,放心吧,我已经在安排了,不过她很难约,等我定好时间会通知你的。"

"谢谢你,守门人。"

雾气涌动之后院里再次恢复平静,叨叨坐在台阶上回忆5年前,也是差不多现在这个时候,第一次遇见李美珍,她和别的魂魄不一样,没有痛哭流涕地恳求叨叨,而是很平静地说了她和她孙女的故事，故事很普通但很真实，几乎就发生在叨叨和她自己的家人身上，应该就是这个原因吧，叨叨才脑子一热，同意收留她，还不断给她打掩护。所以叨叨每次在吴感面前摆出的那副理直气壮的样子，无非是用来掩饰内心的不安，冥间每一位出逃的魂魄，最终目的地都是交界处，无论叨叨如何否认李美珍的存在，吴感也认定她就在这里，而叨叨唯一能做的，就是不让吴感当场抓住李美珍。

叨叨洗完澡，窝在沙发上处理工作邮件。

"叮咚。"

叨叨点开右下角的图标，是那位预约之后迟迟没来的顾客。

"你好。"

"你有时间过来了吗？"

"嗯，不过要下周，我有一整天没有通告，我会找机会出来的。"

"好的，那我们下周见。"

"下周见。"

叨叨关掉对话框，脑子里思忖着那个机会，这位难约的客人叫周嘉于，红透半边天的大明星，也是李美珍的孙女，不过她像这样说好后又爽约已经太多次了，如果不想点办法帮她制造机会，估计又见不到她。叨叨靠在沙发上发呆，突然看到不远处放着的一大包奶粉。

叨叨从沙发上一跃而起，到厨房拿了一只空碗、一根筷子，迅速撕开奶粉袋，用温水冲开。

"叮，叮，叮。"

雾山里响起了敲碗声，清脆悦耳，没一会儿叨叨感觉到雾气里有了反应，继续坐在门前的台阶上，"叮叮咚咚"敲个不停。

"喵……"

大雾里闪出一个黑色身影，两簇蓝色的火焰越靠越近，雾气统统散开，黑猫迈着慵懒的步伐朝叨叨走来。守门人可以控制雾山的一切，除了眼前的黑猫。因为它不单单属于这里，它属于人间和冥间的任何地方，它是老头的心肝宝贝。

"吃饭啦。"

叨叨将碗放在它面前，不过黑猫没像往常一样立刻就吃，而是盯着叨叨，一副审视的样子。

"果然瞒不了你。"

"喵……"

黑猫眼中的蓝色火焰消失了，恢复成正常的黄金色。

"能帮我个忙吗？"叨叨才说完，黑猫就转身离开，叨叨赶紧跑上前拦住它的去路，"如果我能解决，那我肯定不会来烦你了，拜托啦，就这一次。"

叨叨蹲下身小心翼翼地伸手摸黑猫，它性情古怪，很少有兴致搭理身外的事物。愿意理会叨叨也是因为从年少时便给它喂奶粉培养出来的情分，每次敲碗就是彼此的信号。叨叨伸出一根手指轻敲它的头，见它没抗拒，才开始用整个手掌抚摸它。

"帮个忙呗。"

黑猫眼中的蓝光猛地亮起,吓了叨叨一跳。不过既然有求于它，还是得表现得得体一些，毕竟只是冥火嘛，自己手里也有，没什么可怕的，等它把这个火发泄掉了，说不定它就同意了。

"帮帮忙吧。"

黑猫避开叨叨的抚摸，优雅地绕过她，来到小碗前，"呜呜"地喝起来。

叨叨喜笑颜开，看来有戏了。

孪 生

1

"嘉于。"

晓峰跑上前,递给她一个茶杯,里面是周嘉于最爱喝的玫瑰茶,照例还递上一个小包。

"零食,你先简单吃点。"说话的时候晓峰瞄了眼周嘉于身后,麦田还在和导演打招呼,于是多说了一句,"周日,收好了。"

周嘉于心知肚明,将小包塞进外衣口袋,不动声色地打开茶杯抿了一口。听到身后传来脚步声,微微转头。

"走吧,明天还得补拍,今天回去赶紧休息。"麦田一脸倦容。

周嘉于盖上茶杯,脸上看不出任何表情。演戏这件事是最近两年才接触的,她不是科班出身,但还算有点天赋,一开始外界总在质疑她,说她的演技浮于表面,好心的粉丝会替偶像辩解,那句"只有周嘉于的脸才配将演技浮于表面"的经典护短名言,简直将偶像的颜值捧上了天。但周嘉于自嘲是个寡言的好胜鬼,别人越觉得她不行,她越要一声不吭地把这不行做好。所以两年内,她的演技突飞猛进,有很多影评人现在也会如实说一句"周嘉于没有辜负她的美貌,实力不可小觑",这样的褒奖对于周嘉于来说就是莫大的鼓励。至于那些铺天盖地因为她的脾气而造成的负面新闻，周嘉于闭上眼，将毛毯拉过头顶，她已经很累了，谁爱搭理就搭理去，她只负责作品，不负责哄人开心。

"麦姐，您的茶。"

晓峰将另一个茶杯递给麦田，发动车子，缓慢开出片场。现在已经是凌晨 2 点，嘉于最近总在拍夜戏，白天还要穿插进一些商业通告，晓峰作为跟班已经有些吃不消，更何况另两位干活的，每次嘉于工作的时候，麦田就在一旁瞻前顾后地维护人脉，这样卖力的搭配，才让嘉于片约不断。

"晓峰，你开快点吧，都累了。"

麦田打着哈欠，她已年过 40，比不上年轻人精力好，一熬夜身体就特别乏，现在就想快点回酒店。

晓峰踩下油门，车速开到 120 码。嘉于拍的这部电影是科幻题材，很多场面都在郊外取景，附近又没有酒店，只好每天往返于市区。单趟就要将近两个小时的车程，不过现在路上车少，回去应该能快一些。

车子一路驰骋，过了一个收费站，已经进到市区，空气里突然弥漫起阵阵薄雾，晓峰揉揉眼睛，郊区树那么多也没见着雾，这里反倒起雾了，真是奇怪。而且一段一段的，晓峰不断踩刹车，坐在后排的周嘉于被晃得不舒服，迷迷糊糊地拿开毛毯，看到外面雾蒙蒙的，问晓峰到哪了。

"已经进市里了，快了。"

"你小心一点。"

周嘉于才说完，晓峰就猛打方向盘，车速在前面一段已经减了不少，但刹车太急，伴随着巨大的惯性，车尾甩出，车头不偏不倚地撞上了一旁的绿化带，周嘉于没坐稳，头一下磕在窗户上，玻璃顿时碎成了网状。麦田在剧烈的晃动中醒来，她绑着安全带，又坐在左侧，并没有受伤，睁眼就看到嘉于靠着碎玻璃，整个人都吓蒙了。

"怎么回事啊？"

麦田很着急却不敢动她，生怕嘉于伤到了脊椎，挪一下都会出大事。周嘉于缓了好一会儿才有回应，按着右半边脑子，咬着牙说："没事"。

"都出血了！"

麦田慌了神，周嘉于盯着掌心的血迹，应该是头皮撞破了，有些刺痛。

"对不起！对不起！刚刚有只黑猫，我没注意，差点就撞上了。"

"猫重要还是人重要啊！"

嘉于按住麦田的手，朝她摇摇头："我没事儿。"

晓峰一个劲儿道歉，看到嘉于受了伤，心里满是自责。麦田让晓峰赶紧下去检查车子，自己拿了一叠纸巾帮嘉于按住伤口，仔细查看发现并没有伤到脸，这才松了口气。

晓峰腿脚发软，下车后四处张望，那只害他撞车的黑猫早已不见踪影，看来是没被撞到。空气中的雾气似乎散了些，刚才路面上明明什么都没有，黑猫就那样凭空出现了，不躲不闪，直面驶来的车子，而且晓峰还隐约看到了两簇火焰，眼前一黑，就出车祸了。

"还行吗？"麦田探出身子。

"没事，只是撞到了绿化带，车子没事。"

晓峰跑上车，麦田让他赶紧去医院，这里的事情她再想办法处理。车子驶出，雾渐渐散去，晓峰瞄了一眼后视镜，周嘉于正盯着他，不过很快就将目光转向车外。天已经蒙蒙亮，计划赶不上变化，却在朝着想要的方向发展，周嘉于觉得受伤的地方很疼，但她的脑子却比任何时候都要清醒。

2

市立医院的值班室里，几个年轻医生正围着一张张手机照片大发议论。天快亮了，忙碌的一晚总算过去，好不容易闲下来，谈论彼此的对象成了现阶段最有意思的话题。

"我和我妈说了，要是不同意我俩交往，我就终身不嫁。"

说话的小医生扎着一把光溜溜的马尾，从她时刻高抬的下巴就能看出，她家境优越，是个被宠坏的孩子。

"算你牛，我要是这么说，家里非断了我的生活费不可。"

"你就那点出息，不是快转正了嘛，到时候生活费就够啦。"

"哪够啊，我一个手机都五六千呢，再上上网，买买装备，就算转正了每个月也是负数。"

马尾医生一脸鄙夷地将头转向别处，办公室里，万医生还在看病例，才坐下翻了两页又匆匆出去了。他是值班室里最年长的一位医生，快40岁了，爱人也在这所医院工作，已经当上了儿科主任，两人生了一对龙凤胎，正在念小学。听说他俩都是从小地方考来的，没有父母帮衬，每天又那么忙，真不知是如何兼顾家庭的。马尾医生又将目光瞥向角落，这个办公室里还有一个异类，永远置身于热闹之外，所有人都在等着下班，只有他没事了还窝在位置上看书，见他那么认真，马尾医生想去逗逗他。

"周燕群。"

对方抬起头，厚重的镜片下露出一双疲惫的眼睛，他脸颊胖胖的，总透着一股老实样，让人见了就想欺负。

"还不休息啊？再过会儿就要下班了。"

"回去就休息，现在还能再看会儿。"

周燕群说完又回到书本上，马尾医生发觉自己被冷落了，脸上有些挂不住，可是对着这么一个书呆子，自己又该怎么往下说。

"小周？"

护士长突然进来，她是来找周燕群的，朝他招招手，示意他到外面说。周燕群收起书本，绕过马尾医生小跑出去。

"有个病人，身份有点特殊，你帮忙去看看？"一群年轻医生里，护士长最看好周燕群，他平时话不多，人也正派，不像有些医生叽叽喳喳地整日八卦。

"行，您稍等一下。"

周燕群拿了听诊器跟在护士长身后，这个时间医院总格外安静，清冷的走廊上回荡着匆匆的脚步声，两人没有交流，一路往前来到一间没有任何标志的房间门口。周燕群知道，这是主任医生的休息室，护士长平日协助主任工作，有这里的钥匙。

"到底是谁啊？"周燕群耐不住好奇。

"你见了就知道了。"

护士长推开门，不大的屋里居然挤了三个人，其中一位看起来很面熟，她一手拿纸巾按着头，纸巾上还染了不少血迹，脸色苍白，却有一种很特别的气质。

"你是……周嘉于？"

女孩抬眼看他，微微上扬的丹凤眼闪着光亮，她目光澄澈，却透着一丝淡漠。周燕群是个不关心娱乐明星的人，但周嘉于的照片铺天盖地，一出门就能看到，这样的人物想不记得反而比较难。更主要的是最近老听叨叨提起，说什么当明星不容易，忙得没日没夜的，他还纳闷呢，叨叨这么理性的一个人，平时感兴趣的事情除了工作还是工作，却对周嘉于格外上心。今天一见真人，果真气质出众，这样姣好的面容配上如此淡然的气质，让人过目难忘。要是叨叨知道自己的病人是周嘉于，不知道她会作何反应。

"医生，麻烦您给看看有没有脑震荡。"相比一脸平静的周嘉于，麦田的神色就焦虑多了。

周燕群仔细询问对方有没有哪里不舒服，头疼不疼，犯不犯恶心。周嘉于都说没有，只是头皮蹭到了，有些刺痛。

"要不要拍 CT？"麦田插了一句，但不等周燕群回答，周嘉于自己就拒绝了。

"真的不用吗，医生？"

周燕群安抚麦田，照周嘉于现在的情况看，只是皮外伤，自己会小心替她包扎一下，不过还是提醒麦田，这 24 小时内要格外注意，如果出现任何头晕、呕吐的症状就要立刻送医院。

房间里已经放好了包扎用具，想必护士长也知道情况不严重，所以才没有惊动主任，而这点伤势对周燕群来说也不是什么难事，先清理伤口，止血之后，再用绷带缠绕整个头部，一步步做完，周嘉于彻底成了伤员模样。麦田整颗心都揪着，小心给她整理头发，从包里翻出一个水蓝色帆布帽子，轻轻扣在她头上，这个样子明天要怎么开工呢？

送走三人后，护士长再三与燕群道谢，也请他无论如何要保守这个秘密，这件事千万不能从医院传出去，要不然她对不住老友。燕群答应，独自回办公室的路上突然想到叮叮，掏出手机飞快地按下一条短信："周嘉于头部受伤了，我接手的，不过不严重。"

燕群将手机放回口袋，现在是早上 5 点，又是周末，叮叮肯定还在睡，她不是八卦的人，就算知道了也断然不会出去乱说。不过手机立刻就响了——"不严重是怎样，需要注意什么吗？"

燕群笑了，难不成叮叮真是粉丝吗？对偶像这么关心，立刻回复道，"没有脑震荡，不过 24 小时内要注意一些，头晕、呕吐的话就得再来医院了。"

"哦，那就好。你今天值班啊？"

"嗯。"

"记得按时吃早饭，回去好好休息。"

"知道了。"

燕群收起手机，此刻脑海中叨叨的样子比任何时候都清晰，笑起来好看的酒窝，弯如月牙的眉眼，其实他就喜欢像叨叨这样清清爽爽的女孩，不施粉黛，即使上班也是素面朝天，却已经足够好看了。燕群脸上浮出心满意足的笑容，仿佛恋爱中被另一半夸赞时的小男孩。

3

推开铁门，叨叨伸了个懒腰，山里空气真好，特别是这个季节，春夏交替，不冷不热，人也舒坦。沿着碎石小路慢慢往山下走，道路两边花朵开得正艳，晶莹的露珠浮上枝头，还有一些弥漫在花朵四周，像这样水珠肆意飘浮的奇景，只有在雾山上才能看到。

"别太明显了，今天有客人来。"

话音落，水珠瞬间贴上花瓣，很自然地顺势滴落。"太能装了。"叨叨笑着往前走，突然树丛里传来一阵"窸窣"，她停住脚，一团黑影从密集的花丛里挤了出来，是黑猫，它浑身湿漉漉的，脚上还沾了泥巴，真是难得一见的狼狈。

"不是吧，你也受伤了？"

叨叨疑惑地俯下身，黑猫精神不济，倒在地上任由她检查，虽然皮毛被打湿了，但没有一处伤口，再看它能走能动，也不像有什么内伤。

"喵……"

黑猫朝叨叨叫唤了一声，这声调，婉转悠长，这下叨叨明白了，它哪里是受伤，而是来邀功的，所以故意把自己弄得那么惨，"放心吧，等客人走了，两包，行吗？"叨叨比出剪刀手，两根手指上下弯曲，"给你泡一大碗。"

"喵……"

见目的达到，黑猫打了个哈欠，悠然起身，扬起尾巴头也不回地钻进花丛。叮叮盯着它远去的身影越发想笑，这哪是神猫，分明是只馋猫。

拍掉手上的泥土，继续往山下走，才迈出一步就"咚"地一下撞在了硬物上，仔细一看，是一道透明的雾墙。叮叮揉揉额头，这山里除了她能控制雾气就只有黑猫了，叮叮忘了这家伙不仅能听懂人话，还能看透人心，稍有不满就给你设一道屏障。叮叮没注意，迎面撞了上去，坚硬程度堪比石墙，幸亏刚才没跑，要不然非撞傻不可。看来背后是不能说人的，特别是对黑猫，连想都不能想。

一旁的花朵在微风里花枝乱颤，晃动得很不自然，它们向来不站在任何一方，就喜爱由着性子看热闹。

出了雾山，一辆白色宝马车已停在入口不远处，叮叮走上前，隔着玻璃窗往里看。她好像睡着了，歪在座椅上，用帽子挡了大半张脸。叮叮轻敲玻璃，不料对方猛地惊醒，帽子滑落，白色绷带显露无遗，看着她惊慌失措的样子叮叮有些抱歉，虽然已经做好心理准备，但看到周嘉于和绷带一样苍白的脸色，她心里还是有些震惊。

周嘉于迅速戴上帽子，走下车。

"你是今天的客人吧！你的头，还好吗？"

"没事，小伤。"周嘉于摆出一脸轻松，不想对方过多关注自己的伤口。

"那跟我来吧。"

周嘉于比电视上更为瘦弱单薄，也许是受了伤的缘故，整个人看起来特别疲惫，脸上虽然化着淡妆，却一味泛白，没什么气色。想到那场特意安排的事故，叮叮心里有些过意不去。走到槐树旁，她气定神闲地朝里瞥了一眼，雾气分开，碎石小道露了出来，周嘉于跟过来，用手按住帽子，山里有风，她怕头上的绷带再露出来。

"餐厅在山上。"叨叨指指远处。

"我该怎么称呼你？"周嘉于对眼前的女孩很是好奇，这段时间两人只是在网上做过简单的交流，别说长什么样了，连是男是女都不确定。现在见到本人，没想到是这么一位漂亮的女孩，俏皮短发下一张不输自己的面孔，透着清冽干净，漂亮却没有一丝侵略性，周嘉于对她有种莫名的好感，来时的顾忌已一扫而光。

"你喊我叨叨就可以。"

"我是……"

"你是周嘉于，谁都认识，就不用自我介绍啦。"叨叨笑出两个酒窝，眼神却看向周嘉于身后——"赶紧走吧！"

叨叨在前面带路，周嘉于跟跄地跟上，出来时没来得及换鞋，十公分高的后跟不断卡进碎石之间，走起路来有点吃力。身后的雾气迅速合拢，雾外突然跑出一个黑色身影，冲上前用力拍打雾墙，周嘉于没听到任何声响，被一旁的花朵抢走了注意力。但叨叨却很讨厌这种不请自来的人，趁周嘉于看花时，用力向外瞪了一眼。

"啊！"

黑色身影手中的相机突然裂开，连着里面的储存卡一并四分五裂。

周嘉于沉醉在鲜花之中，什么都没注意到，花朵太美了，颜色更是与众不同，手贴在花瓣上凉凉的，花香沁人心脾。

"这花好漂亮。"

"喜欢就摘一朵呗。"

叨叨一本正经，花簇在微风里晃得更厉害了，像是闹脾气一般。周嘉于摇摆着跟上来，她没有采，这么美的花，采了多可惜。

"你早饭吃了吗？"

"没呢。"

周嘉于到了这里才发现没有上山的路,记得预约说是8点开门,就想在车里坐着等会儿,没想到一下就睡着了,其实她的睡眠质量很差,有时候几天几夜睡不着,干坐着发呆。这次也许是撞了头的缘故,虽然睡着了,却有种因祸得福的感觉。

"进来吧,嗯……给你换双鞋。"

叮叮从鞋柜里拿出一双布面拖鞋,周嘉于的鞋子太高了,刚刚上山的时候就觉得她走路别扭。

"谢谢。"

"你换吧!我去拿早饭,你坐会儿。"

周嘉于穿好拖鞋,仰着脖子打量眼前的奇妙小屋,里面的东西多得出奇,从外面看只以为是简陋的平房,可里面却别有洞天。墙壁一般的书架连通屋顶,将厨房与客厅两两隔开,书架底部留了一部分空间用来摆放各式器皿,款式不一,从小到大依次累叠,倒也整齐。还有很多透明罐子放在房间角落,那里照不到阳光,应该是叮叮做的腌菜吧,周嘉于走上前,看形状能依稀辨别出各类蔬菜,罐口处都用清水密封着。看来这里确实是餐厅,却比普通餐厅更有烟火气。还有一个奇怪的柜子,从周嘉于的角度看,顶部似乎是空的。见叮叮还没出来,周嘉于走过去上下打量,这个柜子似乎没有顶也没有底,第四层的底部与柜底有条缝,往里看是一片漆黑。柜壁上似乎划有标记,手摸上去不如四周光滑,上面三层都过了这个标记,而第四层还有大半截没过。

"你也好奇这个柜子?"

叮叮的声音从身后传来,她端着一个砂锅,周嘉于跑到她身边,一脸乖巧地问:"这一层一层是什么意思?"

"每一个物件都有一个物主,都是我之前的店主。"

"那这里有很多年了?"

"具体年数我也不清楚,《哪吒闹海》是我的。"

"那上面那个标记呢？"

"随手画的，没什么意义。"

"是吗？"周嘉于坐到沙发上，"我还幻想着那是计算人寿命的柜子呢，过了标记的就是已经过世了的，没过标记那就是还活着的。"

叨叨轻笑："你还真敢想，做这个柜子的人还活着呢。"

"谁啊，有名吗？"

"谁？"叨叨歪头想了下，"一个老头。"

"老头？"

"是啊，他就喜欢设计各种各样奇怪的东西，像柜子、挂钟，还有鞭子之类的。"叨叨揭开锅盖，热气升腾而起。

"你说的就是这个钟吗？"周嘉于兴奋地指着她身后，钟面上布满精美的雕刻，边缘加以黄铜点缀，古朴又显贵气。

"嗯，他手挺巧的。"

"我能见见他吗？我觉得他设计的东西好有意思。"

周嘉于两眼放光，叨叨却笑着摇头："他脾气很怪，而且……一般人他是不见的。"

"一般人？嗯……真是艺术家的脾气。"周嘉于不是紧盯不放的人，能体会出叨叨言语间的拒绝，虽然有些失望，但心情并没受多大影响，因为在这里吸引她的东西实在太多了，像眼前冒着热气的早饭，"这是粥？"但又不像普通的粥。

"嗯，不知你以前有没有喝过，这是用老鸡汤熬的糯米粥，里面的肉是鸡脯肉，吃了不会胖的。"叨叨从书架上找来两只碗，将香浓的鸡粥盛入黑釉小碗中，柔和的香气充溢着整间小屋，甚至渗入肌肤，叫醒每一个倦怠的细胞，光看着就已经让人流口水了。

"等一下，"叨叨挡住周嘉于伸来的手，打开茶几上的一个小盅，里面是翠绿色的汁水，周嘉于凑上前嗅了嗅，淡淡的。"这是菠菜汁。"叨叨解释道，盛了一小勺，细致地洒在粥上，勾勒出一张可爱的笑脸，递给对方。

周嘉于谢过，从她进雾山后整个人都换了种心情，是因为山中氧气足，人变轻松了吗？太久没有这种体会了。加上叨叨细心准备的早饭，让她有种回到孩童时被宠溺的感觉，"你知道吗？我小时候很挑食，基本上是看心情吃饭，可是我又很爱哭，所以基本上没有心情好的时候。"话语间，周嘉于被自己逗笑了。

叨叨表示赞同，好像每个女孩小时候都很娇气，自己以前就是这样，尤其不爱吃没味道的早饭，白煮蛋就像童年时的噩梦，偏偏大人还认为那东西有营养。

"味道如何？"

"我觉得我还能再来一碗。"

周嘉于捧着略带分量的小碗，心里有种久违的愉悦，脸上露出明媚的笑容，每喝下一口，暖的不是胃，更像是干涸的心。

4

"喂！人跟丢了，我相机还坏了，真是见鬼！"

记者贾泰看了眼副驾驶座上的相机，气不打一处来，刚刚拿在手里就像捏了一块豆腐渣，瞬间就散了，更让人气愤的是里面的储存卡，原本就不大一片，现在只比粉末好一些，这要拿去专卖店，告诉店员是质量问题，会认为是去砸场的吧！

"什么，周嘉于刚从酒店出去？直接去片场了？你确定吗？我知道了，马上就过去。"

贾泰挂了电话，心里满是狐疑，这怎么可能呢，自己是从酒店房间一路跟到车库的，躲在隐蔽的地方确认了好几次，确定是周嘉于，怎么现在又出现了一个。贾泰当记者多年，越多的想不通越让他确定这里面有新闻可挖。无论有没有跟错，他现在就去片场，真假周嘉于，这一定会是个超级劲爆的新闻。

麦田步伐匆忙地跑去现场，郑导正忙着指挥布景，看到麦田过来，才抽空移步。

"打你手机不接。"

"哦。"老郑摸摸口袋，手机又不知去哪了。

"嘉于今天没法拍，昨天撞头了。"

老郑瞪着麦田，好一会儿才说话，"你别和我开玩笑啊，这都最后几场了，还等着杀青呢。"

麦田一脸苦笑，她和老郑是多年好友，彼此合作的戏十根手指都掰不过来，"要不你让替身拍。"

老郑皱眉："麦子，你和我说实话，嘉于是撞到脸了还是什么？"

"不是。"麦田一口否决，为难地来回踱步，想到老郑和自己的交情，还是决定与他如实交待，"昨天回去的时候出的车祸，撞到头了，但现在怎么样我也不知道。"

"什么叫你也不知道？"

"她失踪了，今天一早就没见到人。"

老郑无奈地叹了口气，鼓着腮帮子两手放到脖子后面，麦田熟悉这个动作，既是在想办法，也是在发愁。

"对不……"

"说什么对不起，要说也得你的艺人来说，可我不觉得嘉于是那样的孩子啊，她拍戏的时候挺专业的。"

麦田为难地说："也许她想出去想了很久，前段时间是她奶奶的忌日，她和我提过一次，不过被我挡回去了，也许就是这件事吧，我现在根本联系不上她。"

老郑看得出麦田犯难，但每等一刻就等于在烧钱，即使自己给她面子等她找到周嘉于，但制片人肯吗？出钱的主可没那么好应付。

"用替身拍，我向你保证不是特写镜头肯定不会有影响。"

"你说片场那个吗？她长什么样，周嘉于长什么样。你也是导演系毕业的，病急乱投医啊，那会出人命的。"

老郑一屁股坐在地上，看着快要完工的布景不知该如何是好，麦田蹲下身，凑到老郑耳边嘀咕了两句，对方一脸怀疑，"你别唬我。"

"你觉得我现在敢吗？"

贾泰接过同事递来的工作证，有了这个证件他就可以光明正大地在剧组行走了。周嘉于参演的这部大电影保密工作做得很好，不开放让记者采访，难得流出几张片场照就已经吊足了大众胃口，不过贾泰对这些早晚要公布的内容没有兴趣，他目的明确，非找出周嘉于身上的猫腻不可。

不远处两个熟悉的身影正步履匆匆，一位是这部戏的导演郑科，另一位是周嘉于的经纪人麦田，贾泰心中一喜，立刻跟上前去。

"这个不能让媒体知道，要不然他们会翻旧账的。"

"你做这事本就不对。"

"行行行，我认错，我也是没办法。"

走廊里人不多，正常对话也被扩大了分贝，无心的人根本不会在意这番对话，但是贾泰却竖尖了耳朵想要听清每一个字，虽然还没有听到任何关键性的内容，但心里已经很笃定，周嘉于一定有事瞒着大众，而她的经纪人也帮着策划了一切。

快到休息室了，麦田在进屋前警惕地看了眼身后，确定没有人，才推门进屋。贾泰见门关上，小跑上前，整个人贴在门上偷听，房间隔音效果太好，贾泰听不到任何动静，而且门是从里面关上的，不留一丝偷拍的缝隙。贾泰想，周嘉于总要出来，自己不妨找个地方等等，按照麦田刚刚的说话语气，这里面一定有猫腻。

5

吃完早饭，叮叮询问周嘉于困不困，对方摇摇头，来到这世外桃源一般的地方，困意早被一扫而光了。

"那跟我出去挖笋吧。"

"挖笋？"

"是啊，这个时节竹笋最好吃了，中午你有口福啦。"

叮叮从鞋柜里拿出两双胶鞋，给其中一双换上新鞋垫，递给周嘉于，但对方似乎还在犹豫。

"放心吧，山里没什么人，很清静的。"

叮叮一脸自信，那种眼神仿佛能看穿人心，周嘉于接过鞋子，和叮叮在一起，就算不说话，她也能立刻猜到自己在想什么。

"出发出发出发！"

周嘉于穿着胶鞋蹦下台阶，用力呼吸山里的空气，一只手不忘按住头上的帽子，另一只手随意地张开，转着圈往前走，这活泼样和一小时前判若两人。叮叮跟在她身后，瞥了眼身旁的桃树，李美珍正站在那里，面带微笑，朝叮叮点点头。叮叮不动声色，跟上周嘉于往院外走。

"这是什么树，为什么这么矮？"周嘉于比划了一下，树才到她腰间。

叮叮轻笑，果真是从小生活在城里的孩子，连茶树都不认识，"你采几片叶子，搓一下，闻闻看是什么味道。"

周嘉于照做，揉搓后放在鼻下，是种淡淡的青汁味，不过这味道很熟悉："是茶树吗？"

叮叮点头，随手采了几片嫩叶丢进嘴里，嚼碎后茶香很淡，一点干茶的苦味都没有。周嘉于也尝了一片，微风吸入，混合着嘴里的清香泛出一丝涩味，是种很清新的味道。

叨叨继续在前面带路，时刻留意着身后的周嘉于，对方好奇的样子完全不像新闻里那个喜怒无常的大明星，虽然李美珍也和自己描述过她，但对她的印象始终是叛逆小孩。可眼前的周嘉于，虽然还保有可爱的稚气，但更多的是礼貌和得体，连刚刚吃过早餐后的锅子，她都愿意抢着刷，这样的女孩真的很难让人把她联想成新闻上动不动就耍脾气的大明星。

"你和我想象的不一样。"叨叨说道。

"你以前是怎么想我的？怪脾气？难说话？还是低情商？"周嘉于满不在乎地说着这些不好听的词，手随意地划过叶梢，"我知道有很多人讨厌我，但别人的心我又控制不了，我唯一能做的就是不去讨厌我自己，所以无所谓啦。"

周嘉于说得坦然，但叨叨却听出了倔强后的无奈，站在前面的坡上向她伸出手："真的无所谓吗？"

"什么？"周嘉于拉着叨叨的手上坡。

"无所谓别人怎么看，无所谓别人是讨厌你还是喜欢你，真的无所谓吗？"

"叨叨你想说什么？"

"如果你真的无所谓的话，我想咱俩早该见面了。"

叨叨一双大眼睛紧盯着对方，迎着这样的目光，周嘉于无处闪躲，思虑过后，眯着眼说道："我很怕辜负我在意的人，因为没几个。这次出来我是瞒着我经纪人的，她是我最大的恩人，一手提拔了我，可她……"周嘉于有些为难，咬咬嘴唇继续说，"她总替我安排好每一步，即使是我不想走的，她也会安排进去，这些年我烦了也累了，可我心里是感激她的，机会都是她给我的，我不忍心看她失望。其实我的工作时间真的很满，如果不是……"周嘉于点点帽子，不是出了车祸的话自己不会下定决心出来，总想着可以再等等。可撞了脑袋才发觉，工作做不完，心里有所羁绊，只会影响自己的状态，才一咬牙，总算用了晓峰预备的车钥匙。

"知道感恩是好事。"叨叨应道。

"可每个人都会碰到不想做的事吧，我的性格很不会讨好人，也不会开玩笑。我在意我的经纪人，所以勉强去做一些工作，可是叨叨你也有看过那些新闻吧，我不明白那些记者为什么总在给我挖坑，我又是个容易当真的人，每次都会把场面弄得很糟。可我硬着脾气不去吧，我经纪人又会想别的办法。"周嘉于为难，替身这件事有些说不出口。

交谈间，叨叨又一次站在高处向周嘉于伸出手，这一路上叨叨都在拉她。不过这一次，在周嘉于伸出手时，叨叨出人意料地缩了回去，对方不明所以地看着她，不知道她有何用意。

"你想爬山吗？"

"啊？"周嘉于纳闷这个问题，自己不正在爬吗？

"你想爬山吗？"叨叨再一次确认。

"想啊。"

"这就对了，因为你想爬，所以我才会不断拉你。爬山本就是件累人的事，一个精疲力竭的人犯不着去拉一个根本就不想动的人。工作和爬山其实一样，你总觉得是你经纪人在拉你，却没意识到如果你不想走，那谁也拉不动你。"

周嘉于目不转睛地盯着叨叨，两人一高一低，头发在风里飞扬。

"我想你心里的抗拒，你的经纪人肯定能体会到，或许她是一个太要强的人，是个工作狂，或许你本身也是同类人，再加上你对她的感激，你不开口，她便装傻，而你呢又把很多想法都压在心里，硬着头皮去做那些想做或者不想做的所有工作。你愿意听听我的意见吗？"

周嘉于点头，叨叨前面说的全对。

"高强度的工作会让任何一个意志坚强的人都萌生放弃的念头。所以如果你觉得累了，想要减轻工作量，这并不是什么可耻的念头，很多时候质量完胜数量，不妨集中精力，养好精神做好一件事。还有，你脚下的路终究是你自己在走，想不想走，你自己决定，任何人都不该打着替你着想的口号去做一些不应该的事，自作聪明的谎言总会被揭穿。"

"谎言？"周嘉于心虚。

"打个最老土的比喻吧，"叨叨指着地上的杂草，"这世上不存在两片一模一样的叶子。"

"你是不是知道什么？"

"我只能说我的眼神很好。"叨叨撇撇嘴。

"你知道？"周嘉于心中一惊，咬下嘴上的一块死皮，嘴唇流血了。

叨叨原不想多说，但早上已有记者跟来雾山，看来情况不妙，算是替李美珍多一次嘴吧，有些事还是早点回头为好。在周嘉于来之前叨叨做了不少准备工作，甚至大晚上去看她的首映礼，虽然现场灯光很暗，"周嘉于"的妆容很浓，叨叨还坐在最后一排，但任何细节都逃不过她的眼睛。那张脸时刻保持垂目，一句话都不说，你不能说她不像，但总觉得哪里不对劲。上台后没一会儿就下去了，很多人只抱怨"周嘉于"的露面时间太短，但叨叨却注意到一些异样，行动中，头发飘动时耳后露出的一点端倪。面前的周嘉于耳后白皙光洁，连颗痣都没有，但那天晚上的那位，耳后有块胎记，虽然用粉底盖过，与肤色无异。别人看不清，叨叨却总能一目了然。

"你要揭穿我吗？"周嘉于在听完叨叨的描述后，不自然地摸向耳后，这个不同她自己都不知道。

"我只是提醒你。"

"为什么要这么做？我们不过是第一次见面，你没必要帮我。"

"帮你？"叮叮摇摇头，"我帮不了你，是你要帮你自己。记住了，如果你累了，也能分清是非对错，赶紧大胆说出来，你把你的真实想法告诉你的经纪人，她一手栽培你，必然对你有感情，是不会对你的想法置之不理的。"

叮叮说完便继续往上爬，周嘉于快步跟上，说："我觉得很奇怪。"

"奇怪什么？"

"你似乎一早就知道我会来，我记得来之前没和你提过我的名字吧？还有这些话，为什么我觉得你那么了解我呢？我们认识吗？真的是你刚刚一下想出来的吗？"

呵，李美珍可从来没说过周嘉于是个十万个为什么，撞了脑袋思维还那么清晰。叮叮停住脚，郑重地面向周嘉于，咧嘴呼了口气，说："咱一个一个来好吗？首先呢，预约这件事是双向的，就像你想来，我想约，我必然会对前来的客人有一定的心理期待，外加我是店主，保持稳重是我最基本的职业素养。如果你希望我一惊一乍，像那些狗仔一样没完没了地问你八卦，作为对明星好奇的普通人，其实我完全可以做到。"

"千万别，你这样挺好。"

"那最好了。"叮叮开始回答周嘉于的第二个问题，"你说我为什么了解你，你的新闻看多了自然就了解了，娱乐圈没几个明星能像你这样被一眼望到底的，喜怒哀乐全在脸上。"

"你是在损我吧。"

"不是，只是情商偏低，有待提高。"

"……"

"至于我说的那番话，怎么说我也比你年长几岁，书看得也算多，所以心灵鸡汤的话还是能说几句的。"

"我们真的才认识？以前没见过？"周嘉于不死心。

"这一点，我很确定。"

叮叮换了一口气，在周嘉于再次发问前，头也不回地朝目的地走去。两人一前一后，速度越来越快，最后变成了小跑，周嘉于忍不住笑了，叮叮也笑出了声，你一言我一语，山林间已经许久没这么热闹了。

"到啦！"

小跑提高了不少效率，俩人没一会儿便到了。叮叮张开双臂，在她身前是一大片竹林，青竹拔地而起，顺着山坡笔直向上，没入云端。太阳露出头，拨开云雾温柔地拂过竹林枝梢，山林空旷，不时有几声鸟叫。周嘉于感叹，身处这种环境，心底的任何杂念都会被洗涤干净，难怪叮叮有这般性情，这一趟算是来值了。

6

拍完最后一个镜头，李彤双手合十，向郑导和麦田致谢。

"辛苦了，你先去卸妆吧。"

麦田松了口气，一旁的老郑半躺在布椅上，如释重负地抽了口烟，歪着头看向对方。两人当初都是从导演系毕业的，一转眼已有 20 多年，到了中年发福的年纪。麦田从来就是能言善道，擅长与各路大仙打交道，而自己始终坚守老本行，这些年也算有了些成绩。

"你为什么要去当经纪人？这么多年我都没问过你原因，你以前成绩不是挺好的吗？"

麦田扭扭脖子，从一旁拖了张椅子过来，不说话，认真考虑这个问题。

"我知道你擅长打交道，但放弃拍戏不后……"

"是太认真了。"

麦田突然冒出一句，从不抽烟的她问老郑要了一根烟，拿起小桌上的打火机，打了好几下都没打出火来。老郑拿过香烟，凑在自己的火星上点着了递给对方，麦田才吸一口就被呛到了，咳得满脸通红，眼角都泛出了泪光。

"真没用。"麦田打趣自己，老郑不以为然地笑了笑，"我那时候是个好学生吧？"麦田问道。

"当然，你比谁都认真，教授一直都很看好你。可谁知道当初最被看好的人最后还改行了呢。"

"就是因为太认真，太想把戏拍好，所以交完毕业作品后我就怕了。"麦田抽了一口烟，眉头微蹙，眼神茫然地看着远处，"我害怕那种精益求精的生活，每拍一次片就像掏空了所有，作品出来是有成就感啊，但更多的是对下一次从头再来的恐惧。我不知道我为什么会这样，有人说那就像阵痛，熬过去就好了。可我那时候就觉得过不去了，我快疯了，感觉自己总在气喘，心里老是惶恐不安。你有过这种感觉吗？"

"有时候吧。"老郑眯起眼睛，压力大的时候也会这样，"但我从来没想过要放弃，即使在最低潮的时候，不过是你救了我。"老郑和麦田对视一眼，当初谁都不愿意投资一个既没有代表作，又浑身学院风的新导演，是麦田拉着她的艺人过来助阵，才有投资人愿意把钱投进来，从此娱乐圈才有了郑导这一号大人物。

"可能也与天赋有关吧，也许我真不是当导演的那块料。"麦田服输，要强的她很少对别人说出服软的话。

"不是你天赋不够，而是注定了你要去开发更强的一块天赋。"

"真能安慰人。"

"其实周嘉于和你很像，有天赋，但太拼了，物极必反，这一点你有没有想过？"

麦田愣住，没想到老郑会提起嘉于。

"前两天我读了一份报纸，上面有篇文章挺有意思的。说是现在的年轻人总爱刷手机是有原因的，因为在我们的大脑里有一个区域的神经叫'快乐中枢'，会对手机上的新内容产生持续不断的期待，这种期待通过'快乐中枢'分泌多巴胺得以持续，但'快乐中枢'的工作只是承诺快乐，并不是保证实现快乐。"

"那控制住这块不就可以不沉溺于手机了嘛，不过这与嘉于有关系吗？她连看手机的时间都没有。"

"你别急，说是毒品和酒精也能使快乐中枢工作，不过有个叫亚当的瘾君子每天都沉溺在这些东西带来的快感里，终于有一天摄入过量，等他醒来时，发现自己对毒品和酒精彻底失去了兴趣。"

"这不是好事吗？"

"是好事，不过他的快乐中枢从此受损，他对世上任何事物都失去了期待和兴趣，无欲无求，却活在了无限的抑郁里。"

"你是想说我把嘉于逼得太紧了吧！"

"你说呢，安排工作、包装艺人你比我厉害得多，但你也要关注周嘉于的反应，这孩子虽说有点特立独行，但工作起来却很努力，也有灵气。她拍动作戏时连替身都不肯用，麦子，你觉得你给她安排李彤这样的后备，她会作何感想，也许不单单是感激你给她收拾烂摊子这么简单了吧！"

"你觉得嘉于会认为我是在找人取代她？"麦田冷笑，"那我真的没必要那样偷偷摸摸，我要捧个明星，需要那么见不得光吗？"

老郑笑着摇头："你知道我不是那个意思。嘉于是你的艺人，秉性如何你肯定比我清楚，不用说这种气话。你仔细想想我的话，那些她不肯参加的活动，撂下的烂摊，她每次这么做到底是在期盼你给她收拾残局，还是在暗示你以后别再接那样的通告了？你那么聪明，不可能看不出来吧？"

"可我能那么做吗？"麦田反问，"娱乐圈是靠曝光率取胜的，每部作品都有一个制作周期，短了几个月，长了几年，这中间按嘉于的脾气什么都不接，到时候作品是上了，但观众早把她忘了。"

"作品好的演员，观众是忘不了的。"

麦田轻笑："老郑，我不是要冒犯你。有哪个导演能保证自己的每个作品都好、每个都卖座？更何况是演员这样比较被动的角色了。"

"所以你宁可嘉于闹出不好的新闻，弄得身心俱疲，也要去争那所谓的曝光率？"

"亏吃多了总会改，谁的情商不是一点点磨出来的。"

老郑还是摇头，他说不过麦田，但心里始终认为她这么做不对。麦田也有些生闷气，盯着手中的香烟沉默不语，烟灰在贴近皮肤的瞬间掉地了。老郑再次劝她："那你总该有自己的生活吧！整天陪着艺人待在片场你也会到极限的。发现一个天赋不容易，要一点一点吃透它，有些人是因为不够努力做不出成绩，但有些人是太努力了，那时候出的就不是成绩了。"

麦田知道老郑还在提醒她替身的事，很多事情被他这么一提，麦田心烦意乱，扔了烟头，赌气般用力往地上踩。手机响了，是TR 宣传部打来的电话，碍着老郑麦田不好说太多，但从她不悦的表情就能看出肯定不是什么好消息，"嗯"了两声就挂了电话。

"我得走了。"

"又是周嘉于的事？"

麦田不应答，拎起一旁的包包。

"我当你是朋友。"老郑依旧将手放在颈后，说话时神色淡然。

麦田迟疑了一下，最后还是什么都没说，脚步声渐渐消失在片场。

7

李彤下了公交车，独自往小区走。

"请等一下。"

身后传来招呼声，匆匆跑来的男人似乎就是在喊她。

"你好，我叫贾泰。"

对方还拿出了记者证，李彤心里一惊，为什么会有记者跟上她？

"一起喝个咖啡吧！"

李彤干脆地拒绝，惴惴不安地往回走。

"这个新闻你肯定有兴趣，关于周嘉于……替身……"

话语里带着笑意，李彤后背发凉，寒气漫进她的大脑，从他出示记者证的那刻起，李彤心里就有了预告。

咖啡端上桌，贾泰不断翻看照片，脸上露出满意的笑容。李彤有些坐立难安，不知贾泰手里到底有哪些惊人的证据。

"初次见面……"

"有什么话你就直说吧。"

李彤打断得干脆，贾泰脸上浮出一丝讥笑，他刚刚躲在摄影棚里，不仅把证据都拍了下来，还录了音，而这位假"周嘉于"也被立刻查了出来。

"李彤，23岁，舞蹈学院毕业，两年前被麦田招入麾下，不过没当上明星，而是当起了秘密替身。"贾泰在说"秘密"二字时特意加重了语调。

李彤尽可能装作坦然："明星有替身不是很正常嘛，这算什么新闻。"

"普通替身当然不值得一提，但你不一样，你是秘密，不能公开的秘密。"贾泰实在满意李彤的这张脸，卸了妆也有8分相似，而且很好看，观众见了肯定不会讨厌。

李彤不喜欢贾泰的阴阳怪气，竭力抑制内心的反感。

"我们一起弄个大新闻怎么样？"

"我没兴趣，有事你直接找周嘉于，或者她的经纪人！这个新闻大不大，值不值钱由她们定夺。"

心里的起起落落让她很不安，李彤再也不想坐在那儿了，拎起背包想要离开，却被贾泰一把拉住。

"我就不相信这个世界上真的有这样的傻瓜，放着大好的翻身仗不打，一辈子甘愿躲在别人身后，吃别人的残羹冷饭，你是这样的人吗？"

李彤斜着眼看他，被对方用力按回座位。

"我当记者的时间肯定比你当替身的时间长得多，听我一句，这是个好机会，娱乐圈就是这样，努力十年高楼起，但只要短短十分钟的丑闻就可以彻底把她打入谷底。麦田是个狠角色，任何棘手问题到她那都能打个翻身仗，不过现在的问题出在她内部，而她又浑然不知，新闻出来必定会打得她措手不及。"

"既然你已经有证据了，为什么还要来找我，而且你凭什么那么自信，你就不怕我告诉她吗？"

贾泰冷笑："你不会，像我说的，你不会那么傻。"

"贾记者，我是替周嘉于工作的，扳倒她对我有什么好处？"

"你还真是个天真的姑娘，你以为你还能接着当周嘉于的替身吗？一旦这个新闻曝出，周嘉于能不能翻身不说，你认为她还敢用替身吗？"

李彤脸色难看。

"这就是我来找你的原因了！只要你在事情公布前守口如瓶，我会给你安排一个最引人同情的角色，不过等到事情公开了，你得露面，把受到的打压说一遍，咱俩一前一后来个联手，这个新闻将精彩无比，麦田再厉害，周嘉于也彻底完了，到时候你虽然失去了这份工作，但属于你的事业才真正开始。那时候你还当什么替身啊，你会成为比周嘉于更红的明星，工资比现在高出几百倍，关键是所有人都会看到你、喜欢你。"贾泰想得很远，他生怕新闻公布后，李彤这一号人物被证明根本不存在，来个彻底消失。麦田那么狡猾，到时候说不定会反咬一口，说证据是假的，以此来煽动舆论帮周嘉于开脱。但如果李彤愿意与他联手，到时候无论麦田想怎么掩盖，人证、物证齐全，欺骗大众的事实就板上钉钉了。

李彤垂下头，贾泰现在无疑是在给她开辟一条新大路，他期许的未来很有诱惑力。"你到底拍到了什么？"贾泰见李彤被说动了，面露喜色，将相机递给她。

"我俩化了妆很像，你这个照片说明不了什么，别人会说是角度问题。"

"那这个呢？"贾泰把一只打火机放在掌心，就是刚刚麦田打不着火的那只，"这个录音一曝光，估计麦田也没有翻身之地了，听起来替身这件事完全是她想到的办法。"

李彤睫毛微颤，居然还有录音，这是要把周嘉于和麦姐逼上绝路吗？

"一看你就是个心软的姑娘，要成大事者必须要心狠，周嘉于和麦田一定给你灌输了不少安分守己的思想吧，抛开他们，摆脱他们，你才能大红大紫。"

李彤注视着贾泰，他一副劳于奔命的样子，仿佛只要她点头答应联手，脚下的泥泞小道就能立刻变成康庄大道，可她在犹豫，一颗心定不下来，摸不清自己的真实想法，"能让我考虑一下吗？"

"这还需要考虑吗？"贾泰不理解，"你放心，我认识很多经纪人，要捧你易如反掌。"

"谢谢，我已经心动，但我想考虑清楚，毕竟这关系未来。"

　　李彤不再停留，冲出咖啡厅。贾泰心里明白，这个女孩多半是没被说通。自己还是要早做准备，尽快将这则新闻发出去，以免夜长梦多。打火机已经点不上火，说明里面的电池已经耗尽，它到底录了多少有用的内容，贾泰现在也不清楚，刚才的信心满满无非是想将李彤拉到自己的阵营，而现在更希望这则录音别让自己失望。

　　房门打开，迎面站着的居然是周嘉于，舒适的居家服，款式随意，一把低马尾衬得她气质柔和，李彤有些尴尬地避开对方的眼睛，都说她与周嘉于长得像，但与本尊一见面，还是会自叹不如。

　　"我找……麦田。"李彤念着名片上的名字。

　　周嘉于拉开门，让她进来。

　　"我是来应聘的。"

　　李彤向她解释，周嘉于抬抬下巴，麦田正坐在阳台上喝茶，把面试地点约在类似家的地方，李彤有点意外。

　　周嘉于并没有跟上来，而是朝阳台的反方向走去。

　　"嘉于，你也过来。"

　　麦田挥挥手，周嘉于依旧沉默，在经过李彤的时候，神情复杂地看了她一眼。李彤心颤，自己还没被公司录取呢，前辈就这么不友善，看来这次的面试悬。

　　"你俩站一起，让我看看。"

　　李彤赶紧走快两步，来到周嘉于身旁，麦田站起来，围着两人绕圈。

　　"李彤 172 吗？"

　　"是的。"

　　"我看你的简历了，练舞的话有点偏高。"

　　李彤脸红，自己就是为了应聘舞蹈老师而来的，现在对方直接说她太高，是不是没戏了。

"体重 50 公斤，三围的话……都和嘉于一样。"

李彤纳闷，什么叫都和周嘉于一样，这个应聘有点怪怪的，不让展示才艺，只对比身材。

"有表演经历吗？"

"群演算吗？大学的时候和舍友一起去当过群众演员，演的舞女。"

"唱歌呢？"

"我五音不全，平时 KTV 都很少去。"李彤如实交待。

"五音不全，"麦田摸摸下巴，"确实，讲话声音完全不一样。"

"我回房了！"

说话的是周嘉于，她已经转身离开，听她的声音似乎有些生气，也对啊，她是大明星，拿来与自己这样的无名小卒作比较，确实要生气。李彤拽着衣角，麦田还在盯着她看，那样子仿佛连她脸上的一个小毛孔都不肯放过。

"这是什么？"麦田点着李彤耳后的粉色印记。

"胎记，从小就有的。"

"这是个问题。"

"呃……化妆的时候可以盖一下吧！"

麦田坐回藤椅，也让李彤坐下，说："等会儿有个化妆师过来，她会给你试妆。"

"试妆？我，我要演什么吗？"

"嘉于。"

李彤下意识地看向身后，以为周嘉于过来了，却发现身后空空如也，才反应过来麦田是让她演周嘉于，"她，不就在里面吗？"

"我和你说明白吧，看到你发来的简历，我很震惊，没想到有人能与嘉于这么像。"

"我没她好看。"李彤不好意思。

"化了妆就没差了，修个眉毛，改变一下发型，你的皮肤底子还不错，和嘉于的肤色也靠近，就是耳后的胎记，以后要着重掩盖一下。"

"以后？"

"你有想过当替身吗？"

麦田切入主题，李彤愣在那里，完全没想过。

"不是市场上的武替之类的，而是周嘉于的专职替身，不对外公布的那种，可以直接面对媒体，被拍到也看不出任何破绽的那种。"

"我们哪有那么像！"

"那是化妆师的事，你只要负责演好周嘉于就行。"

这个提议在李彤看来太过荒唐，不断摇头，直到麦田递来一份合约。

"我做事很爽快，任何一位替我办事的人，我都不会亏待。相信你现在也没有更好的选择，像这份简历，你也记不得它是第几百份了吧！原本想当演员，现在只想当一位舞蹈老师，你的要求一退再退，想必你也知道长得像嘉于这一点，到任何经纪公司都是劣势，唯独到我这儿，你有优势。我给你的价格，别说舞蹈老师，连小明星都没这个价，生活不容易，你好好考虑一下。还有，这是保密协议，我希望永远都不要动用到上面的任何一条。"

"您不怕我拒绝吗？出去乱宣扬，说不定会影响周嘉于。"

"你不会，谁会放着这样的机会不要呢。"

李彤边走边苦笑，每个人都那么坚定地认为她不会，麦田认为她不会放弃成为周嘉于替身的机会，贾泰认为她不会放弃揭穿周嘉于的机会，每个人都那样信誓旦旦地替她决定了人生，可他们知道吗？无论哪个，都不是她想选的，无论哪个，从本质上就是错的，难道自己要这样一错再错下去吗？用错误换来的光明前途，能走踏实吗？

"李彤！"

一缕刺目的阳光向她射来，是赵灵，他下班了，站在夕阳下格外耀眼，向她挥着手露出明媚的笑容。李彤突然厌恶了总躲在阴影里的自己，想要一把撕破拦在身前的幕布，大步往前冲，拥抱真正属于自己的光明。

"你怎么了？"

赵灵对突如其来抱住自己的李彤感到意外，她的样子似乎不怎么开心。

"还能重新开始吗？"

"重新开始？"怀里的李彤有些发抖，赵灵用力抱住她，"随你啊，不过，我们不就是刚刚开始吗？"

8

竹笋切成小段，放入锅里翻炒，加入已经煸炒过的肉片，原本的中饭，因为周嘉于耗不尽的新鲜感，被拖到了半下午。

"可以了，可以了。"

"总得炒熟吧。"

叮叮敲了一下想要伸进铁锅的筷子。

"我好饿啊！"

"那怪谁，躲在山里拖都拖不出来，去看看鸡汤，可以加盐了。"

"哦。"

周嘉于有种回到从前的感觉，她是被奶奶带大的，每次见奶奶在厨房忙碌，就想上前尝一口，奶奶也是这样让她耐心一点，等菜炒熟了再吃，但她就喜欢吃未装盘的菜，看着沾满汤汁的铁锅，心里会很舒服。

"好了，"叨叨准备装盘，周嘉于不安分的筷子立刻出现在锅里，"小心烫，都归你，不和你抢。"

叨叨一脸笑意，周嘉于嚼了两下却变了脸色。

"不好吃？"这不是叨叨第一次尝试做的菜，按理说不会差到哪去。

"不是不是。"周嘉于回神，菜很好吃，只是她想到了一些事情，心口犯闷，走去一旁默默地盛鸡汤。

叨叨望了眼窗外，李美珍今天一直都陪着，这道菜是她以前教的，也许周嘉于尝到了熟悉的味道，有些睹物思人。

鸡汤端上桌，叨叨盛了碗米饭给周嘉于，对方礼貌地谢过，配着竹笋炒肉大口吃饭，狼吞虎咽的样子，让叨叨有些担心，"你慢点，这还能吃出味道吗？"

周嘉于停住，泪水漫进了眼眶，神色黯然地说道："是要吃慢点，细嚼慢咽才能尝出味道。"

叨叨放匀呼吸，同样的话李美珍也和她说过。

"品尝食物，第一要吃它的肌理，让唇齿感觉到食材的有趣，接下来慢慢去体会烹饪的味道，吃的过程要慢一些，感恩一些。"

做这两道菜的诀窍也是李美珍传授的。

"我吃东西快，我奶奶总让我吃慢点，而这两道菜就是她以前最擅长的。"周嘉于神情复杂，泛红的眼眶在苍白的脸上极其惹眼，叨叨最怕客人哭，哭得她心里也不好受。

"但这并不是我最擅长的。"叨叨聪明地避开问题，"只是刚好竹笋应时节，而母鸡这两天也够肥了，而且鸡汤应该算是你做的吧。"

周嘉于苦笑，说："奶奶最擅长的菜也是我最喜欢的，就算是凑巧我也要谢谢你让我吃到这两道菜，让我一下想起了很多，前段时间我还错过了她的忌日。"

"忌日！"叨叨咬牙切齿地说出这两个字，她并不想将这次见面变成痛苦的回忆，但不接话又显得很刻意。

"她已经不在了，其实连她的忌日都是法医推算的。"

叨叨惊愕，这话是什么意思？李美珍在雾山待了五年，叨叨只知她是因病突然死亡，从没细问过，毕竟要问一个过世的人是怎么去世的有些不礼貌。可现在听周嘉于这么一字一句说来，真让人心口犯堵。

"当时我刚参加完一个选秀比赛，那时候举办方不让我们与外界联系，等我回到家奶奶就已经过世了，突发心肌梗，医生说过世一周了，时间是根据尸体腐烂程度推算的。"周嘉于窝在沙发上，手里还端着碗，拿着筷子，眼神已失了焦距，这些年她强迫自己把这些忘记，她不敢想象奶奶当时的痛苦和绝望，不敢回忆推开门时屋内散发的死亡气息，这一切都让她喘不过气来。"我很小的时候爸妈就离婚了，他们有各自的生活，谁都不要我，所以我一直跟着奶奶。我很恨我爸妈，为什么生下我却不要我，但我也很庆幸我有奶奶，因为她，我渐渐忘了恨，过得像正常孩子一样，每天上学放学，期待回家后她询问我一天里发生的有趣事情。奶奶是个很顾家的人，几乎把所有时间都花在操持家务上，我喜欢留在她身边，吃她做的菜，给她唱我写的歌。选秀节目是奶奶鼓励我去参加的，她说我长得好，唱歌也好听，光让她一个人欣赏太可惜了，出去历练一下，说不定还能当个大明星。我当时没当明星的想法，只觉得去参加一次比赛也好，回来就有更多好玩的事情可以分享了。可我现在当上了明星，但那个能与我分享的人却不在了。我以前睡眠质量很好，可现在却老失眠，夜里总想着奶奶的离去，翻来覆去睡不着。即使当初爸妈离开我，我也不曾这样，心里全是恨，恨奶奶的离去，恨奶奶的死亡。"

眼泪滴落，这才是深埋于周嘉于心底的郁结，瘦削身躯下那颗坚强的心，因为亲人的离去，早已布满裂痕。叨叨心里很不是滋味，也为自己曾经认为周嘉于不够成熟的想法感到惭愧，她经历的痛苦，哪里是自己这种生活幸福美满的人能够体会的。难怪周嘉于会说她很怕辜负她在意的人，这话的分量比叨叨想的要重好多，周嘉于经历了一次又一次痛彻心扉的失去，她的心无所依靠，脆弱敏感，能让她在意的人，肯定是经过重重筛选之后才留下的，过往的经历让她变得比任何人都懂得珍惜，因为来之不易，可这也成了她时刻压抑自我的枷锁，不忍反抗，这样的周嘉于太让人心疼了。

叨叨坐到周嘉于身旁，将她搂入怀中。

"我真希望我没去参加比赛。"

"有些事都是命，躲不掉的。但你奶奶很了不起，她敢将你推出去，而不是一味地留你于身边，这才有了现在的你。只有你过得好，她才能安心。其实每件事情都有两面性，你不该活在被抛弃的阴影里，在我看来，悲伤反倒成就了你。也许命运的船舵会打滑，但你现在已经有足够的能力自己掌舵了。"

周嘉于的抽泣渐渐平复，她是悲伤的坚强者，这五年来早就习惯了一次次自我疗伤。她从没想过会对一个刚认识不久的人吐露心声，但说出来的感觉却比想象中好，叨叨一直在安慰她，耐心得像一个姐姐，这让周嘉于觉得很温暖。

叨叨替周嘉于抹去眼泪，说："你知道抵抗难过的最好办法吗？"

周嘉于肿着眼睛看叨叨。

"是吃好吃的。"

周嘉于破涕而笑，用力点点头，说："吃饭吧，再不吃我都要赖在你这儿吃晚饭了。"

"这就对啦。"叨叨夹了一个鸡腿给周嘉于，满脸的心疼。

送周嘉于离开的时候，叨叨心里轻松了不少，李美珍的事就像心里的一个牵挂，这些年总环绕心头，不过现在好了，她在一旁守了一整天，该说的话也都替她转达了，应该是能放心了吧。

"回去的路上当心一点，鸡汤要热过之后才能喝。"

"谢谢你，叨叨。"周嘉于接过袋子，发自肺腑地说道。

"希望你一切顺利，这样喜欢你的人才能放心。"

"嗯。"

周嘉于不舍，一阵风吹过，头上的帽子被刮掉了，露出白森森的绷带，渗出的鲜红血迹更是触目惊心。叨叨看到这一幕，整个神经都绷了起来，她可没告诉李美珍周嘉于受伤的事，而且一整天观察下来周嘉于并没有什么异样，可李美珍不会这么想吧，她那么疼嘉于。叨叨发现李美珍消失了，身边的风出现异样，叨叨感觉不妙，院中雾气汇聚，周嘉于弯腰捡帽子，直起身时，院里的一幕惊得她六神无主，一个熟悉的身影出现在她面前，还走过来轻轻挽起她的手。

周嘉于瞪大双眼，眼前的老人不就是奶奶吗？一样的华发，一样的皱纹。

"怎么会？怎么会？"周嘉于不敢相信，她能感觉到奶奶手掌的粗糙，掌心的老茧，这怎么可能？为什么会这样？

"记住叨叨的话，照顾好自己。"

李美珍抚摸周嘉于的伤口。

"奶奶……"

周嘉于眼前一黑，失去了知觉。

9

燕群洗完手，匆忙向急诊室跑去。

"周医生？"

"有个刚来的病人叫李幕北，她在哪个病床？"

小护士指了指拉上帘子的那个，燕群飞奔过去，留下一脸好奇的对方。帘间的缝隙刚好能看到伤者血肉模糊的伤口。燕群闭上眼稳定情绪，推开帘子。

"万医生。"

"你来啦，伤口太深，得缝针了。"

叨叨趴在病床上，见燕群来了，朝他苦涩一笑。

"这到底是怎么摔的？能把伤口划成这样！"

叨叨不想解释，只当没听见万医生的发问，夺魂鞭是用麦秸编织而成，化成长鞭打在皮肉上，不像刀子般锋利能割出整齐统一的伤口，更像是通过高速打磨把皮肉扯开，这种伤口参差不齐，比刀伤疼痛百倍。

"疼吗？"燕群蹲下身。

叨叨微微点头，对他说："别告诉我家里。"

"这伤太严重了。"

"慢慢会好的。"

燕群都不忍责备她，站起身给万医生打下手，血淋淋的伤口长达 20 公分，从肩头划到左上臂，包扎完毕叨叨已快虚脱，耳后的头发都被汗水打湿。万医生先出去，留下燕群一脸愠怒地盯着叨叨。

"别这么看我，不就是皮外伤嘛，很快就好了。"

"这还是皮外伤！要伤到神经你整条手臂都得废了。"

"我下次会当心的。"

"还有下次！"燕群很少这样动气，"这个伤肯定会留疤的。"

"那我最近少吃点酱油，疤痕太深就不好看了。"叮叮尽可能语气轻松，也让燕群放轻松。

"你就不能说实话吗？到底是为什么受伤，摔一跤能摔成这样？"

"碰到劫匪喽！"

叮叮还是那种玩笑的语气，燕群生气地别过头。

"哎呀，你就别问了，我向你保证下次不会了，你一定要替我保守秘密，我不想家里担心。"

"那你也要向我保证，别再让我看到你受伤，一定要好好照顾自己。"

燕群生气的口吻以及认真的样子都让叮叮感动，看来燕群真当她是朋友，这份关切让必须隐瞒真相的叮叮心生惭愧。

"你躺会儿吧，等下我送你回去。"

"不用了，你忙吧，我现在就得走。"叮叮起身。

"这么急吗？"燕群扶起叮叮，不小心踢到一个东西，还发出"咚"的一声，才发现床边有个塑料袋。

"是我的挂钟，它走慢了，我得送去修。"叮叮嘴唇泛白，额头冒着冷汗，坐在床上费力地穿上外套。燕群弯下腰，打开罩在上面的塑料袋子，确实是个挂钟，钟面时间指向 8 点 05 分，和手机时间没差。

"是钟声慢了。"叮叮解释道，燕群看向她，那直勾勾的眼神，不知为何，让叮叮心底发麻。

"这个时间哪个钟表店会开门啊？"燕群将袋子封好，拎起挂钟，扶叮叮下床。

"我有认识的一家，24 小时营业。"

"要我陪你去吗？"

"不用不用，你忙吧。"叨叨拉了拉衣角，为什么要紧张呢，燕群不过是好心罢了，可今日的燕群让她觉得怪怪的。

两人一前一后走到门口，燕群替叨叨打了车，问她钟表店地址。

"古北老街。"

听到这个地名燕群愣住了，看叨叨的眼神更加古怪。

"怎么了？"

"没什么，这地方我也去过，都卖些老古董。"燕群将地名告诉司机，帮叨叨打开车门，叮嘱道，"这一个礼拜洗澡要当心一些，消炎药得记着吃。"

"知道啦，拜拜。"

燕群目送车子远去，看不见了才往回走。古北老街？难道只是凑巧？还有那个挂钟，是以前见过的那个吗？燕群叹了口气，手机响了，以为是叨叨忘了什么。

"怎么了？"

"啊？群群啊，我是爸爸，你奶奶突然很不舒服，我们现在叫了救护车，正往医院赶呢。"

天已全黑，院外的景观树在风中摇摆，救护车的声音呼啸不断，燕群握着手机，茫然地盯着夜幕，刚送走了叨叨，奶奶又要来了，心里的牵挂总是没个尽头，不知他们会在哪一辆救护车里。

叨叨倚着挂钟，听着从中传来的"滴答"声，它还在走，就是走慢了，每当挂钟响起时，就是在提醒她收录者要靠近。可这一次，它晚了，它本该在收录者靠近雾山时便响起，这样叨叨就还有时间做收尾，毕竟雾山上的屏障设了很多道，为了保护李美珍更是每周都在调整，收录者需要花些时间才能绕出这些屏障，可这一次挂钟响晚了，等它响起时，已是丧钟。

当李美珍看到周嘉于受伤的那刻，就彻底失了方寸，一个愿意在交界处逗留五年，想留着神志守护自己孙女的老人，看到那白森森的绷带，整个人就不管不顾。现身其实不会有多大影响，但触碰人类就犯了大忌。叮叮一时心软，见挂钟没响，以为收录者一时半会儿赶不来，可这次吴感却比任何时候都来得及时，还赶在了钟响之前。

当时叮叮只注意李美珍，忘了留意雾气的变化。等发现吴感到了，她的第一反应是弄晕周嘉于，而吴感幽蓝色的长鞭几乎是在同时，打在了她的左臂上，那种重击，叮叮以为整根骨头都碎了，人也被打倒在地。吴感将长鞭甩向李美珍，勒紧她的脖子，本就单薄的身体渐渐变得透明，她在绝望中对叮叮说了声"谢谢"，朝着晕倒的周嘉于不断伸出手。那一刻叮叮哭了，为李美珍的悲惨命运哭，也为自己的无能为力哭，李美珍的魂魄越来越淡，直到彻底消失，整个雾山都陷入了沉寂，叮叮明白这才是真正的永别，李美珍彻底消失了，哪都不再有她了。而吴感依旧漠然地收起长鞭，甚至都不明白叮叮为什么要哭。

"你一点怜悯之心都没有吗？"叮叮踉跄地从地上爬起来，手臂的剧痛让她脸色煞白。

"我说过，你的念想迟早会害了你。"

"害了我？"叮叮满脸苦笑，悲凉的目光紧盯吴感，"到底是谁害了谁。我是一个人呐，我注定是有感情的，我不可能跟你一样，对别人的不幸置之不理。在你的世界里有离别的难过吗？有相聚的快乐吗？你什么都没有，别人死前都还有念想，可你却没有，你活着的时候都那么冷漠，活该你永生永世都只是副躯壳。"

"你！"吴感怒目，鲜血顺着叮叮的左臂慢慢滴落，吴感清楚上一位收录者的下场，与守门人打起来，自己不会有好结果。

"你是在生气吗？"叮叮讥笑他，"你不该生气，你应该为你的残忍感到羞耻。"

"你想激怒我。"吴感冷冷地说道。

"激怒你？"叨叨凄凉地发笑，眼神却开始变得凌厉。

"是你做错了事！"叨叨缓慢地举起右手，"是你激怒了我才对。"话音落，指尖对准吴感，山中的雾气犹如龙卷风一般将吴感包围，山风呼啸，叨叨的声音响彻整个雾山，"既然你不会魂飞魄散，那就试试四分五裂的感受吧，像你这样无视别人感情的人，是该受点惩罚了。"

雾气的力量犹如千万条锋利的锁链，吴感只觉皮开肉绽之痛，黑袍被割裂，骨头被磨碎。可雾气外，叨叨决绝的目光那么清晰，让吴感心生绝望，这种感觉，遍布全身，痛不欲生。

"啊！"

吴感从病床上惊醒，发现自己手脚还在，只是呼吸时浑身上下都隐隐作痛。

"别动得太快，恢复能力再好也经不住被割成碎片。"

"付医生？我怎么会在这儿？"

"年轻人火气都大，气过了就后悔了，还得费那么大劲把你扛过来，你说是不是自找的。"付医生递给吴感一粒药丸，"吃完这颗你就可以走了。"

"叨叨怎么样？"

"你关心？"付医生眉毛一挑。

一粒药丸下去，吴感破损的黑袍恢复正常，脸色也好了很多，"她没死吧？"

"她伤在手臂，你倒挺能找地方打的，死是死不了，但夺魂鞭的伤不是那么容易痊愈的，你以后少去惹她，都是自己人，打来打去有劲吗？还要浪费我药材。"付医生扶了扶沉重的镜片，垂着手晃了出去。

吴感不明白，叨叨为什么要救他，是怕被责罚吗？收录者不能随意杀死守门人，是不是守门人也一样。吴感按着胸口吐了口气，耳边又响起一阵钟声，翻开收录本，看着上面时隐时现的名字，胸口突然涌起一阵不适。这是什么感觉？伤口明明已经愈合，为什么还会不舒服？来不及想那么多了，吴感整理一下黑袍，瞬间从房间消失。

10

"幽黄色灯光，暖暖的味道……"

周嘉于被电话铃声吵醒，周围一片漆黑，她躺在驾驶座上，沉思两秒后，猛地坐起，自己怎么会在车里？电话铃声断了，来电显示是李彤，她已经打了好几个电话。周嘉于不理会，跑下车，她还在雾山脚下，脑海中叨叨的样子、周末餐厅的样子，还有奶奶的样子，已经搞不清是梦还是真的了，推了好几次雾墙，没有任何反应。周嘉于很是失望地回到车里，眼光落到副驾驶座上，那里有个袋子，袋子里还有个便当盒。

鸡汤已经变凉，但因为它的存在，周嘉于至少能断定这一切真的有发生过，不是梦已让她心生慰藉，可奶奶……这到底是怎么回事？

"幽黄色灯光，暖暖的味道……"

电话又响了，还是李彤，两人在一起工作的这两年，基本上没通过电话，不是刻意不给对方打，而是一个出现另一个必定消失，彼此之间没有交流的必要，加上自己对替身这件事本就心存芥蒂，私下就更没心思去维护两人的关系了。

"喂。"

"你总算接了，现在在哪？见一面吧！"

"有事吗？"

"我被记者发现了……"

周嘉于想起早晨取车时身后有光亮闪现，回头看却没有任何人，当时她就纳闷，现在看来确实是遇到记者了。

"你在哪儿？"

"南里镇，这里有座雾山。"

"离你那 30 分钟有个车站，我们见一面吧。"

周嘉于调转车头往回开，接到电话没来得及反应，甚至没问一下李彤为什么要先将这件事告诉自己，她是麦田找来的人，理应将这件事告知麦田，可为什么要先告诉她？是有什么陷阱吗？自己该不该给麦田打个电话？伴随着音乐声手机自动关机了，两天没充电，是该没电了。周嘉于闪了闪远光灯，心里充斥着各种想法，叨叨说谎言总会被揭穿，没想到来得这么快，自己该怎么面对，而李彤又有什么目的呢？

把见面地点约在公交站倒也少见，但这里似乎是两人的折中地段。周嘉于开了 20 分钟便到了，值班室虽然亮着灯，却完全不在意有外来车辆进入。李彤坐在站牌下，昏黄的灯光下她低着头，几缕头发随意地散落在脸颊两侧。看到她，周嘉于就忘记了自己的长相，对于这张与自己非常相似的面孔感到格外陌生。

"你来啦，坐吧。"

李彤往一旁挪了一下，这个时间点，车站已经没有乘客了，谁也不会留意，这里站着最当红的大明星。

"有什么要求你就说吧。"

周嘉于并没有坐下，而是站在李彤面前，皱着眉看着她。

李彤笑了，嘴角歪向一边，"看来是我想错了，你和麦田终究是一样的。碰上这种事，第一反应就是掩盖。"

"既然你已经告诉麦田……"

"还没，我想先看看你的反应。"

被一个一直模仿自己，只能成为自己影子的人这样发问，周嘉于有些不舒服，"你是希望我求你呢？还是给你好处呢？求你不可能，要好处的话直接找麦田，说不定拿得更多。"

"所以我们永远不会是朋友对吗？"

"朋友？"周嘉于觉得太可笑了，"你现在可是在向我发难，何必再扯上朋友，从你当我替身的那天起，你就该知道，我是看不起你的,我不会和自己瞧不上的人做朋友。"这话脱口而出,伤人,解气，愧疚，各种复杂情绪随之漫上心头。

李彤尴尬地笑了笑，说:"我是拿了你的钱，但我也替你工作了，这两年，你有数过我替你救了多少次场吗？"

"我何必去数，那些都是我不想参加的。"

"你总那么任性。"

"任不任性是我的事，你只是我的替身，别随意评判我。"

"你这样不累吗？"李彤反倒笑得坦然了，"你总是自相矛盾，既讨厌我当你的替身，却又不得不承认我是你的替身。也难怪对麦田的安排只会逆来顺受。"

"你没资格来教训我。"周嘉于甩脸就走，她一刻都不想待，要揭穿就去揭穿吧，被李彤这样冷嘲热讽，周嘉于受不了。

"你站住！既然你从一开始就讨厌我当你的替身，为什么不拒绝呢，你觉得我不如你，没资格教训你，那你好歹也拿出点行动来开除我呀！这两年，你除了会生闷气，还会做什么！做替身对我而言只是工作，但对你而言是犯错！一个是工作，一个是犯错，哪个责任更大一点！"

周嘉于震惊地看着李彤，这些话她是吼出来的，是因为替身的事情被拍了，她觉得前途有着落了，所以敢朝自己如此叫嚣，既然这样，自己也朝她实话实说一回好了:"你知道麦田和我的关系吗？我从 16 岁就认识她了，在我无依无靠沉入谷底的时候是她拉了我一把，对我而言她比家人还要重要，在你那里的对与错，在我这儿却是情和义。我不拒绝用你，是因为不想伤她的一番苦心。我听出你话里的意思了，无非是要告诉我用替身这件事不对嘛！我承认，用替身是不对，你没错，错在我，你明天就可以拿着这个新闻出去宣扬，说你替周嘉于参加了多少场活动，把你所受的委屈都说出来，我不会怪你，但只有一件事，麦田不止我一个艺人，请你别把她拖下水，就说这只是我一个人的主意，我脾气不好反正也是众所周知的，无所谓了。"

"可你觉得我踩着你往上爬，会心安吗？"

周嘉于不明白了："李彤你到底要干吗，有完没完，我都这么说了，你还要怎样？"

周嘉于不耐烦的情绪越发加重，李彤从包里拿出一封信递给她。

"辞职信？"周嘉于皱眉，"没这个必要，有了它你就能心安了。"

"好聚好散嘛，从明天起我就不再是你的替身了，我要开始我的新生活。"

"你直接给麦田不就行了。"

"像你说的，情与义，我这个秘密替身也是有的。保全麦田我会做到，毕竟当时我连房租都拿不出来，厚着脸皮一直靠家里拿钱养活，是麦田发现了我，给我机会。说来也讽刺，如果不是当你的替身，很多机会我还真遇不到。"

周嘉于盯着手里的辞职信，听着李彤略带挑衅的话语，李彤现在无非是在狠扎她一刀后说些感慨的话，就像是竞技场上的两名选手，黑马打败了常胜将军，然后动情地对常胜将军说："多亏有你，才成就了今天的我。"李彤遇到了展翅高飞的机会，特意约她出来，发表一下获奖感言。

周嘉于回到车里，把信扔到一边，今天的心情犹如过山车，此刻刚好到了谷底。

李彤站在原地目送车子离去，身后的值班室门开了，脚步声一点点靠近。

"都拍了。"赵灵正反复看着刚刚的视频。

"回去就发给麦田，这是我替他们做的最后一件事。"

"你把她气得够呛。"

"不刺激她一下，能反抗吗？她太在意麦田了，希望他们能安然度过这一劫。"

"放弃这样的机会不觉得可惜吗？"

李彤摇摇头，挽着赵灵的胳膊往回走，沉默了好一会儿，她低声问："你知道我是从什么时候开始喜欢你的吗？"

"我叫你坐我旁边的那次？"赵灵不确定，两人很早就见过面，李彤也坐过他的公交车，可是那时候连招呼都很少打，实在不知道她是从什么时候开始喜欢自己的。

"可能你没在意吧。我住在小区的时间比你长，在你搬来我隔壁的时候，我已经在这个小区住了快有半年了。那时候我刚从舞蹈学院毕业，给各个经纪公司投简历，到处面试，到处碰壁。你是两年前当的公交司机吧？"

"嗯。"

"我认识附近车站的每一个司机，就算没说过话，也彼此面熟。但那一天，我见到了你这张新面孔，新人的害羞和不安都在你脸上。我记得那天你有个站台忘记停了，一个老头指着你的鼻子没完没了地骂。"

"第一面居然就是这么糗。"赵灵不好意思地挠挠头。

"看到你不知所措的样子，我不知道为什么，心里有些难过，可能是觉得自己和你差不多吧，娱乐圈比我想象的要挑剔和刻薄，有些人会不耐烦地直接扔我简历，有些心术不正的人就会对我动手动脚，说什么陪他吃顿饭，别说当舞蹈老师了，直接捧我当明星。我听腻了这些哄人的话，也习惯了被拒绝，看到你，我就像看到了我自己。当然我想外貌也很重要吧。"李彤话锋一转充满爱意地看着赵灵，他皮肤白净犹如女孩子一般，细长的双眼很有韩范，嘴唇很薄，笑起来露出整齐的牙齿，"我很喜欢你这种样子，所以两种感情一结合就开始留意你。没想到你居然搬来了我隔壁，你不知道那时我有多开心。"

"原来你一直在偷偷暗恋我。"赵灵脸颊泛红，话语里透着小得意。

"是啊，我承认啊。"李彤挽着赵灵的手撒娇，"不过你太迟钝了，我只要一有空，就会守着时间去坐你的车，你是早班我就按早班的算，晚班我就按晚班的算，也会算错啊，发现司机不是你，就直接等下一班，坐了好多趟呢，我都数不清了，可是你只是简单地和我说你好、早、晚上好。我真的快放弃了，不过那次你居然主动让我坐你身旁，我才觉得又有戏了。"

"所以说，咱俩是谁追谁？"赵灵逗趣地问她。

"当然是你追我啦。"李彤打了他一下，动情地说，"这样的感觉真好，我心定了。赵灵，我不当嘉于的替身，不化妆，你还会喜欢我吗？"

"当然喜欢喽。"赵灵真心实意地说道，"而且我就喜欢你不化妆的样子，比化了妆要漂亮几百倍，最关键的是，这才是你啊。只是你不再当周嘉于的替身了，她还会再找吗？"

"我觉得不会了。"按照刚刚的对话，李彤也明白嘉于的本意是不想找替身的，"这两年里，我反复模仿嘉于的神态、动作，时间久了，好像自己都变成了她。这种感觉很奇妙，你与她做一样的动作，经历一样的事情，脑子里就会做出与她一样的反应，会为她的小脾气找理由，会去体会她与麦田的关系。我知道，他们都不是坏人，只是压力太大，脾气会有些不受控。我当替身的这段时间，麦姐一直没有亏待我，那些所谓的压迫我没体会过，我们一群人在一起都彼此体谅，嘉于有今天，不是运气好，是因为她确实努力，也有天赋，我喜欢这个团队，也觉得自己太过依赖这样的生活，所以我今天的选择一是为了谢谢他们，二是为了挑战一下自己。"

"如果他们对你不好，你会这样做吗？"

"不知道，但我会求心安。"

赵灵伸手搂住李彤，自己的这位女朋友是个心善的人。

"你真的准备开餐厅吗？"

"是啊，这是我除了演戏跳舞之外最喜欢的事，刚好这两年也有点积蓄了。"

"那……餐厅该叫什么呢？"

"嗯？"李彤没想到赵灵已经开始想名字了。

"叫周末餐厅怎么样？"

"只在周末营业吗？嗯……听着赚不到钱欸，嘿嘿嘿。"

11

"幽黄色灯光

暖暖的味道

你打着瞌睡在等我回家

放下重书包

亲吻你脸颊

这样的时光真是太美好

漆黑的房间
冰冷的味道
再没有人盛着甜汤等我归来

卸下大浓妆
捧起旧书本
等我的人去了远方

你说人总会老
让我勇敢往前走
爱我的人会化成灯火在远方的桥头等我"

"姐姐，姐姐。"

周嘉于被敲窗声吵醒，连着两天在车里醒来，已经疲惫不堪，关掉 CD，推开车门，金敏充满朝气的笑脸映入眼帘。这个额头冒了几颗痘痘的漂亮小姑娘，是周嘉于的妹妹金敏，刚上初一，是母亲改嫁后生的孩子。周嘉于一直偷偷与她联系，或许是血缘的关系，两人从第一次见面就格外融洽。

"姐姐，你很早就来了吗？"

"嗯。"昨天见完李彤，嘉于整个人都失去了状态，回去必定要与麦田见面，商量对策，兵来将挡，水来土掩的事做了太多次，做着做着自己也腻了。再瞥一眼李彤的辞职信，突然觉得眼前的一切已经无力挽回，既然无力挽回，嘉于第一次想干脆就停下脚步吧，不要再反击了，娱乐圈的纷扰早已将自己折腾得身心疲惫，想要往下走似乎总要紧握着手中的矛和盾，要如此矛盾地过活，嘉于烦透了，就想与眼前这个单纯的孩子见个面，说两句话。

"你早饭吃了吗？"

"还没呢，我特意早点来，准备去校门口买。"

"那我带你去吃早饭吧。"嘉于帮金敏理了理头发，小姑娘开心极了。

"姐姐，今天如果不是我眼力好，就要和你错过了。"

"抱歉，手机没电了，该提前给你个电话的。"

"没事儿，不过就算你戴着帽子，我也能一眼认出你。"

"为什么？"

"因为姐姐的样子一直在我心里啊。"金敏咧嘴笑了，周嘉于低头，搅动着碗里的皮蛋瘦肉粥，避开她清澈透亮的目光。

"姐姐，上次妈妈去看你，你生气啦？"

周嘉于想到上次爸妈同到剧组探班，她连着两天两夜没睡，神情恍惚，对于爸妈，她一直是抗拒的，加上疲惫的人容易烦躁，没说两句直接将他们轰出了休息室，"我不想见他们。"

"妈妈说，她不该拿你的钱，你赚钱那么辛苦，而且她也有愧于你。"金敏说话声越来越低，她知道妈妈与姐姐的关系，每一次说起妈妈就是一个雷区。

"那就把钱存起来吧，将来你念大学、买房子都用得着。"

"姐姐，你明明对我们都很好，就不能原谅妈妈吗？"

周嘉于将剥好的鸡蛋递给金敏，"有些事你不懂，快吃吧。这个卡你拿着，密码是你的生日，里面有些生活费，你自己收着，卡是用你的名义办的，不会封。"

"不会封是什么意思？"金敏哪里懂这些，将磁卡推回给周嘉于，"我不要这个卡，姐姐常来和我见个面就行了，学校最近有校园歌手比赛，我还准备唱姐姐的歌呢。"

"你拿着吧，接下来我可能会很忙，会有很长一段时间不来看你，你要好好照顾自己，也要照顾好身边人。"

"姐姐，发生什么事了吗？"

"哪有什么事，就是工作太忙了。"周嘉于装作没事的样子。

"可你以前也忙啊。"

"别多想了，快吃吧。"

嘉于将金敏送到离校门不远的拐角处，有学生陆陆续续地来了，嘉于不便出现在人多的地方，就此告别。

"外套给你吧，还没到夏天呢，别穿这么少。"

"姐姐留着吧，我教室有外套，先走啦。"

金敏与周嘉于告别，她很喜欢这个同母异父的大姐姐，不是因为她总塞钱给她，而是那种真心实意的关心，是只有亲人间才有的。

"金敏。"同桌李可从马路对面跑来，手里还挥舞着手机。

"别那么招摇，不怕被老师没收啊。"

"还没进校门呢。"李可大刺刺的样子，"你看新闻了吗？周嘉于用替身，被揭穿了。"

"什么替身？什么被揭穿？"金敏心中大惊，难怪刚才觉得姐姐不对劲，好端端的给什么卡啊，难道真出事了，"替身不是很正常吗？哪个大牌演员没有。"

"这可不是什么普通替身，你看，早上5点发布的，这要是真的，周嘉于可是一点信誉都没有了，欺骗制作方，闹大了。"

金敏一把夺过李可的手机，盯着新闻里的几张照片，对比处都用红圈勾勒出来。新闻标题处，"欺骗"二字换了字体放大了数倍。

"照片其实也对比不出什么，还挺像同一个人的，我给你听这段音频。"李可兴致高昂，完全没看出金敏的紧张。

"清场拍能投入一些。"（郑）

"还剩几场？"（麦）

"三场，拍顺的话应该挺快的。"（郑）

"来了！"（麦）

"麦姐，导演。"（替）

"在我这儿看，都看不出差别了。"（郑）

"细看还是有差的，特别是这里……但只要两人不站在一起，没比较还行。"（麦）

"刚刚素颜还能看出来，现在化了妆就完全一样了，小动作都一样嘛！"（郑）

"这是必备的，学也得学会。"（麦）

"和双胞胎差不多。"（郑）

"像嘉于的商演、电影首映式，她都可以参加，人多，距离又远，只要不说话就行。"（麦）

"声音是有差别。"（郑）

"等会儿你听她说台词。"（麦）

"可用替身的最终结果是什么，你有预想过吗？"（郑）

"你是大导演，给我编个好结局呗。"（麦）

"周嘉于欺骗大众，替身参加商演，真假难分。"

金敏低着头往前走，一旁的李可一直在说周嘉于的不是，"哎，枉我还喜欢她的直性子，结果她也在弄虚作假，这下完了，估计以前合作过的公司都要翻旧账了，这算违约吧，肯定要赔很多钱的，而且以后哪还有人敢找周嘉于合作啊。"

"你说够了吗！"

金敏突然虎起脸，背着书包跑开了，李可搞不懂她干吗要生气，追星嘛，有必要这么当真吗？说到底周嘉于会怎样，关她什么事，看个热闹不就好了。

周商钦骑着电动车往市场去，时间尚早，市场上还没多少店开门，照旧买了豆浆油条，十字交叉的路段连过五个，往右拐，他开的五金店就在靠南第三个位置。

市场的开张时间是早上 7 点，他习惯早到半个小时，擦桌子，烧水，一切准备好了，就开始吃已经微凉的早饭。

"老板早。"临时工小顾背着包跑进来，语气犯冲，语调颇高，"这年头，开宝马车的也起那么早，刚刚拐弯的时候差点撞上。"

"你骑车慢点，早上谁都迷糊。"

"放心吧，我车技好得很呢。要不是看在开车的是个女的，我真要下去骂她两句，一大早那么急匆匆的，躲谁啊。"

周商钦想到刚刚往外倒水时确实看到一辆白色宝马车，在他来的时候已经停在路边，不过这没什么好稀奇的，等开市了，市场上什么车都能见到。

"我的女神出事了。"小顾突然冒出哭腔，对着手机一脸苦相。

周商钦好笑地摇摇头，年轻人一惊一乍的，还什么女神。

"老板，周嘉于被曝用替身欺骗制作方，我靠，这记者还录了音，完了完了，我要发个帖支持一下。"

"周嘉于！"周商钦手里的豆浆洒了些，慌慌张张地凑到小顾那看新闻。

"我说嘛，怎么一大早就差点撞车，看谁都像我女神，原来是出事了。"

"你说像周嘉于？"

"嗯，刚刚那宝马司机，虽然戴着帽子，但轮廓还是挺像周嘉于的，我与我的女神真是心有灵犀，一出事，我就能感应到。"

周商钦立刻往外跑，一直冲到路口，看到马路上空空如也，她走了吗？她是因为出事了所以来找他的吗？嘉于啊，来了为什么不露面呢？爸爸一直很担心你，一直都是啊。

12

"咚咚咚。"

"幕北。"

叨叨抬起头，Tony斜靠在门上，一身利索的休闲装，衬得他个子更高了，只是左手缠了绷带，与黑衬衫产生强烈的反差。

"你也受伤了？"

"什么叫我也，还有谁吗？"

叨叨摆摆手，自己的伤藏在衣服里，看不出来，就不要多此一举引人注意了。

"昨天和朋友玩滑板，没控制好重心，手一撑地，医生说错位加骨裂。"Tony声情并茂地重新演了一遍，叨叨佩服，让他摆正姿势，免得再把另一只手也伤了。

"我原本今天要去见客户的，可是这个样子有损形象，听说对方是个上了年纪的人，我担心他会觉得我不够专业，不尊重他。"

"所以？"叨叨等Tony说出来。

"所以今天你跟着文凯去，他和那位客户算是世交，有他带着，不会有什么问题。"

"你说史总？"

Tony点点头，这次碰面完全是史文凯促成的，他的新公司在装修，而刚好这位客户去他那看了一下，觉得很喜欢这种风格，所以想坐下来细谈。

"对方也要装修公司吗？"

"是别墅，说是给儿子儿媳准备的，现在孩子都在国外。"

"可这是家装，你确定要做吗？"叨叨得问清楚Tony的想法，公司目前的业务主要集中在工装上，而家装这块既繁琐又零碎，利润也没法和工装项目比。

"没关系，文凯说这位客户帮过他家大忙，对他很重要，我和文凯这么多年朋友了，就当帮忙喽。你去看一下，回来后我们再具体商议。"

"OK，我明白了。"

叨叨收拾些案例，拿着茶杯去茶水间接水。

"你们觉得是真的吗？"

"谁知道啊，不过明星用替身不是很正常嘛。"

"拍武打时用当然正常，可这个记者说周嘉于是让替身去参加商演，还有那些电影宣传，录音里不都说了嘛，你说那些广告商要是知道自己花大钱请来的周嘉于其实是个替身，会不会气炸了！"

"价格差很多吧。"

"差超多好吗，不管这个新闻是不是真的，我看这段时间是没人敢找周嘉于拍广告了，她赚得也够多了。"

叨叨在茶水间外驻足，原本八卦的同事看到总监来了，一个个不好意思地往外走。嘉于的新闻从早上开机后便闪个不停，每个网站的头条新闻都是她，连车里的广播都在说，出来挑事的就是那位被自己毁了相机的中年人，他还是搜集到了证据，打得嘉于措手不及。现在嘉于一方还没有任何动静，照片和录音同时发出，杀伤力很大，不知经纪公司会如何公关。叨叨拧上茶盖，这波大风大浪就像反噬，做错了事必然要承担后果，就算自己心中偏向嘉于，但这则报道毕竟是属实的，叨叨只希望嘉于能顺利渡过难关，别被拖累太深。

走出办公楼，史文凯的车子已经停在门口，看到叨叨过来，还特意跑下来给她开门。

"谢谢。"

"不客气，等会儿还得麻烦你。"

"Tony 都和我说了，我会认真做事的。"

史文凯对叮叮的实力很有信心，绑上安全带，汽车往城郊开去。

"史总，我方便向你了解一下这位客户吗？这样我给他提意见的时候就可以更有针对性。"

史文凯笑言："不用太紧张，这套别墅装修好了是给吴爷爷儿子住的，他们一直生活在国外，按你们擅长的北欧风设计，应该就能满足他们的要求。"

"那这位客户不和他家人住吗？还是说这是你们有钱人一贯的生活方式，各住各的，反正房子多。"叮叮开玩笑。

史文凯有些尴尬："房子确实是有，但因为吴爷爷和他儿子关系不是很好，所以一直分开住。"

"不好意思。"叮叮无意打探私事。

"没什么，你是因为不熟悉 TR 才会这样，其实在他们公司，这是个众所周知的秘密。"

"你说的 TR 是那个化妆品公司吗？"叮叮知道这个牌子，是目前国内唯一一家走向国际市场的高端化妆品品牌，他们的衍生产品很多，不是一味走高价路线，也有很多亲民的产品。

"原来你知道啊，吴爷爷就是 TR 的董事长，他儿子一直负责海外开发，这些年做得很不错，吴爷爷装修房子也是有意想把他往回召，毕竟他年纪大了，得找人回来接班。"

原来是这样，难怪史文凯和 Tony 都对这个家装如此重视，居然是这么一位大人物，"其实我经常在杂志上看到 TR 的广告，好多外国演员都在用，他儿子做得这么好，吴董事长还有什么不满意的吗？"

史文凯见她难得话多，不妨就将自己知道的说出来解解闷，一路开过去还要一段时间呢，"可能就是有了比较吧，吴爷爷他原本有两个儿子，现在这个是小儿子，好像比大儿子小了有七八岁吧。"

"大儿子更成功吗？"

"不是，吴爷爷的大儿子已经过世了。"

叨叨有些意外，史文凯继续往下说，"过世的时候才35岁，突发性脑膜炎。吴爷爷的大儿子是个工作狂，一门心思都扑在工作上，对周边的事情很少关心，每天都在加班熬夜，以至于忽略了身体。过世的时候听说还在开会，突然就晕了过去，送医院就不治身亡了，你说恐怖吧。其实脑膜炎怎么会让人一下暴毙呢，我觉得还是工作太累了，猝死的。不过这都是我爸告诉我的，那时候我才上中学，对这里面的事情不是很清楚。"

"你们两家是世交？"

"其实是我爸和吴爷爷的大儿子曾经是战友，不过我爸要比他大几岁，当时我爸工作上碰到些困难，所以就找他帮忙，那个时候一下就借了好几千万呢，算是我家的大恩人，我爸爸感激他，所以一直把吴爷爷当亲人，我也就跟着一起变熟悉了。"

"是这样啊，"叨叨理清了里面的关系，"那是不是吴董事长总认为大儿子很优秀，所以有些忽视二儿子，他们的关系才会不好。"

"应该就是这样，而且吴爷爷总喜欢把过世的儿子挂在嘴边，他们一家人其实都蛮要强的，听多了肯定不舒服吧。"

叨叨赞同，虽然还没见到这位TR董事长，但脑子里已经有了一个严肃刻板的形象，第一次面对这种身份的客户，必须打起十二分精神来，千万不能给公司丢脸。

13

"阿国你看啊，这边到时候放个秋千，小孩可以玩，这里摆个喝茶的桌子，这边有树，还能遮太阳。"

"你要一放喝茶的桌子，赫儿又该有想法了，你等设计师来了再说。"

叨叨和史文凯从车上下来，老远就看到两位身形差不多的老人站在别墅门口，似乎在讨论什么。

"白衣服的是吴秉天，也就是 TR 的董事长，你的客户。旁边那位是他弟弟，叫吴秉国，以前咱们市的市长，他们关系很好，平时经常一起出来。"

"嗯。"

叨叨跟上史文凯的步伐，快到门口时，两位老人也注意到了他们，走过来打招呼。

"小凯，这一定就是你说的那位很厉害的设计师吧，真是年轻有为，看上去还是个小姑娘。"

"你好，我叫李幕北，是韵瑕公司的创意总监，您叫我幕北就好。"

吴秉天比叨叨想象中和蔼，说起话来始终面带微笑，他个头很高，腰板笔直，与叨叨握手时很有力道。一旁的吴秉国个头稍矮一些，一脸微笑的样子与他哥哥很像，他话语间夹杂着咳嗽声，脸色有些红黑，想来平时身体不是很好。

"我们还是先进屋看吧，外面湿气太重。"史文凯对这里很熟，走在前面带路。

"我们家东西很多，所以幕北你看看能不能多划分些储物的空间，还有，家里有个小孩，现在才 10 岁，设计的时候不一定要有多少新意，安全最重要……"

"大哥，咳咳咳……"吴秉国笑着打断，"你让幕北先看看嘛，别一下提那么多要求，说不定他们有更好的方案呢，被……咳咳咳……被你这么一说，她都不好意思提想法了，小凯你说对不对？"

史文凯和叨叨相视一笑，说："爷爷，没关系，有想法您可以说，幕北都会考虑到的。"

"就是嘛，我不说想法，幕北怎么知道要如何设计啊？"

吴秉天责怪地看了一眼吴秉国，对方只好笑笑，随他去。这兄弟俩的脾气一软一硬，叨叨觉得两人都挺可爱的。只是想到等这房子装修好了，吴秉天也不会住进来，而现在却这么操心，不免让人有些心疼。

房子参观了一半，吴秉国就走不动了，史文凯留下来陪他，叨叨继续和吴秉天四处探讨。

"幕北啊……"

叨叨正站在阳台上往外看，吴秉天在一旁欲言又止。

"您有什么意见不妨直说。"

吴秉天叹了口气，从随身携带的小包里拿出几张图纸，"其实我儿子也找了设计师，你看看，这是他们设计的。"

叨叨赶紧接过，居然是手绘稿，细节处都用英文标注，空间规划考究，用色也沉稳，这份设计想必是出自大公司之手，不存在什么硬伤，"您是不喜欢吗？"

吴秉天脸色为难："就我而言我是不喜欢什么北欧风的，但这房子终究是他们住，还是得合他们的心意，可我总觉得这个设计冷冰冰的，家里到处都是这种灰扑扑的调子，怎么能住人呢？"

叨叨能理解他的意思，说："吴董事长，其实北欧风确实会偏清冷一些，但这个风格大气，年轻人会觉得很清爽，我能明白您的意思，也知道北欧风存在的一些弊端，如果您愿意听听我的意见，我这边带了一些以前的案例，我分析给您听，也尽快给您打造一个方案，由您和您的儿子一同来判定，您觉得如何？"

"那设计一个方案要多久？"吴秉天是个急性子，他希望能赶紧开始装修，这样儿子就能早一点回来，但又不想房子的设计完全按照国外的来做，虽然别墅不是自己住，但看着不顺心，总是不舒服。

"我尽可能在两周内给您，我不想随意敷衍，所以有些细节我也得好好考虑。"

叮叮态度诚恳，眼神坚定，吴秉天是个挑剔的人，但眼前的丫头有种与生俱来的说服力，他同意了，希望幕北能拿出一个好的方案，让所有人都满意。

"吴爷爷！"史文凯突然冲上来，他一脸焦急，"爷爷不知怎么了，突然晕了过去，还在抽搐。"

"什么！"吴秉天着急地往楼下冲，"他平时有高血压，心脏也不好，是不是又忘记吃药了。"

叮叮跟上前扶着吴秉天，可别一着急，他也出事了。三人跑到二楼大厅，吴秉天冲到弟弟身边，叮叮注意到，吴秉国平躺在地上，他大小便失禁，裤子已湿了大半。

"我打 120 了，吴爷爷，这可能是脑溢血，咱们现在千万别动他，医护人员说如果随意移动的话，可能会加重脑出血。"

"那现在该怎么办，就在这里等吗？早知道我就不让他跟我出来了。"吴秉天一脸懊悔，急得满头大汗，这样的场景让他想到了十几年前，也是这样的一瞬间，人就没了。

叮叮焦急地站在一旁，房间的氛围有些不对劲，人间的寒冷她早已很难感觉，但现在，缝合的左臂冰得发麻，史文凯和吴秉天仍在想办法，但叮叮却知道，吴秉国这回凶多吉少，因为收录者到了。

14

漆黑的长袍，冰冷的表情，手里依旧拿着麦秸做的绳子。吴感看到叮叮有些意外，他还是第一次，与她面对面收录魂魄。看叮叮一脸惊愕的表情，这件事应该只是碰巧遇上。昨天的打斗还历历在目，现在又碰面了，两人都不自在。

叮叮瞪着吴感，他从黑袍里拿出收录本，吴秉国的魂魄突然浮出身体，叮叮捂住嘴，叫声就卡在喉咙口，她从来不知道收录者是如何收录魂魄的，现在眼睁睁地看着生命消失，真是触目惊心。史文凯以为她吓到了，朝她投来关切的目光，叮叮还是忍不住掉泪了，吴秉国的胸膛做了最后几下起伏，魂魄彻底脱离了身体，吴感用绳子将吴秉国魂魄的手绑起来，低头在收录本上写东西。

"阿国！阿国！"

意识到弟弟心跳停止，吴秉天痛哭起来，吴感手一抖，笔掉在地上，叮叮注视着吴感，只见他一脸错愕地盯着吴秉天。这是怎么了？刚刚还一脸冷峻，现在却慌张起来，完全不是平时的样子。吴感迅速捡起笔，在收录本上做好记录后，带着吴秉国的魂魄神色怪异地消失了。屋里恢复如常，可叮叮却依旧喘不上气来。

救护车在15分钟后才到，医护人员做了最后的抢救，冷静地说出"人已经走了"，吴秉天失声痛哭，抱着弟弟的尸体久久不肯松手。叮叮在一旁控制不住地流泪，史文凯也哽咽了，谁都没有料到，半小时前还好好的老人，突然以这种方式告别了人间。

天空不可预兆地下起雨来，没带伞的路人在雨中奔跑，任何可避雨的地方都挤满了人。周嘉于在便利店外给手机充好电，在雨落下的前一秒回到车里。从关机到现在已有十多个小时，她不想回家，不想联系任何人，她知道外面的狂风暴雨，可她只想一个人躲在车里。

开机，短信和未接来电如破门而入一般振动个不停，周嘉于手机里总共没几个联系人，翻来一看，金敏打了好几个，短信一条接一条。

"姐姐，你还好吗？"

"姐姐，妈妈很着急，我也很着急，我们都联系不上你，回个短信吧，只要你人没事就好，你一定要好好的，别想太多。"

金敏发了很多条短信，嘉于直接跳到一个陌生的号码。

"嘉于，我看到新闻了，真惭愧，我什么都不能替你做，电话号码还是从你经纪人那里要来的，你的电话一直打不通，我们都很担心你，事情已经发生，我们只希望你别做傻事，你还年轻，机会多的是，不要轻易放弃。我这辈子做的最后悔的两件事，一是没来得及照顾母亲，二是抛弃你，让你小小年纪就肩负了那么多苦难，如果可以，我真想替你扛下所有的谴责，做一个父亲应该做的事情。嘉于，你的人生还长，不要放弃，有像爸爸这样视你为女神的粉丝在，你会顺利度过这一关的。"

周嘉于读着信息，含着眼泪，想到早晨偷偷去见他时，他开着一辆破旧的电瓶车，拎着豆浆油条，身上的衣服也是洗到褪了色，这么老实巴交的人为什么会搞婚外情呢，还要抛弃妻女。当年妈妈视嘉于为痛苦的回忆，离婚后再也不想与周家有任何联系，而周商钦跟着情妇跑了，多年后惨淡回家，发现母亲已过世，女儿的心已碎，周嘉于视他为自己悲惨人生的罪魁祸首，可现在收到他的安慰，还是会心痛。

麦田的电话拨了进来，周嘉于再三犹豫后还是接通了。

"这就是你对我的情和义？事情发生了电话也不接，人也不回来，你是觉得翻不了身了，干脆任由宰割？还是觉得我麦田就那么点能耐！"

"麦姐……"周嘉于听到麦田熟悉且强悍的声音，一下就崩溃了，对着电话痛哭起来。

"总算是联系上你了，我告诉你啊，不就是一则新闻嘛，你怕什么，我在娱乐圈这么多年是白混的？搞定一个记者还不是轻而易举的事。"

"麦姐，我们错了不是吗？"周嘉于哭着说道。

"是，是错了，错了就改呗，替身的事本就是我想出来的，真要说谁错了那也是我的错，你别自责了。"

"你是为了我。"

"我一直说你性格单纯，现在看来确实如此，这个社会不是一味挨打就有用的，就算要认错，也坚决不能站在那儿任由他人扇耳光。你现在在哪呢？别回自己家了，那里都是记者，来我的别墅吧，办法已经想好了，但我要和你沟通一下，以后给你安排什么工作，不愿意就告诉我，李彤辞职了，接下来都得靠你自己了。"

"你已经知道了？可……"辞职信还在座位上。

"如果不是李彤给我发邮件，我都不知道偷拍这件事，也是我大意了。幸亏她提前告诉我，让我有所准备。"

"谢谢你。"

"客气什么，你都说我比你家人都还重要了，对我而言，你就像我孩子一样。"

周嘉于不知道为什么昨天的对话麦田会知道，不过这件事肯定和李彤有关，她叫自己出去，看来不是为了羞辱她，而是为了帮她。

15

Tony 安静地坐在副驾驶座上，一旁的叨叨一身黑衣，目光始终注视着前方，上车后她就没说过一句话。

"抱歉，上次应该我去的，你被吓到了吧。"

叨叨转过头，一向澄澈的眼神里多了一丝悲伤，"不会，我没有被吓到，只是觉得吴董事长可怜，他们俩兄弟感情那么好，老天真是爱开玩笑。"

叨叨语气沉重，今天是吴秉国的追悼会，叨叨和 Tony 都准备去参加，"虽然他事业那么成功，但上次我听史总说，他大儿子很年轻时就过世了，也是这样特别突然，为什么一个人要承受这么多痛苦啊，再坚强的意志估计都要被摧毁的。"

"我听文凯说，他小儿子立刻就赶回来了，现在应该已经在家了。他们关系虽然不好，但终究是父子，血浓于水，一方痛苦，另一方也会跟着难过。"

Tony 很少说这样动容的话，叨叨注视着他，不知这个喜欢在外漂泊的人，现在是不是也有点想家了。

Tony 打开广播，想调节一下气氛，可里面却在播报娱乐新闻。

"今天早上 5 点，郑科导演在个人网站上发布了一则消息，确认周嘉于会参演他的新作《孪生》，这将会是他与周嘉于合作的首部电视剧作品，值得期待。在离《青·涩》杀青不过两天的时间，向来对作品守口如瓶的郑科就对外宣布了这则消息，还挑在早上 5 点这个时间，看来是与周嘉于替身事件密切相关。与此同时，参与《孪生》制作的大麦公司也向法院提起了诉讼，起诉记者贾泰以不正当手段窃听剧本机密。现在我们再回头听听那段录音，真是意味深远，如果说郑科当时只是与经纪人在讨论《孪生》的情节，那周嘉于这两天真是受尽了委屈和质疑。替身事件会继续发酵还是就此打住，小编会替大家继续关注，还事实一个公道。"

"好强的公关，解释清楚了，还反将一军。" Tony 脱口而出。

"你不喜欢周嘉于吗？"叨叨问。

"没有，我挺欣赏她的，只是越发觉得这个社会属于能力强的人。"

"一味能力强也挺恐怖的。"

Tony 与叨叨对视一眼，彼此心照不宣，不用多说。

追悼会现场人数众多，伴随着哀乐每个人都面露悲色，所有人都排着队依次到灵照前献花。史文凯见 Tony 和幕北来了，拿着白菊花与他们站在一起。

"那是他的夫人吗？"

Tony 询问史文凯，一个矮小苍老的身影站在灵照旁泣不成声，她身旁站着吴秉天，两天不见，苍老了好多。

"嗯，她身体也不好，这几天都是硬扛着在这里打理丧事。"

"为什么没有小辈呢？"叮叮只看到两个年老的家属，站在那边有些孤零零的。

"吴秉国没有孩子，好像是他爱人不能生，但他们夫妻感情一直很好，这么多年都不离不弃的。"

叮叮想，TR 这么成功的一个企业，资产遍布全球，可这背后的家庭、凋零的子嗣，真让人有些心酸。

叮叮顺着队伍往前走，一个熟悉的身影从身旁走过，他穿着孝服，一身漆黑，叮叮只觉这个背影太眼熟，但一时想不起是谁。黑色背影走到吴秉天面前，两人简单交谈后，站在了吴秉天身旁，这张侧脸，令叮叮心跳加速，不小心将手里的白菊花折成两截。

"这是吴爷爷的小儿子，吴赫。"

吴赫？叮叮盯着那张脸不放，队伍越来越靠近，那张脸越来越清晰。

"谢谢你们能来。"

吴秉国夫人擦着眼泪，她的声音已经全哑了。吴秉天一一和他们握手，面对叮叮时，他拍了拍她肩膀。叮叮低声说了句"请节哀"，语气又控制不住地哽咽。经过吴赫时，叮叮看了他一眼，对方向她微微鞠躬，继续接待身后的宾客。

那么相似的容貌，连气质都一样，叮叮跟着 Tony 往外走，出了灵堂，依旧忍不住回过头，又看了一眼吴赫。

"你们先回去吧,我还要在这里帮忙。"史文凯这两天都在这儿,吴秉国是有身份的人,葬礼马虎不得,估计累得够呛,眼睛都鼓鼓的,布满红血丝。

"史总,"叨叨叫住他,"我能问您个事吗?"

"你说。"史文凯点点头。

"您……知道吴董事长的大儿子叫什么吗?"

史文凯一愣,没想到幕北会问这个问题,这个名字他一辈子都忘不了,"我爸如今在家里也会时常提起,他叫吴感,感动的感。"

晴空万里中突然划过一道闪电,雷声大作,雨点紧随而至,Tony 拉着叨叨到一旁避雨,叨叨注视着忙乱的工作人员,他们正将摆成两行的花圈收入室内,颜色各异的纸花在狂风里飘摇。

老天,你是不是一直都喜欢捉弄人。

迟 到 的 晚 餐

1

"吴总，这是宣传部拿来的文件，请您过目。"

吴赫依旧盯着眼前的工作，抬起一只手，陈素立即递上。这位小吴总自上次吴秉国葬礼之后，就留在了国内，帮助董事长处理一些重要事务，现在整个公司都在猜测，已有一个月没来上班的董事长，是不是想借此机会将重任转交给儿子。

"这些艺人没有差别。"

陈素哑言，这份文件不是最后走个形式，签个字就行了吗? 看到吴赫紧皱的眉头，那样子与董事长生气时极像，陈素迅速在大脑中搜寻辩词，"宣传部为了选这次的代言人已经花了半年时间，这是经过多次商定后基本定下的结果。吴总，他们都是现在最当红的艺人，会不会是您在国外待的时间久了，对亚洲面孔没什么辨识度。"越往后说越没底气，看着吴赫越发锐利的眼神，陈素知道自己多嘴了。

"陈秘书，我的家人都是亚洲面孔，即使基因让我们容貌相似，但我自认为辨认出谁是谁还是挺简单的，所以请你不要质疑我的辨识度，更别用基本定下了，来影响我的执行力。"

"对不起，我刚刚失言了。"陈素吓出一身冷汗，这位小吴总比董事长还要强势，一句不对就立刻给颜色。

"叫宣传部长过来。"

"是。"

陈素快步走出办公室，吴赫的眉头始终紧绷着，仔细翻阅宣传部送来的资料，这些艺人不仅长得差不多，连履历都一样，一个个从出道就走清纯路线，公关做得无懈可击，却看不出任何个性，吴赫知道宣传部是为了往 TR 自然纯粹的品牌宗旨上靠，但这样的广告，从以前到现在做了几十年，大众早该腻了。自己当初能把 TR 推上国际，保持原有路线不变是根本，但为了适应新市场还是做了很多调整。国内用户的思想日渐与国际接轨，TR 必须直面这个不断变化的市场，再稳也得求变。

陈素对着听筒，简单向宣传部长邱铭讲述情况："对，你现在马上过来，还有预备方案的话最好也带着，吴总较真得很，你小心一点。"

挂了电话，陈素像泄了气的皮球，瘫坐在位置上，一旁的年轻秘书趴在隔断上问他怎么了。

"幸亏董事长就这一个儿子，他们家的人都太认真了，昨天加班到半夜，今天一来就要改这个训那个，压力山大啊。"

"可是吴总好帅啊！"年轻秘书一脸陶醉，吴赫冷峻儒雅的外表，配上这样的处事魄力，满足了所有女生对另一半的幻想。

"麻烦你把口水擦一擦，人家四十六了，老婆孩子都有了，就你这姿色，倒贴给别人都不要。"陈素端起茶杯抿了一口，看到邱铭从不远处跑来，立刻朝他挤眉弄眼地暗示，对方朝他挥挥手里的文件夹，比了一个 OK 的手势，看来是把替补人选带上了。

"陈秘书，周嘉于会不会成为代言人啊？"年轻秘书想探探风。

陈素白了她一眼，说："你觉得可能吗？咱们公司选代言人都挑那种形象最好的，即使不是长得最好，品行也得是最好，周嘉于负面新闻那么多，估计初选就被删了。"

小秘书不服气："明星不都是包装出来的，品行好不好，哪还让外界知道啊，我就挺喜欢周嘉于的，至少她一点都不装，该怎么样就怎么样。"

"干你的活去吧，等什么时候你当上宣传部长了，你就两眼一抹黑只找周嘉于代言，不过……"陈素一脸坏笑，"等你当上，她早该红过了，这种明星一抓一大把。"

"你嘴巴可真毒！"小秘书回到电脑前，她就是喜欢周嘉于，从她出道开始就喜欢了，"你有听过她唱歌吗？她能唱进你心里。"

"行，唱进我心里。"陈素拖长音调，拿起文件从位置上离开，"我现在只求邱铭能说进吴总心里，那样说不定还能早点下班，一进去就是低气压，都快把我压死了。"

办公室外还能抱怨，可办公室内，邱铭就只能憋着劲等吴赫的宣判了。对方翻着备用册，脸色似乎没有任何好转，看来这持续了近半年的选角工作还得继续。

"都不行，还有吗？"

邱铭在背后使劲搓着手，整个手掌都黏着汗水，说："暂时没有了，我回去立刻安排再选。"

"你知道问题所在吗？"吴赫语调平稳，修长的手指在办公桌上来回敲打，"你们选的人都太干净了，换句话说，就是没个性。"

"可有个性的明星负面新闻太多，这与品牌形象不符吧？"

"邱部长，一个人身上的话题太过单一，就会让身边人觉得无趣。这种概念如果放到艺人身上，那就是疲惫感，一个明星以同一种形象不断曝光，就会让观众对她失去兴趣，明星本人就已经让大众失去兴趣了，那还有谁愿意看她代言的产品呢？"

"话是这么说，关键形象太不符合的话，我们也不敢选啊，万一砸了 TR 的招牌该怎么办？"邱铭说的不是没有道理，TR 在大众心里已有固有形象，现在贸然改变，寻求创新，会不会适得其反，这个责任，哪是一个宣传部长能担得起的。

"不用担心，这次我会陪着你们一块儿选，任何结果我都会负责到底，你们全力配合就行。"吴赫将两份文件一并递还给邱铭。

"有谁稍微突出一点吗？"邱铭再次确认，看看还有没有希望。

"没有谁能一下跳出来，重新找吧，打破你们原有的思维，从反面开始。"

"反面？"邱铭不确定，可被吴赫这么一说，还真有个艺人第一时间出现在他脑中，虽然被他一再拒绝，但对方的经纪人很执着，始终不肯放弃，隔三差五就会与他沟通，或许她的坚持真的派上用场了。

2

付医生推开帘子，吴感正站在外面，怀抱双臂，低着头。

"有事？"

吴感点头，跟上付医生，两人一同往药房走去。

"有没有能让人心静的药？"

付医生疑惑地扭过头，问："谁要啊？"

吴感迟疑，付医生觉察情况不妙，"你的伤还没好吗？不可能吧！"

"不是，就是觉得有点不舒服。"

"不舒服？"付医生捕捉吴感闪躲的目光，"是不是总想着同一件事？注意力没法集中？还有种被牵扯的感觉？"

向来话少的付医生连番发问，吴感与他对视一眼，他说得没错。

付医生了然，"我还以为你能坚持得久一点呢。"

"您知道发生了什么？"

"你直接告诉我你看到了什么吧！"

"您以前遇到过是吗？"吴感以为抓到了救命稻草，只是付医生并不做声，"我似乎看到了我父亲，一个月前我送来的那个魂魄，似乎是我以前的家人。我也不知道是怎么了，平时收魂魄，也会碰上哭哭啼啼的人，但唯独那天，听到哭声，整个人像是被震了一下，很多淡去的东西都断断续续出现在脑子里，一开始我以为是叨叨在一旁的缘故。"

"还与叨叨有关？你俩算亲戚？"

"不是，她好像是因为工作才出现在那儿。"

"吴感！"付医生一脸凝重，"我和你说实话吧，你不是哪里不舒服，而是念想作祟。"

"念想？"吴感觉得不可能，"我怎么会有念想？"

"怎么不会有？你也是从生到死的，实质上你与你收录的亡魂没什么差别。"

"可我以前为什么没有！"

"那是因为你没遇到！意外收录者碰到意外死亡的亲人，躲不过的。"

付医生走进药房，吴感紧随其后，"那您以前是怎么治的？"

"我哪有治过，我只治得了伤，治不了心。"付医生抓起一把草药，扔进粉碎机，伴随着"咔嗒"声，吴感仿佛预见了自己的下场。

付医生一言不发地干着活，将草药一把把扔进粉碎机，再次转身时竹匾已经空了，目光洒落到一旁的盆栽上，一整排荆芥都已开花了，蓝白两色交叠，锯齿形叶片奋力向外绽放，真是生机勃勃。

吴感目不转睛地盯着付医生，见他慢慢靠近这些长着白色绒毛的奇怪植物。

"荆芥……"付医生默念着,"可以安神……"

"那我可以用吗?"

"不是给你。"付医生直言,"你知道荆芥吗?"

吴感摇摇头,其实他算是对草药有所了解,也许是与生前工作有关的缘故,药房里的很多药材他看到便能叫出名字、说出药性。所以这些年凭着模糊的记忆给付医生列过一些方子,照着方子用药,可以帮受伤的魂魄淡去疤痕。但这荆芥,看着很眼熟,却想不起在哪见过。

"人间算不上多,但也有人种。"

"用来安神的吗?"

"不是,"付医生脸上露出古怪的笑容,"是用来逗猫玩的。"

"您就别和我开玩笑了。"吴感挂下脸,他一心来寻求帮助,付医生还有兴致寻他开心。

"我哪有和你开玩笑,我这可是在帮你。"付医生端起一株,两眼放光,"念想呢就像你心里的一颗种子,而且已经发了芽,一旦露出头,就没有缩回去的道理了,你来我这求药,无非是想把你的念想压制住,我告诉你,这不可能,尤其对你这样的意外收录者来说,更加不可能。"

"为什么?"

"性格。你想想,每天有那么多人过世,为什么老头偏偏选你当收录者,还不是看准你的性格,收录者要的冷酷专注,你应有尽有,而且完全超过其他类型的收录者,但你这种性格有个致命弱点,那就是偏执,一旦认准了,十头牛也拉不回来。我是替你考虑,别再想着如何去压制那种念想了,越压制反而越严重,你现在还留有心智,等念想越来越深,思念越来越重,你这个位置换人很频繁的。"

吴感苦笑道："既然都这样了，那您干吗还捧着一盆逗猫的草药给我希望呢？"

付医生端着荆芥来到吴感面前，"荆芥对人是安神，对猫就不一样了，这种植物也称猫薄荷，猫一旦误食，就会出现幻觉，交界处除了叨叨能控制雾气，就只有黑猫了吧！"

"您的意思是我可以让黑猫失去理智？"吴感对这匪夷所思的提议感到兴奋，这么多年未有的感觉让他头皮发麻、嘴角抽动，胸口有种抑制不住的期待向外迸发。

"这个荆芥可不一般，不仅能让黑猫产生幻觉，更能让它服从命令，只要安排得当，你的念想就能实现。"

吴感激动地接过荆芥，没想到小小一株植物会有这么大的功效。

"但我也要提醒你，冥间和人间不一样，别以为你做的事他会不知道。"

吴感知道付医生说的是老头，"他会阻止吗？"

"这倒不会，但你也知道冥间的规矩，一旦你做了不该做的事，就会有惩罚，所以你要想清楚，做这件事本就不易，所要接受的惩罚就更难预料了。"

吴感愿意接受一切惩罚，等到自己再也控制不住念想，下场便等同于惩罚，与其让自己疯掉，不如在疯掉前完成自己的念想，或许这样伤及无辜的可能性还小一些。

"你没想过找叨叨帮忙吗？"

吴感听完就笑了，自己不久前才打伤她，还当着她的面杀了一个魂魄，如果自己现在去请她帮忙，那不等于是自扇耳光嘛，吴感不怕接受惩罚，也不怕自己的下场与李美珍一样，但讨厌叨叨瞧不起他的眼神，更讨厌她说自己是一具没有情感的躯壳。

付医生见吴感只笑不说话，便知两人之间的嫌隙很深，吴感要面子，肯定不会开口，"那联系你父亲的事，就只有我来做了！"

"这……"

"你又不能随意去往人间，而荆芥的药性也不过短短半个小时，这事你一个人办不到。"

"可是惩罚……"吴感心中不忍。

"荆芥都给你了，你觉得我还算没插手这件事吗？惩罚就那么多，有人分担一下，说不定还能保住你的职位。冥间难得有个懂药材的收录者，我也能多个人讨论一下方子。不用多说了，就这么定了吧。"

3

周六的清晨，叨叨提着一个保温盒出现在老街上，脚下的青石路面被雾气浸湿，踩在上面有些打滑。街道两旁是最古老的店铺，陈旧的木头板门，门槛要抬高脚才能跨过去。这个时间，市区里的店铺还在沉睡，老街上却透着属于清晨的热闹，有人气却不嘈杂。店主老太缓慢地滑动笤帚，"窸窣"声沉稳又有节奏，看到叨叨从门口经过，好奇地盯着这个年轻身影，来这条老街的大多是上了年纪的人。

叨叨顺着青石路走到古北老街尽头，再往前就没路了，一条清冷的小河将小屋拥入怀中，这间屋子，就是叨叨此行的目的地。

上次来的时候，小屋关着门，叨叨将挂钟放在门口便离开了。而此刻，小屋外堆满了各种杂物，笤帚、簸箕随意地摆了一地，连进屋的去路都被挡了大半。

叨叨深吸一口气，给自己鼓劲，跨过横在门口的笤帚，往屋里走。没有人喜欢来这里，对人类而言，这是一家太没格调的杂物店，里面的东西即使是送你，也要考虑一下要不要拿。而相比一无所知的人类，对于冥间的魂魄来说，这间小屋就像是个审判所，里面的老头，可以随便操控你的下一秒。叨叨小的时候就来过这儿，孩童时无知无畏，在见到老头后，心底居然会泛出丝丝恐惧。多年后，叨叨能更准确地描述出那种感觉，不能片面地说是恐惧，而是一种对造物者的敬畏，看到他，自己宛如一颗砂砾，渺小到无足轻重。在与人类一样的身躯里，他流淌的不是血液，而是岁月。世上发生的任何一件事，都是他身体的一部分。

"我给您带了早饭。"

叨叨将保温盒放在靠窗的小桌上，屋里东西太多，规整已是件不可能的事。老头正在摆弄他的新作品，似乎是一根极细的木针，猜不出又会有什么特别的功能。挂钟就摆在一边，应该是修好了。老头见叨叨来了，摘下厚重的老花镜，审视地盯着她。

"上次您不在家。"叨叨说话时有些局促，面对老头，面对那双眼睛，心中会萌生怯意。

"修好了，"老头手一挥，挂钟顺着弧线飞到叨叨怀里，而一旁的保温盒移到了老头面前，"有话和我说吧？"还是那种冰冷的语调。

叨叨有些不自在，什么事都瞒不过他，与其犹豫彷徨，不如直接和他说明。

"过了这么久还没想通？"老头冷不丁插上一句，打断了叨叨的思绪。

"既然您什么都知道，为什么还要让我当守门人，您让我见到这世上最大的痛苦，却又让我无能为力，目的是什么？"

老头喝了一口粥，脸上浮出笑意，"我找你当守门人的目的很简单，是你将简单的事情复杂化了。"

"您自然觉得生死是再简单不过的事，可身处其中的人呢？那种难过您有体会过吗？"

"为什么一定要是难过？死亡就一定都是痛苦吗？或许也是一种解脱呢。"

"谁能高高兴兴地赴死？面对死亡又有谁能心如止水？"

老头对叨叨的直言笑而不答。

"这段时间我碰到了很多事，我认为自己足够冷静，或者说见了这么多魂魄我早就认为自己的心麻木了，可是事实却不是这样，悲伤没有尽头，我也做不到视而不见，我觉得这样纠结地活着很痛苦，您为什么不干脆找一个收录者去守门呢？这样无论对谁都是最好的选择。"

老头扭扭脖子，浓稠的清粥顺着勺子滴落到工作台上，"你真这么认为吗？当你遇到能立刻拒绝的魂魄，你会怪自己铁石心肠，觉得是我在不知不觉中夺了你的情感。而当你遇到不忍推开的魂魄，你又会觉得这种悲伤让你不好受，怪我为什么要让你去守门。我不过就是让你当个守门人，结果你什么事都能从我这儿找理由，你有没有想过，这和我关系不大，和你自己的想法才是大有关联。再者，你真的觉得让收录者去当守门人，无论对谁，都是最好的选择吗？"

叨叨犯愁地叹了口气，低头时拉扯到快要愈合的伤口，"至少收录者会严守规则，保证不会出错。"

"到现在为止，你也没出什么错啊。也没有哪个魂魄跑出过交界处。"老头清楚一切，他早对雾山上的事了如指掌。

"可万一……"

"真要发生了那也没办法，换人这种事我做了无数次，年轻人嘛，犯错难免，但责任还是要负的。"

"有黑猫在那儿，没有魂魄能跑出雾山，就算我想开门，他们也跑不出去。"

"但关键是，你没想过。"老头盯着叨叨，这种什么都被看穿的感觉真的挺别扭。

"我真的不能不当守门人吗？"这句话总算说出口，可叨叨心里并没有解脱感，反而空落落的。

"这选择权在你不在我，是你犹豫不决。"

这样的回答简直磨人心，"那为什么不干脆把我变得与收录者一样，拿走我的情感，这样无论我遇到怎样的魂魄都不会难过了。"

老头好笑地看着叨叨："你倒是给了我一个好提议，只是我不喜欢一群木偶跟着我，这多没劲！我呢，是个和你一样有原则的人，是你们的东西我一样不会拿，但不属于你们的，我会立刻清掉，你和收录者替我在冥间做事，对于你们，我只会多给，不会多拿。"

"属于和不属于这还不是由您来定夺。"叨叨一本正经，老头却笑出了声。

"看来我是要和你说说清楚，毕竟每个人性格不同，你是这么多年来唯一一个敢质疑我的人，坐吧叨叨，咱们好好聊聊。"老头手一挥，一张小板凳出现在叨叨身后，"拿吴感举个例如何？我这些收录者里面，也就意外收录者有点意思，别人没什么好讲的，年龄都快和我差不多了，故事也过时了，也就吴感离你近一些。"

叨叨"嗯"了一声，不安地刮着指甲。

"不过该从什么地方说起好呢？"老头仰头想了一会儿，手上玩弄着木勺，架在手指上来回晃动，"跷跷板吧！"

叨叨还在思考，突然发现窗外的景色变了，原本的水流声消失了，孩童的玩闹嘈杂传进耳朵，"您做了什么？"

"这样的回忆才逼真嘛！"

这里是？叨叨离开位置走出小屋，原本的古北老街不见了，这里是自己曾经念书的地方。

叨叨略带迟疑地踏进操场，一切都是熟悉的样子，板着脸的王老师在指挥学生，被同学簇拥的蒋馨云得意洋洋，许静还是话多，歪着头与身旁短发的自己说着话。

"马上要开始了。"

老头跟在叨叨身后，叨叨再次看向人群，吴感和蒋疑的黑袍在人群里特别扎眼，他们也在？那时的吴感与现在有些不同，不是相貌，而是那股冰冷的气场不像现在这般强烈，他望着热闹的人群，眼神里甚至还留有喜悦。

"下一组。"

王老师的声音传来，这组结束就该轮到叨叨了。叨叨看着年幼的自己露出微笑，发现自己的脚不由自主地靠近跷跷板。

什么！在跷跷板下压的瞬间，停住了，叨叨震惊地看着吴感，他原本站在人群外，现在却站在自己身边抬住下压的跷跷板，他是在帮自己，如果跷跷板顺势下压的话，那自己的脚就遭殃了。

叨叨呼吸加快，耳朵里又传来水流声。

叨叨又回到了古北老街，自己还坐在小板凳上，"吴感是为了不让跷跷板压到我的脚？"

"来的第一天就多管闲事。"

叨叨明白了，当时自己确实听到有人在说话，那时候还看不到魂魄，即使事后有想过会不会是收录者做的，但考虑到现实中的他们如此冷漠，无论如何也不会多管这等闲事。可现在看来，自己还应该对吴感说声谢谢。

"但为什么现在的吴感和以前不一样了？"

"没有不一样，只是了解了规矩，知道了什么该做，什么不该做。"

"原来规矩就是抹去人性，按规矩办事就可以一眼不眨地夺人性命？"

"这话对吴感有些不公平吧，万事万物都有它生成的轨迹，一旦强行改变，势必影响周遭的运行，吴感是没让跷跷板压到你的脚，可他差点害了其他孩子，这就是插手的代价。本质上，他和从前没有差别，只是清楚了每件事都该在自己的轨道上运行，不该越界。"

不该越界？"那我算不算？"

"发生了那么多事，你还总结不出来？"

叮叮咬牙，回忆最近凑在一起的事，小方的错约，因为本质上并没有造成什么，所以他幸运地与吴感错开了。而李美珍被杀，不仅因为她逃亡了 5 年，还现了身，还触碰了人类，她的结果是注定的。自己是帮了亡魂，而在另一层意义上也等于害了他们，"那吴感的处事手段，简直是残酷吧。"

老头挑眉说："这与他生前的性格有关，也是我选他当收录者的重要原因，他生前就是对工作极度专注的人，做事铁血铁腕，我需要这样强硬的人来替我工作，虽然少言清冷，但……"老头突然朝叮叮挤挤眼，"你俩不是很像嘛，外冷内热，吴感心性不坏，甚至可以说是善良的，你慢慢就会了解。"

叮叮蹙眉，又不是才认识，都快 20 年了，老头的话听着像在调节矛盾。

粥喝完了，老头拿着木勺在碗里刮了又刮，"不过也有不好的时候。"老头继续，"品行端正，原则性又强的人，一旦念想被激发，就会变成执念，疏通不了就会坏事，一坏事我就得换人。意外收录者碰到的情况比其他人多，所以更容易受影响，这些年换了不少，好员工越来越难找啊。"老头的表情有些惋惜。

"那吴感的念想呢？"叮叮试探，其实心里早有揣测。

"有没有被激发，你应该比我清楚吧！"

叮叮想到吴秉国去世时吴感的异样，难道吴感的念想真的被激发了？

"我是很喜欢这个孩子，相比以前的意外收录者更知道完成工作的重要性，才会……"老头指着叨叨怀里的挂钟，"想各种方法达成目的，做生意的人嘛脑子就是活泛。"

叨叨早该料到挂钟坏与吴感有关，不过她现在更关心吴感的现状，"如果吴感的念想也变成执念，那会怎样？"

老头用手指戳戳下巴，轻描淡写地说道："上一位收录者杀了守门人。"

叨叨浑身一颤。

"你应该不是在害怕吧？"老头居然还笑得出来，"你俩不是已经打过了吗？到底谁更厉害你应该心里有数吧，我可是给了你不少本领。"

叨叨很清楚只要自己集中精力，再多些收录者，也不是自己的对手，可是，想到有一天自己要杀了吴感，为什么会有种失落感呢，就因为他帮忙抬了跷跷板？不单是这样吧，"产生了执念就一定要被杀吗？"

"那看你喽，等他执念产生，不会来找我，只会去找你，要怎么做你自己定。就像当不当守门人，也由你自己定。"

叨叨意识到，老头很聪明地将所有问题和答案都抛还给了她，想要正解，还是要靠叨叨自己去找，可是冥冥之中，他又知道叨叨会选哪条路。

"您可是第一次破例，真要这么做吗？"

"这样的人很难找，我总该挽留一下，何况我这还不算破例。"

"以叨叨的性格她会帮，但以他俩的关系，就难说了。"

"不是还有荆芥吗？我送了不少给老付，只是可怜了我的小猫。"

4

硕大的木箱，古怪的走路姿势，一件宽大的白布衫在微风里鼓动着。人间的阳光对于付医生而言太刺眼了，那把用了多年的黑色雨伞现在刚好用来遮挡阳光。伞影贴着地面徐徐向前，平整的路面上再无其他影子作伴。

这一次，付医生用他搜寻药草的能力搜寻吴秉天，幸好吴家住得比较偏，要是在闹市，光是他的走路姿势就会引来别人的关注，更别提没影子这件事了。付医生依旧背着大木箱，不过这回里面装的不是药剂，而是黑猫。抓挠声开始了，半小时又过去了。付医生从口袋拿出一片荆芥叶，滴上一滴增强功效的药剂后，绿叶泛出紫光，小心打开铜锁，箱子仅推开一条缝，黑猫在里面折腾得厉害，他赶紧将叶片塞了进去。片刻之后，原本的骚动停止了，付医生松了口气，干这种犯忌的事自己居然很顺手，哪里看得出来这是他多年来第一次管闲事，为的还是吴感这位资历最浅的收录者。可吴感虽说资历浅，却比那些老气横秋的收录者与他更有共同话题，吴感了解一些医理，也给了几张去除伤疤的好方子，这大大改善了亡魂的视觉效果，投胎转世时才不至于顶着太难看的胎记出生。

付医生对于吴感，算是聊得来的好朋友，这在冥间简直千年难遇，付医生知道冥间对犯忌收录者的处罚很重，每一条都能让他们魂飞魄散，他实在不忍心看到吴感落此下场，才大胆插入一脚，希望能平分处罚，这种有情有义的事，付医生活着时都不曾做过。

"你在看什么？"

史文凯询问幕北，她刚刚一直回头看。

"我好像看到了一个熟人。"

叮叮不是很确定，只觉得那个身影还有那把黑伞很眼熟。难道是付医生？可他干吗要来这儿，有哪味草药会长在别墅区吗？

"资料都准备好了吗？今天赫叔也在家，你要好好给他们讲讲。"

"嗯，都在这儿了。"叨叨拍拍资料袋，这个方案拖了快有两个月，本以为吴董事长的儿子回来了，一切该以他儿子的想法为主。没想到史文凯又打来电话，说吴赫想看看方案，所以这段时间叨叨又花了些心思从头理了一下。

"他们现在关系如何？"

"终究是父子，赫叔也不忍心放着吴爷爷一个人在这儿，所以已经开始打理国内公司的事务了。房子肯定是要尽快装修的，就看最终定哪家了。幕北，你和我说实话，那家国外的设计公司实力到底如何？"

叨叨浅笑，史文凯有些不解："是真的很烂？"

叨叨笑出了声，嘴角露出两个好看的酒窝，"您可真会开玩笑，您觉得吴总会找一家很烂的设计公司吗？我只能说，我对我们公司的实力很有信心，但吴爷爷他们最终会选哪家，也许与我们两家的实力关系不大，反而与他们父子俩现如今的相处情况关系比较大。"

史文凯佩服，幕北是一个非常聪明的女孩，什么问题到她那都被理得倍儿清，难怪 Tony 会那么器重她。

车子拐进一条林荫道，两旁的梧桐树已有六七层楼高。枝丫交相累叠，车子在斑驳的树影里缓慢前行。

一座宛如古堡的房子，浸润着岁月的光辉，慢慢浮现，庄严又隆重。叨叨感叹，这房子真的还有必要另外装修吗？华丽的大铁门在收到指示后自动打开，进门便是停车场，紧挨着的是一大片草坪，空间巨大，有个身影在打高尔夫。

"那就是赫叔，上次在葬礼上见过的。"

迎着阳光，吴赫的身影更显高大挺拔，叨叨跟在史文凯身后往里走，管家模样的中年男子站在门口，见到他们微笑鞠躬，礼貌地在前面引路。

"王管家，爷爷怎么样？精神好些了吗？"

"好多了，这两个礼拜已经下来用餐了。"

听着他们简单的对话，叨叨欣赏起"古堡"的装修，屋内布置精致，偏中国风却不显繁琐沉重，只是有样东西出现的频率有点高，叨叨不得不关注，拐角、隔断，处处都有竹子点缀，连屋内的布艺饰品都以竹子为图案，再喜欢也不至于此吧！

大厅处划分了一大块区域用来招待客人，要不是叨叨清楚吴家有多少人，真的会误以为这是一个很热闹的大家庭。

吴秉天正在客厅泡茶，吴赫拿着高尔夫球杆从外面进来，没有用仆人递上的毛巾，直接抽了几张纸巾擦汗。向史文凯打了声招呼，再朝叨叨点点头，在他父亲身旁平静地坐下。叨叨轻叹，如果不是吴感停留在35岁，这兄弟俩的容貌、气度会更像，不说话时都有一种不可侵犯的冷漠感，看来吴感的那副表情不是当了收录者之后才有的，而是与生俱来的。

管家将茶水递给叨叨，她抿了一小口，居然是竹叶茶！看来吴秉天真的对竹子情有独钟。

"我不用。"吴赫语速快声音轻，管家明白地收起茶杯，"抓紧时间吧，等会儿我还有工作。"吴赫低头看表，尽管他一直语调平和，但谁都能看出，他想尽快结束这件事。

吴秉天朝叨叨示意，佣人已将客厅的窗帘拉上，只留了一盏昏黄的茶灯，叨叨深吸一口气，这样的家庭汇报是第一次，但她向来有信心。

"把这个放他房间，别惹出太大动静，你可是神猫，咱们速战速决！"

　　付医生将吴感写的纸条递给黑猫，黑猫晕乎乎的，眼睛睁得比铜铃还大，"等一下！"付医生大喝一声，黑猫听话地原地不动，"再吃一片，时间可以久一点，记住啊，送完信就回来。"

　　付医生有些担心地站在梧桐树下，看着黑猫歪歪扭扭地往前走，钻进吴家铁门时居然被栏杆绊倒了，不过它立刻换成爬的姿势钻了进去。这就是药效增强后的荆芥，它麻痹了黑猫的神经，让它对自己言听计从，但也没法再像平常那样灵活了。

　　黑猫在屋外转了一圈，只有厨房的窗户微微开启，平时只需纵身一跃，现在却需要用尽全力抠着墙面往上爬，中间还掉下了两回，爬进厨房已是气喘吁吁，好不容易。厨房里空无一人，电磁炉上坐着水壶，发出"滋滋"声。黑猫跳下工作台，连滚带爬摔了好几跤，终于正常走了几步，听到有脚步声靠近，迷糊中想找地方藏身，无奈退哪都是碰壁。一双漂亮的皮鞋在它面前停下，黑猫吃力地抬起头，那双熟悉的大眼睛正惊讶地瞪着它。

　　"我就觉得奇怪呢。"

　　叨叨弯下腰，直接从它嘴里夺过纸条：

　　周末餐厅，南岭镇雾山脚下老槐树旁，8 月 11 日。

吴感

　　吴感的签名让叨叨心跳加速，8 月 11 号，就是明天，周四。念想这东西真的能让收录者做出这种事？还特意挑了平日，摆明了是要避开自己。要是今天自己不来作报告，是不是真的就送到了？

　　"给谁的？"黑猫脑子沉重地搭在地上，无精打采，"就你这样还送信啊？"

　　叨叨撇撇嘴，展开手掌，抚过黑猫时掌心浮出蓝色幽光。黑猫全身僵直，叨叨在收尾处握紧拳头，掌心有股甘草的味道，一点点燃尽，黑猫在地上连打了几个滚，眼神慢慢恢复。

"喵……"

凄厉的猫叫声让等在别墅外的付医生一阵心惊，刚刚的那声叫唤像是在他耳边响起，不对劲，药效过了？还是遇到什么情况了？付医生慌张地打开雨伞，拎起箱子匆匆离去。

"吴秉天！你确定？"叨叨多少也能猜到，只是不愿相信吴感真这么做了。

"喵……"

黑猫露出尖锐的牙齿，它在生气，弓起身子，背上竖起一整排绒毛，爪子用力抓着地面。

"我知道你生气，但现在不是时候，你先回去吧，看好雾山，我来想办法。"

叨叨听到身后传来脚步声，再低头时，黑猫已经消失了。

"你不是去卫生间了吗？怎么跑厨房来了？"史文凯站在门外。

"哦，刚刚听到猫叫了，过来看看。"

"这里环境好，小动物挺多的，赫叔要去公司了，他有话和你说。"

叨叨赶紧出去，吴赫已经进来厨房，看样子是想在厨房直接说了。刚刚他认同了叨叨的方案，但在客厅的时候叨叨明显感觉他有话压着，只是当着吴秉天的面有所隐瞒。

"你的方案我无话可说，"吴赫依旧是那副沉稳的表情，"所以麻烦李总监，保持设计的原样，在正式开工时不要画蛇添足地加入任何多余的元素，可以吗？"

"当然，"叨叨坦然与他对视，"如果我没猜错，吴总您不喜欢竹子是吗？"

吴赫眼神闪动，问："小凯和你说的？"史文凯在身后立刻否认，他可不清楚吴赫的喜好，"那是？"

"刚刚看您不爱喝竹叶茶，也不用家里给您准备的毛巾，说真的，您家竹子的 logo 很漂亮。"

"你很聪明。"

"职业病罢了。"

吴赫神情复杂地望了眼叨叨，转身离开，叨叨一咬牙，脆声问道："如果您讨厌竹子，那您喜欢什么？我可以帮您加进去。"

吴赫停步，他没回头，高大的身躯微微前倾，过了好一会儿才冷声说道："我不讨厌竹子，只是不希望哪都有它。我喜欢松柏，至少它们长寿。"吴赫挪步，看着他落寞的背影，叨叨握紧纸条，"吴感，你把一切想得太简单了，这样贸然递上一张纸条，就算吴秉天真的去了，那吴赫会怎么想？这个家因为你，关系已经够冷了，实在不能再雪上加霜。预约这件事，不是去了就完事的，更该想想去过之后的结果。"

5

"你是我见过恢复最快的病人，疤痕淡了很多，这要换成是别人，这种伤应该才愈合。"

"是您缝得好。"

"可别这么说，估计也与你的肤质有关系，很多病人是疤痕体质，这种伤疤根本消不了。"

叨叨穿上披肩，这个季节穿中袖有些热，但这刚好能挡掉手臂上的伤疤，外人看不见，也就不会朝她大惊小怪了。万医生说得没错，伤口是比预期好得快，这与缝合细致有关，也与那特效药有关。

"燕群在忙吗？"

"周医生奶奶住院了，他应该在病房，肿瘤区，12楼。"

叮叮谢过，往住院楼去，现在是正常的下班时间，医院里飘起饭香，大厅里人来人往，气色好些的病人与家人一同坐在休息区，吃着简单的食物，脸上带着浅浅的笑。走进电梯，正要关门时，有医护人员冲过来挡住门，病人被推了进来。叮叮往角落靠，注视着陪在一旁的亲人，他们是焦虑还是心安，疲惫的脸上已很难辨认。医院就是这么一个杂糅了各种情绪的地方，消毒水弥漫的空间里，内心总被一股无形的力量拉扯着。

叮叮很快便找到了燕群奶奶所在的病房，是个单间，房门上有个玻璃窗，用米色帘子挡着。叮叮刚要敲门，隔壁房就有人冲了出来，动静很大，身上还带着轻薄的烟雾。

"我爸真是糊涂了！"

"还要继续吗？"

"他又不知道，你想办法换了。"

说话的女人妆容精致，听她的口气就知道是个雷厉风行的人，她扫了一眼叮叮，又迅速将目光移开，伴随着高跟鞋的"咔哒"声渐渐远去。听她吩咐的年轻人又回去屋里，关上房门，叮叮能闻见焚烧的味道。

"欸，你来啦。"

燕群从病房出来，叮叮立刻将看到的告诉他，问："不会出什么事吧？"

"不会。"

"我去看一下你奶奶。"

"不用了，刚打完止痛针，睡了。"

叮叮只觉燕群脸色不好，跟着他走去电梯。

"他们烧的是钱，"燕群靠在电梯角落，里面只有他与叮叮两人，说话的声音有气无力，"老爷子活着的时候赚了很多钱，就这样去了觉得很可惜，所以让女儿现在开始烧钱，已经烧了好几百万了，现在舍不得了。"

"荒唐，烧了也没用啊。"

"说得你好像知道一样。"燕群随口一说，叨叨反倒有些不自在，"你肩膀没事了吧？"

"没事了，恢复得很快。倒是你奶奶，确定是肿瘤了？"

"淋巴癌，晚期了。"

燕群嘴角抽搐，他尽可能收起情绪，叨叨太了解他了，所有难过都看在眼里。

"她很痛苦，希望能安乐死。"

叨叨心沉，封闭的电梯里气氛压抑，"你怎么说？"

"我让她别瞎想，所有人都在全力救她。"

"情况真的很不好吗？"

"瘦得只剩下一副骨架了。"

叨叨记得燕群奶奶的样子，燕群遗传的肥胖应该是从她那里开始的，她块头很大，圆圆的肚子圆圆的脸，配上剪得很整齐的头发，整个人总给人一种富态的感觉，这样的人瘦成一副骨架，难怪燕群不让她进去探望。

"我带你去吃饭吧。"燕群提起精神，难得两人碰面。

"你晚上还要值班吗？"

"嗯。"

"那就在你食堂吃吧，赶来赶去也累呢。"

燕群同意，今天他确实累了，三台手术连着做，奶奶还说了这样的话，真是身心俱疲，如果不是叨叨过来，他连话都不想说。

叨叨扒了几口饭，医院的菜色很简单，但还算合胃口，燕群心不在焉地盯着饭盒，不知是不是还在想他奶奶。

"我问你个问题好吗？"

燕群勉强打起精神，直了直腰板。

"我刚来的时候，看到好多救护车，一辆接一辆，从车上下来的人看起来都病得很重，有些明显是活不了了，可你们却还是在拼命抢救，你们救人有规矩吗？无论那个病人是什么情况，你们都会救吗？即使知道救不活，也会救吗？"

"不放过任何一线生机吧。"

"这是你们的行医准则，还是你们真的愿意那样做？"

"两者都有。"

"那……有时候病得太重，肯定会有人说放弃治疗的话吧，你们会怎么做？"

叮叮的声音很轻，燕群的筷子一下下插进米饭，"劝她，告诉她治疗好转的可能性。"

"如果她还是坚持呢？"

燕群将筷子拍在桌上，"我不会尊重她的选择，她是我奶奶！"

叮叮没被燕群的语气吓到，言语清晰地继续道："前段时间，有人和我说为什么死亡总是痛苦，就不能是解脱吗？我本不理解这样的话，但到医院一看，有些病人真的很痛苦，他们的家人也很痛苦，彼此揪着心一步步往前，这样的日子真是让人难以喘气。我有那么一瞬间，居然认为死亡也是件好事，或许真是一种解脱。我知道我说这样的话很残忍，但我们往往在家人生病的时候，只关注她的病痛，却忘了撇去这个病痛，她还应该拥有的东西。生与死是两种状态，不留遗憾比治愈病痛更为重要。你奶奶肯定不会要你烧现金去送她，她想要的东西，你肯定比所有人都更清楚不是吗？"

燕群痛苦地捧住脸，"叮叮，你不懂。"

"也许我懂呢，我知道你一直怨恨你奶奶，但你更怕她离开你，因为你对你妈妈的自杀一直心存内疚，可你奶奶却是这世上唯一能陪你一起承担这份愧疚的人。"叨叨伸手握住燕群的手，"你还有我呢，我是你朋友，一辈子的朋友，无论以前发生什么，将来会发生什么，难过也好，开心也好，我会永远陪着你，不要怕，无论如何你都不会是一个人。"

燕群抹去眼泪，两人沉默了很久，彼此的呼吸都变得很平静。夏日的窗外传来知了声，郁结的心在这最应时的声音里慢慢得到缓解，燕群眉心的八字总算散开，夹了一口饭，嚼出了甜味。叨叨松了口气，一同安静地吃饭，快吃完时，叨叨想起还有一件事，本就想来问问燕群的看法。

"我再问你个事好吗？"

"你说吧。"

"我有个朋友，是个特别守规矩的人，一直本本分分地做着他的工作，可最近突然因为他的家人开始做一些小动作，按规矩这是不允许的，现在还被我发现了，我该怎么办呀？"

"他和你是同事？"

"算吧，但他的工作和我手头的完全不一样，和你倒是有点像。"叨叨不知该如何描述吴感的工作，反正和医生差不多，都是管人生死的。

"也算医生？"

"差不多。"

"那你说说医生做什么算小动作，算不按规矩呢？"

"像……带自己的家人插队，走后门，再或者手术时先救自己的家人，把别的患者扔在一边。"

燕群了解了，说："拿我打比方吧，我做了医生，如果是我的家人，或者说是叨叨你，来医院看病的话，理所当然我会给你安排一位好一点的医生，让你省去排队挂号的时间，这种事情任何一位医护人员都能做到。但你又说什么开刀的时候先救自己的家人再救别人，这事成立不了，也不如你说的这么容易。开刀的先后是按照病情的严重程度来定的，而且医院那么多医生，一天同时进行那么多台手术，真不至于为了救一个人而害了另一个人。所以，插队走后门顶多只是个小问题，但后面那个先救谁，就事关重大了，你真为你朋友考虑的话，那你就想想他犯的是小问题还是大问题。"

叨叨一下被点醒，小问题还是大问题？吴感的职责是收录魂魄，放走魂魄才是他真正的大问题，而他因为收录时碰到吴秉天被意外激发念想，想见一下他的父亲，这对吴感、对自己来说应该都只是小问题！

"那会不会有一种……只许州官放火不许百姓点灯的感觉？"

燕群挤出一丝笑容："那你说为什么很多店铺都有所谓的员工价呢？像你吃的晚饭就是我用员工价买的，对外，总要贵一点。"

这个比方让叨叨一下想通了，心里顿觉轻松不少，为了吴感这件事，她一直在犹豫，预约不是难事，花点时间总能办妥，关键是心里这关过不去，不过现在看来还是可以帮的。

"不过，不管有没有员工价，我都不希望你来住院。"

燕群很认真，叨叨想起手臂受伤时燕群的着急样，安抚他道："放心吧，我听你的话，会照顾好我自己的。倒是你，工作总是忙不完的，要注意休息，这段时间你瘦了好多，过劳肥都不起作用了吗？"

两人相视一笑，燕群心里舒服了不少。

"周医生！"

奶声奶气的声音来得突然，叨叨看向门口，两个面容相似的孩子正冲进食堂，直奔燕群身边，两两熊抱住他。

"他们是万医生的龙凤胎，家里没人照顾，每天补习完就来医院。"

"周医生好！"

"你们好，这是姐姐万琪，万维是弟弟。"

叨叨向两个小朋友打招呼，因为他俩的出现，食堂沉闷的气氛一下就活跃了起来。

6

"咔。"

周嘉于呼了口气，40度的高温拍古装戏真是磨砺意志，都快中暑了。回到休息室，拿着小风扇对准脸部猛吹，只听"咚"的一声，晓峰破门而入，神色慌张，仿佛天要塌了。

"嘉于，你发状态了！"

"说什么呢？"

周嘉于皱眉，搞不懂晓峰这是唱哪出，自己刚刚一直在拍戏，哪有工夫发状态。

"你看看，周末餐厅，最有心的相遇，你发的。"

"周末餐厅"四个字一直潜伏在自己体内，一触即发，周嘉于一把夺过手机。

"你看吧，1点20分发的，到现在为止10分钟，你确定不是手滑点了一下？"

"我才坐下。"

"赶紧删了吧，等麦姐看到了肯定会说的，你现在可不能随便给人打广告。"

打广告？周嘉于恍然，从周末餐厅回来已有两个多月，中间发生了很多事情，好的坏的，现在都以更好的姿态恢复正常，可联系不上叨叨却总让她心生牵挂，连最初预约的信息都像被彻底删了一样，可今天居然是由自己的空间发出状态，会不会是叨叨希望有人能通过自己看到这个信息。

"删了吧！"

"别啊，这又不是什么不好的东西，你还记得前段时间我出去了一趟吗，你猜猜是哪？"

晓峰瞪大眼睛："不会就是这个周末餐厅吧？那你还说不是你发的。"

"管它谁发的，反正现在不能删，多等会儿。"周嘉于语气坚定，点开网页，试着点了一下，上次一下就预约上了，那种感觉就像是那则状态专为她而设的一样。但这一次，图标没有反应，周嘉于明白，叨叨等的人已不再是她，既然这位神奇的朋友通过自己转发了状态，那就尽力而为吧，也当谢谢她当日对自己的劝导，只是不知叨叨这次找的人是谁。

今天的 TR 会议室气氛还不错，因为公司换了新的代言人，收到的好评以及销售量的提高都很喜人。董事长在会议上表扬了自己的儿子，所有人都喜见这一幕。

麦田被请来开这次会议，顺道讨论一下广告的续集。邱铭不动声色地将手机移到麦田面前，继续摆出开会样。

麦田随意扫了一眼，是嘉于发的一条状态，看到内容，整个人不自觉地往前挪了挪。

"删了，别惹不必要的麻烦。"邱铭从牙缝里挤出话音，麦田眨眨眼，意思是明白了。

会议一结束，麦田礼貌地与高层告别，见两位吴总走远了，立刻掏出手机询问，这个帐号向来都是由嘉于自己管理，嘉于话少，难得发状态，怎么今天一发就发了条带有宣传性质的广告呢？万一真有人冲着这条内容去了什么周末餐厅，再出点事，那嘉于脱不了干系。好不容易拿下 TR 的广告，这才刚开始，千万别出什么茬子。

吴秉天和吴赫往办公室去，经过办公区时看到很多员工正围在电脑前讨论，兴致之高，显然不是工作上的事，一群人聊得热火朝天，完全没注意到大老板站在门外。

"你说真的还是假的？"

"上面不是说要有缘人才能预约到吗？而且还是周嘉于发的，说不定她就去过。"

"根本点不进去，什么周末餐厅，都是骗人的。"

"咳咳咳……"

陈素用力咳了几声，员工察觉到气氛不对，一抬头就看到董事长和总经理两张冷峻的面孔，吓得腿软。

"去问问是怎么回事。"

吴秉天原不想多管，但在议论中听到了代言人的名字，不得不留意。陈素明白，送两位吴总进了办公室，立刻往回冲。

"广告效果不错，只是这位周嘉于你是怎么定下的？"

直到这个广告投入市场，吴秉天才知道吴赫选了怎样的一位代言人。吴赫的性格脾气相比吴感要更大胆一些，这一点在他小时候并不突出，反倒是在工作后，国外的工作经历让他的处事手段和用人魄力越发果断，手下的员工也被带得干劲十足，这一点吴秉天乐于看到，也很满意。

"她是处在两个极端的艺人，喜欢她的人与讨厌她的人势均力敌，不管是喜欢还是讨厌，归根到底都是关注度，而且我调查过她最近的作品以及对外表现，发现她在尝试改变，公众形象也在一点点提升。她的个性以及向好的趋势都表明这个艺人本质是好的。后来发现她的经纪团队一直在努力争取 TR 的广告，虽然在初选的时候就因为与品牌形象不符被排除了，但他们一直在接洽沟通，没有放弃过，这一点很让人欣赏。"

"你不担心她的形象过于叛逆会影响品牌口碑吗？"

"我不觉得叛逆是什么大问题，而且叛逆过后展现出的成熟往往会更吸引人，这种蜕变与我们产品的功效很契合，所以我认为周嘉于无论哪一点都是最合适的代言人。"

"咚咚咚。"

陈素推门进来，说："董事长、总经理，是周嘉于发的一条信息，关于周末餐厅的，不过刚刚确认了，是系统错误，已经重新发状态澄清了。"

"知道了。"

吴秉天回到刚刚的话题，却发现吴赫表情有些异样，"怎么了？最近太累了？"

"有，有一点。"

吴赫刚刚确实是走神了，但不是累，而是有其他原因，吴秉天见他心不在焉便不再发问，"晚上早点回来，我让家里给你做几个爱吃的菜。"

吴赫答应了，浅聊两句，回去自己的办公室，坐到位置上满脑子都是刚才的周末餐厅。吴赫缓了一会儿，从抽屉里拿出一张纸条：

周末餐厅，南岭镇雾山脚下老槐树旁，8 月 11 日。

吴感

"吴感"两字格外刺眼，因为这一模一样的字迹，让吴赫心绪难平。打开电脑，寻找周嘉于发的那条信息，虽然已经被删了，却被很多人进行了转发，"南岭镇，雾山……"吴赫叹了口气，将纸条放回抽屉，这难道是谁的恶作剧吗？可为什么会传到自己家里来，还是以大哥的名义，目的是什么？见面？见谁呢？

这张纸条是一个礼拜前换衣服的时候拿到的，纸条的内容无足轻重，关键是看到那个签名，吴赫一下就被击中了，翻出以前的信件仔细核对，笔迹一模一样。虽然心里一再认定这是一个恶作剧，可要模仿 20 年前的笔迹写这么一张纸条，目的何在呢？吴赫拿到纸条的时候刚巧 11 号，那时候太忙，加上心里并不愿意去相信，所以一下就耽搁了，可偏偏今天周嘉予转发了这么一条信息，不相信也变得有些犹豫。吴赫打开图框，点击预约按钮，奇怪，居然显示没有成功。吴赫想不通了，既然给了自己这张纸条，又建立了这么一条信息，为什么还会预约不成功呢？是设置问题吗？

"期待有缘人。"

难道自己不是那个有缘人？可纸条为什么会出现在自己的裤袋？不给自己那是要给谁……爸爸！难道周末餐厅约的人是爸爸？吴赫这么一想，心里似乎有些确定了，如果看到这张纸条的人不是自己而是爸爸，他看到大哥的笔迹还会怀疑这张纸条的真伪吗？他一定会去那个地方吧？一定会去的。

7

叮叮踩在长凳上摘高处的丝瓜，必须趁现在把它们都摘下来，等到下周末，丝瓜就老得没口感了。明明只种了几株，中间也没花多少时间打理，却有这么多收获，果然种菜比工作更能让人产生成就感。

还有最后一根，叮叮踮起脚，伸长了手臂，整个人 70° 倾斜，够着了，不过丝瓜的强度完全不够支撑叮叮的重量，一拉就断，还是从中间断开，脚下的长凳翘起，叮叮失去平衡，这回肯定要摔惨。

"啊！"

叮叮闷声咬牙，腰间被绳子缠住，一股力量向身后拉扯，在离地面不足十公分的距离，叨叨停住了。刚要回头，绳子松开，还是摔在了地上，不知为何还听到了碗碎的声音。

"喂，好了。"冰冷的声音无比熟悉，是吴感。

"你不如不救啊，原本只是摔一下，现在既被摔又扭到腰，我真怀疑你是存心的。"

吴感不多言，一张扑克脸带着抓痕，叨叨乐了，盯着他的伤口一点点愈合。作为用荆芥迷惑黑猫的惩罚，现在吴感每天负责黑猫的饮食，往常叨叨一周才喂一次，现在黑猫提高了要求，每天都要喂，而且一天两顿，稍有不舒心就挠人，叨叨不清楚黑猫平时心情如何，反正每个周末过来，吴感脸上都有伤痕，不过他恢复能力强，英俊的脸上不会留疤。

"我要喂到什么时候？"

即使是问问题也是这样冷言冷语，叨叨拍拍身上的灰尘，"你这态度可不好，赎罪也不虔诚，给它喂点吃的怎么了，有你在，它就不折腾我了。"自从黑猫有了吴感这个玩伴，山里莫名其妙的屏障就少了，叨叨撞头的次数也跟着少了很多，有人能分散黑猫的注意力，还能顺便折腾一下吴感，真是两全其美的好事，"走，再给你拿只碗去。"挥鞭的时候吴感将黑猫的饭碗摔了，看来他是用两只手拽的鞭子，算是有心。叨叨抱起一堆丝瓜往里走，走两步掉一根，吴感跟在后面一言不发地捡起来。

"黑猫喜欢颜色鲜艳的，我这儿花花绿绿的碗没几个。"叨叨蹲在书架前，一只只碗看过去，吴感刚要伸手摸就被她制止了，"这都是外来物，你别摸，到时候挂钟响了，收录者来了抓谁？"

"上次我还喝茶了。"

"是啊。"叨叨挑到一个小碗放于手心，蓝色火焰迅速将小碗包裹，烧成灰烬只在一瞬间，不过灰烬又立刻重组，小碗恢复如初，"给你吧。"

　　吴感接过，起身打量整间屋子，里面东西那么多，真不知道哪个能摸哪个不能摸。

　　"我今天有空，请你喝茶吧，想喝哪种？绿茶，还是花茶？"

　　"竹叶茶。"

　　叮叮瞪大眼，总算是找到源头了，"到底是你喜欢竹子还是你爸喜欢？"

　　"我爸？"吴感困惑，"他顶多对产品里的几味药材比较感兴趣吧，我不记得他有喜欢过竹子。"

　　叮叮撇撇嘴，那这怀念真是够深的，不过自己这儿没竹叶茶，挑了一种花茶，各自沏了一杯。

　　"你爸是真的挺思念你的，你要是回家看看，满眼都是竹子，一开始我还以为是他特别喜欢呢。不过你弟……"

　　"赫儿怎么了？"

　　"啊，没什么，只是他和你一样，性格偏冷。"还是别挑拨两人的关系了。

　　"他好吗？"

　　"很好。"叮叮抿了口茶，"而且特别有眼光，挑了周嘉于当代言人，TR 最近那套新产品听说卖到断货了。周嘉于你还记得吗？上次晕过去的那个。"

　　吴感自然记得。

　　"你俩可真是兄弟，听说他也是工作狂，和你长得也很像，第一次看到他，简直吓死我了，我还以为是你呢！"

　　吴感一脸不屑，叮叮自顾自地往下说。

　　"就像你居然是 TR 的大公子，我想破脑袋也想不到啊！你家的公司可是全国数一数二的，还有那房子，简直就是城堡。"

　　"肤浅。"

　　"你说什么？"叮叮打了个激灵，盯住吴感，"我刚刚是听错了吧？"

"你刚才的表情。"

"我怎么啦？你都能看出我肤浅了？呵呵，我长这么大还没被人这么形容过欸！"

"年轻女人都会对有钱长得好的男人心生爱慕，你刚刚的表情就是。"

叨叨脸颊抽搐，"那你觉得我是对你弟产生爱慕了？还是对你产生爱慕了？无论哪个我都是想不开吧！"

"别激动，我说说而已。"吴感还是一副要死不活的样子，喝着花茶，因为不是他想喝的味道，脸上总带着嫌弃。

叨叨气得龇牙咧嘴，茶杯与杯碟碰得"哐哐"直响。

"像你这么粗鲁，应该很难找对象吧。"

叨叨彻底被打败了，深吸一口气，"这么多年我都没好好和你说过话，现在看来幸好没说，要不然不是我被气疯，就是你被我生劈了！"

叨叨的杀气完全没影响到吴感，他慢条斯理地喝着茶，轻吐道："你知道碧琥珀吗？"

"那个很有名的演员？"叨叨之所以能立刻反应，是因为碧琥珀在娱乐圈的地位很高，名字如雷贯耳，50岁出头了，还未结婚，将生活和事业都打理得妥妥当当，人也平和，从无失礼的时候，她一直是男人心中的女神，女人心中的榜样，"吴感，你要敢说碧琥珀的坏话，我现在就撕了你。"

吴感翻了个白眼，"她可从不把撕了谁挂在嘴边，她很优雅，年轻时就是。"

"你俩该不会还谈过恋爱吧？"天理难容了。

"她向我表示过好感，但我没空。"

叨叨一口茶水噎在嗓子里，吴感这家伙简直太目中无人了，像碧琥珀这样的女人，就算是女的见了也想和她成为朋友，他倒好，还没空！真是有钱人不知天高低厚，身在福中不知福！

"你别老盯着我。"吴感又语出惊人。

"想多了吧！"

"你才想多了，你的目光对我而言就是刀子，这不是比喻。"

叨叨撑住头，为什么这种细皮嫩肉，眉宇间都是英气的男人讲话会这么难听，顶着一具让人心跳加速的躯壳，偏偏脾气这么令人抓狂，那句老话说得很对啊，人不可貌相。

叨叨赌气不说话，喝茶像在灌酒，吴感习惯了不说话，两人沉默了好一会儿，只听到杯碟声，叨叨忍不住了还是败下阵来，"既然你家是专门做这种护肤品化妆品的，能不能透露点秘方，女生都爱美的嘛！"

吴感冷扫一眼叨叨，"你有需要吗？"

"当然，我又不像你，可以一直顶着一张年轻面孔，我也会老的。"

"那就少用化妆品。"

这个答案太不负责任，"你是在砸自家的招牌吗？"

"砸与不砸都一样，你买过吗？"

这话挤兑得叨叨无话可说，她向来素面朝天，很少把钱花在这上面，但保养品还是会买的，"我虽然天生丽质，但买得少不等于不买吧！"说完自己就脸红了，与自恋狂在一起就是容易受影响。

"你到底是什么样的人？"吴感像是认真发问了。

"这话什么意思？"

"活泼还是稳重？"

"当然是稳重。"回答这么快，叨叨自己都觉得没有说服力。

"你在人间工作的时候难道也这样吗？摘东西的时候会摔倒，还会和黑猫瞎闹，我以前一直觉得你很冷淡。"

"你倒是挺会拿形容你的词来形容我的，冷淡是专门为你而设的，我对人还算热情。只是每次面对你，总能激发出我的另一面。"

"本性吗？"

"又来，你赶快闭嘴吧！对了，我问一句，你和你弟关系好吗？这预约看起来有点难度欸！都快有一个月了，他也看到那条信息了，却完全没有下文。"

吴感思忖了一会儿，"其实这件事是我想得不周，你把纸条留给赫儿是对的，我本就不在了，原不该打扰他们的生活，我了解赫儿的脾气，他是个要强的人，想必我离开后，我爸总将我俩做比较，这种事情换成是我，也会不舒服。这无关我们关系的好坏，可能是心里过不去吧！"

"你想放弃了？如果你犹豫不决会约错的。"

"我不放弃，我会等赫儿想通，只是我觉得我不该把你们拖下水，其实我没想过你会帮我。"

"这个事！"叨叨叹了口气，吴感说人话还是挺入耳的，"我不想欠人。"

"欠人？"

"你以前是不是帮忙抬过跷跷板，刚当收录者的时候？"

吴感回忆。

"那个差点被压到脚的孩子就是我。"

"你怎么会知道？你那时候看得见我吗？"

"老头和我说的。"

吴感稍感意外，却又心中有数，"叨叨，付医生去渡魂婆婆那给动物看病了，这还是没成功的代价。如果你帮我约成了，我也和我爸见面了，你有想过，你要与我分担的惩罚会有多重吗？"

"别要了我的命就行。"叨叨从沙发上起来，走到玻璃展柜前，"你看，这个标记就是我的生命线，等完全过了，我也就不在了，现在看着还好啊，我还有四分之三没过，算算，我总能活到八十多岁吧，就算要接受惩罚，应该也够用了。"

吴感看着露出笑容的叨叨，她居然还能笑出来，生活在利欲纷争的人间，心思还能这么单纯，真是太少见。

"不管能不能约成，我都欠你一个人情，我会永远记着的。"

"不用，"叨叨逗趣一笑，"你多说人话就行了。"

8

吴赫挂了电话，继续往前开，今天提早下班，路上车子不多，车速不由加快了些。拐进一个转角，等红灯时看到前方路口有个六七岁的男童正晃晃悠悠地骑着自行车过马路，身后不远处还跟着一个小姑娘，神情焦虑，嘴里还喊着什么。

吴赫手机又响了，才低头就听到前方传来碰撞声，一辆面包车撞倒了男童，司机没有下车，而是调转车头跑了。

男孩倒地不起，吴赫见情况不妙，赶紧放下手机，开到路口处跑下车。

"你还好吗？"吴赫小心扶起他，一旁的小姑娘紧绷着脸，两眼无助地望着吴赫。

"疼……"男孩捂着手臂，脸上满是痛苦。

"还有哪里疼吗？"

男童摇摇头，吴赫查看他的手臂，擦伤很严重，不知道有没有伤到骨头，"你是？"吴赫才发觉两个孩子面容相似，像是双胞胎。

"我是他姐姐。"

吴赫见没大人跟过来，只好询问眼前的小姑娘："你们爸妈呢？"

"他们上班了，不在家。"

"那我现在送你弟弟去医院，你有办法联系上他们吗？"

"我有手机。"

"那好，我们先上车，你路上打给他们行吗？"

小女孩打量着吴赫，一身整洁的西装，连鞋子都擦得一尘不染，应该不是什么坏人，一旁的弟弟又发出痛苦的呻吟，"好！"女孩答应，小心扶起弟弟，吴赫将自行车放进后备箱，急匆匆向医院赶去。

"去市立医院吗？"

"对。"吴赫焦急地按着车喇叭，从后视镜里看两个孩子情绪都算稳定，弟弟虽然受伤了但一直咬着牙没哭，姐姐拉紧弟弟，怕车子左右晃动让他再受伤，这个年龄能如此冷静，也是出乎吴赫的意料。

"我们等会儿就到了，这里是东城路，差不多十分钟吧，万维就说疼，其他我也不知道……撞人的司机跑了，是一个伯伯送我们过来的……嗯，爸爸再见。"

吴赫也联系了一位院方朋友，见小女孩挂了电话便问她父母能否过来？

"伯伯，我爸妈都在市立医院当医生，他们会在门口等我们。"

"是这样啊，那真是太好了。"吴赫心定了不少，虽然有朋友在市立医院，但怎么都抵不过父母就是医生，这下肯定不会耽误治疗了。

车子停好，吴赫抱着男孩一路小跑，正门处两个穿白大褂的医生跑上前，一位是吴赫的朋友，另一位应该就是孩子的父亲了。对方焦急地接过男孩，让他试着抬手，男孩喊疼，抬不起来，一直绷着脸的小姑娘看到爸爸后抑制不住地哭了，吴赫有些不知所措，蹲下来安慰她。

"脱臼了，得拍个片，看看有没有骨裂。"

"行，你赶紧带孩子进去吧！"吴赫的朋友是市立医院的主任，万医生是他的徒弟，两人一路跑来，才知是万维出了车祸，还让吴赫碰到了。

"谢谢了，没有你，孩子肯定得出事。"

"举手之劳，你快去吧。"

吴赫也拍拍小姑娘的头，她是个好孩子，边抽泣还边向吴赫道谢，抹着眼泪跟在万医生身后跑去了急诊室。

"幸好遇到的是你。"主任秦准一脸佩服，自吴赫从国外回来后，只在吴秉国的葬礼上匆匆见了一面，两人握手拥抱，互相问好。

"换谁见了都会这样做的，孩子父母都是医生吗？"

"嗯，双方长辈都在农村，孩子平时都来医院，挺辛苦的。"

"该找个保姆带一下。"

"是啊，可你别小看这两个孩子，特别懂事，也很有主见，是他们不要保姆带，做大人的也没办法。"

吴赫看着远去的背影，回想两孩子坐在车上的那一幕，小姑娘一直在安慰弟弟，还让弟弟靠着她以免碰到受伤的胳膊。她应该是个爱哭的姑娘，才会一见到爸爸就放声大哭，可她在外人面前却表现得异常勇敢，让受伤的弟弟有了依靠。这样的依靠，让他似曾相识。

"手足之间，年长的一方更像是守护者。"

吴赫看向秦准，自己与他认识是因为他与大哥是同学。

"不知他在那个世界过得好不好，我以前总和他争论功课，却怎么也考不过他，尤其碰到判断题，总会做无用的考虑。后来他当了兵，脾气变得更加强硬，我说他会成为一个残暴的领导，他还调侃我，说以我拿不准主意的性格会耽误了病人的病情，可他却成了我第一个耽误的人。"

"都过去了。"吴赫心头一沉，他与秦准的话题永远离不开大哥。

"伯父还好吗？上次他跟着救护车来医院时，我整个头皮都麻了，这样的事情谁受得了一再发生。"

"他现在没事了。"吴赫脸色又阴了些，"有空我们一起吃饭吧，今天我得先走，答应陪我爸吃晚饭的。"

"好，有事随时联系。"

吴赫告辞，背过身眼眶已酸得厉害。一再发生！耽误病情！外人好歹能把这些话说出来，可吴赫却快憋出病了。关于大哥的回忆，越美好越温暖的，到头来都刺进了心里，还倒拔不出。自己的性格与大哥无两样，好胜要强，总想得到父亲的认可。吴赫在疲惫不堪的时候有想过，如果没有大哥的存在，自己的人生是否会过得轻松一点，因为两人之间的比较，真的不是他一味幻想出来的，而是切切实实围绕于他周围的，那种压力就像不断包裹的蚕丝，圈圈缠绕快让他窒息。而这种压力还有一个附属品，那就是对大哥的愧疚，这更加重了他的心理负担，为什么要对一个从小就对自己爱护有加的人心生嫉恨，年少的日子，永远忙碌的家人，是大哥还记得关心他，那么忙碌的一个人，却还记得告诫弟弟是非对错，遇到事情，会帮着弟弟想对策提意见，可现在自己为了得到父亲的认可，一心想要抹去那个更似父亲的人，大哥要是知道了，会心寒吧。吴赫将车停靠在路边，视线模糊，已经看不清路面了。

吴秉天坐在沙发上看报纸，已经过了7点，吴赫说会提前下班，估计又被什么事耽搁了，工作时不被随便打扰，这是自己的工作习惯，也是儿子的习惯，所以他耐着性子将读了一遍的报纸又重读一遍。

"我回来了。"

吴赫走进客厅，在父亲面前坐下。

"公司又有事啊？"吴秉天放下报纸，觉得吴赫情绪不对。

"爸。"吴赫低着头从口袋里拿出一张纸条，认真地放到吴秉天面前。

吴秉天重新戴上老花镜，纸条上寥寥几个字，看到签名时，手已颤抖，"8月11号。"

"是我延迟了。"吴赫话语里带着浓重的鼻音。

"也许是谁开的玩笑。"吴秉天故作轻松，却将纸条仔细地叠起来。

"我给周嘉于打了电话，您还记得她发的那条信息吗？也是说的周末餐厅。"

吴秉天停止动作，他在很认真地听。

"我总觉得这一切都是有联系的，所以我给她打了电话。她很意外，在我反复问了几次后她才告诉我，她确实去过周末餐厅，还遇到了一些奇怪的事情。"吴赫调整呼吸，"一开始我确实觉得这个纸条是个玩笑，或者是某个有意图的人故意设的圈套，当然我的私心也占了一部分，我曾希望爸爸能彻底把大哥忘了，所以想干脆让这件事就这样过去。"

吴秉天看着吴赫，这些话藏他心里很久了吧。

"可我怎么就变成这样了，大哥曾经是这个世上对我最好的人，可我这20年却总在嫉妒他、怨恨他，恨他那么优秀，恨我一辈子都取代不了他。我把他对我的好全忘了，也把我自己忘了。"

吴秉天叹息："错不在你，吴感那么突然地离开，我对他都是愧疚，我想弥补他，却忽略了你。"

两人沉默良久，都红了眼眶，吴赫让自己恢复常态，"爸，去看看吧，去趟周末餐厅。周嘉于说她原本不带任何期盼过去，只是为了让自己放松一下，却意外得到了启发，后来迷糊中还见到了她最想见的人，虽然不确定那是不是真的，但她很庆幸自己去过周末餐厅，那里给了她很多启发。"

吴秉天握着纸条一言不发，此刻他内心的纠结不比吴赫少。

"周嘉于说周末餐厅很特别，不预约根本进不去。您试一下吧，如果他等的是您，我希望您能去。"

吴赫的心结在说最后一句话时被解开了，他不可能抹去大哥在父亲心里的地位，也不想再抹去了。承认大哥的存在，是放过自己也是宽恕自己，有些回忆留存于血脉，它早就与自己融为一体了，与其强行剔除，不如带着它一同往前。吴秉天颤抖地接过手机，上面是预约界面，迟疑片刻后他用力地按了下去。

"你好：

非常感谢您的预约，周末餐厅将于每周六早上8点准时开门，恭候您的光临。"

眼泪还是掉了下来，不过吴赫迅速抹去，不知为何，他的心底会萌生出一份感激，父亲欣喜又克制的神情，总算让他心定了。

9

车停好，叨叨手一挥，雾气将车子包裹，隐于山中。刚才去了趟超市预备明天的食材，吴感说吴秉天喜欢吃猪肚，这是上了年纪的口味，叨叨没做过这道菜，等下还得做点功课。

将调味料码齐，外面传来烟火声，叨叨推开窗，晚风袭来，绚丽多彩的烟花高悬于夜空之中。叨叨偏爱像流星雨一般的烟火，火星飞入高空，绽放成火花往下垂，这样的花色可以在夜空中停留好几秒，每次看到流星烟火叨叨就会对着它们许愿，保佑家人平安，工作顺利。

"你来啦！"

叨叨吓了一跳，吴感的声音从头顶传来，一个黑色身影飘落

在窗外，或许是这段时间吴感来的次数太多了，好几次已经到了
身旁却没有察觉到。

"我刚喂完黑猫。"吴感拿着小碗站在屋外，表明自己不是故
意要吓她。

"你来得正好，陪我干活去！"

"什么事啊？"

吴感不明所以，只见叮叮连窗户都没关，"叮叮咚咚"地拎了
一只篮子跑了出来。

"要干吗？"

"你不是说你爸爱吃螺蛳吗？市场上卖的都不新鲜，不如自己
去摸啊，还能表表孝心。"

"你的意思是我去摸？"无论是活着还是死后，吴感都没干过
这种事，面瘫的脸上露出一丝为难。

"走走走，我知道哪里有。"

"我以前都不吃的，那东西不是和蜗牛一类的吗？"

"被你这么一说都变恶心了，你到底去不去？"

吴感还在为难，叮叮才不管那么多，那么大个还怕螺蛳？一
把拽住吴感的黑袍，寻着水流声，往山里跑去。

能与烤箱媲美的录影棚里，放了好些冰块在角落，风扇吹过，
温度倒也降了些。只是周嘉于穿着高领毛衣拍 TR 的续集广告，这
滋味真是绝了，虽然汗如雨下，但周嘉于很敬业，已经拍了好几
个小时了，工作人员都在喊热，她却一句都没有抱怨。

"嘉于，就位了。"

副导演额头绑着毛巾，整件短袖都湿透了，嘉于躺在道具床上，
柔和且炙热的灯光照耀全身，体感痛苦，脸上却要表现得很平和。
这个镜头一条过，嘉于立刻从床上蹦起来，吐着舌头直奔冰块，工

作人员都看笑了，几天的接触下来，每个人都对周嘉于赞许有加，连原本对她持有偏见的人都转黑为粉，这种既能吃苦，又真性情的演员，没理由让人不喜欢。

麦田从棚外进来，身旁跟着一位气场很强的中年人，导演见他都停下来打招呼，看来是位大领导。

"嘉于，你来！"

麦田朝她挥挥手，周嘉于扔掉手里的冰块，小跑上前。

"这位是 TR 的总经理吴总，过来看看拍摄进度。"

原来他就是给自己打电话的吴赫，周嘉于在裤腿上蹭掉冰水，与他握手。

"吴总说公司很满意你的表现，所以想给你办一场演唱会。"

"演唱会！"周嘉于两眼放光，身边的人都知道她从进娱乐圈开始就想办一场属于自己的演唱会，可惜唱片一直卖得不温不火，现在居然有这样的机会。

"广告里采用的插曲很受观众喜欢，而且你的声音很有特色，公司做了些调查，你的很多首歌都上了热搜榜，我们相信演唱会也会很受欢迎的，这样对我们双方都有好处的事，TR 当然要先下手。"

"谢谢您，吴总，我一定会努力的，谢谢您。"周嘉于太激动了，原本不舒服的闷热变成热血沸腾,脸颊都透着红光。麦田也很高兴，这段时间她一直很高兴。

"还有些事我想单独问一下周小姐，就在这里，能借一步说话吗？"

"可以啊！"

吴赫把这种会让人产生误会的话语说得很清楚，"就在这里，"周嘉于没理由不答应，两人走去摄影棚一角，吴赫拿出一张照片递给周嘉于。

"你认识这个人吗？"

嘉于盯着照片上的女孩，眉眼清秀，淡然的气质很熟悉，可自己不记得有见过她，"不认识。"

"在周末餐厅也没有见过吗？"

果然，吴总找她应该也不会有别的事，还是与周末餐厅有关，"那里只有一个店主，叫叨叨，虽然也是短发，但长得不一样。"真是奇怪，嘉于一时想不起叨叨的样子了，"吴总，上次您问我关于周末餐厅的事，后来去了吗？"

"正准备去。"

"您放心吧，叨叨不是什么坏人，她人很好，心也善。如果我现在还能预约上的话，我真的很想与她说声谢谢，不瞒您说，前段时间，我的生活一片混乱，是叨叨告诉我要勇敢去把握自己的生活，虽然只是几句话，却点醒了我，如果没有她，我现在估计还在纠结。"

"谢谢你告诉我这些。只是，她就叫叨叨吗？没有别的名字了？"

"这我不知道了。"

吴赫收起照片，李幕北灿烂的笑容被放进口袋，自己拿到纸条是在文凯和李幕北来过后的第二天，除了他们那段时间再没有别人来过，文凯没理由这么做，但现在看来，李幕北似乎更没理由了，也许真是自己想多了。

"吴总。"

吴赫正准备离开，周嘉于叫住他。

"叨叨做饭特别好吃，您有口福啦！"

吴赫点头微笑，真心希望一切顺利。

回到麦田身边，嘉于发现麦田盯着吴总离去的方向干瞪眼，"怎么了？"

"我好像没安排你俩见过面吧？"

"那你是不是留过我的手机号？"

"TR 那边说要面试，你通告那么满，所以我就把你号码留那了，原来是吴总要啊，他对你有意思？"

周嘉于汗颜，"你觉得呢？"

"不会吧，来真的呀！听说他老婆孩子都有了，而且外界一直在传这个吴总不近女色，人品很好，你可别走歪路啊，这个广告你可是凭真实力拿下的，TR 要是要什么手段，咱干脆不做了，咱不怕他。"

周嘉于哈哈大笑，搂住麦田的脖子，"正如外界所说，这个吴总人品很好，而且我也相信，她想约的人不会差，就像我一样。"

"哎呀，热死了。不过你在说谁啊？"

周嘉于笑着跑开，又要开始工作了，加油吧，忙完这段时间，她要抛开所有准备演唱会。

摸螺蛳不难，主要是脚底那层说不清道不明的东西，软硬交叠，每迈出一脚都有一种很怪异的感觉。

"多少啦？"

"你手里的给我就行了。"

叨叨可比吴感熟练多了，加上她着装方便，两条细腿在浅滩里行动自如，拎着竹篮爬上大青石，挑出杂草抛回河里。吴感也爬上高处，迎着月光，黑袍飘动，翻起的衣角碰到叨叨的胳膊，衣料柔软轻薄，能盛起水珠，没一会儿就干了。

"万一他不来呢？"

"一定会来的。"叨叨将一块小石子扔入水中，真没想到一贯冷酷的吴感也是焦虑狂，一晚上问了好几遍。

"你就没有碰到预约后没来的客人吗？"

"没有。"叨叨专心地挑拣螺蛳，完全不在意他的担忧。

吴感在青石上盘腿坐下，交界处舒服极了，自己来了这里这么多趟，却从没像今天这样静下心来细细体会过。泉水声"叮咚"入耳，万物的气息环绕于四周，还有叮叮的味道，吴感侧过头看她，齐耳短发整齐地理在耳后，少量的碎发在微风里飘动。叮叮很美，比碧琥珀还要美。

"看到我，有没有想到你曾经的青葱岁月？"叮叮感觉到吴感的注视，忍不住逗他。

"开玩笑！"吴感有些发窘。

"你以前的生活是不是特别无聊，除了工作还是工作。"

"处在那种环境里就不觉得无聊了，每天都有做不完的事，成就感大过无聊。"

"如果让你再活一次，你还会那么拼命吗？"

叮叮一脸认真，吴感撑起下巴，看着月光下波光粼粼的水面沉思，"什么样的情况，你会觉得自己是在拼命啊？"

"嗯？"

"你这话我活着的时候也听过，我一直是那样生活的，学习的时候，当兵的时候，后来去到公司的时候，别人都觉得我太拼，可那不过是我的处事方式，我觉得就该那样做。"

"做到猝死啊？"

"那是我高估了自己的身体。"

"也就是说，就算让你再活一次，你还是会选择让自己那么辛苦。"

"既然做了自己想做的事，那还谈什么辛苦。"

"你可真励志。"

叮叮抱着竹篮，将下巴枕在篮把上，看着远方，从不曾有过的惬意，还是吴感在身边的时候。

"那你呢？如果让你再选择一次，你还会来当守门人吗？"

"我……"

吴感耳边突然响起钟声，立刻拿出收录本，有个名字时隐时现。

"他活不了了吗？"

"等彻底显现的时候就没有活的希望了。"

收录本上的名字越显越深，"我得去了，不早了，你也赶紧回去吧。"

"嗯。"

"叨叨，谢谢你。"

"说过很多遍了。"

叨叨背对他挥挥手，吴感消失了，天空中又亮起了烟火，只是这一次看起来有些重影。叨叨揉揉眼睛，烟花再次绽放，一切恢复如初，真的不早了，回去睡觉吧。

10

"红色好？还是紫色好？"

叨叨盯着手里的画册喃喃自语，树荫下，摆满了用来找灵感的书籍，一阵风吹过，带来熟悉的冰冷。

"你午饭吃了吗？"吴感端起茶杯，他刚离开 10 分钟，收了魂魄便回来了。

"没有，我不饿。"叨叨拿出一块紫色色卡，对比吴感苍白的脸满意地点点头。

"你工作起来也不要命吧！"

"比起你差远了，在给你弟做软装呢！他要求高得很！"

吴感低头掩笑，吴赫现在算来也有四十多了，听叨叨的语气，怎么年龄还不如她。吴感小心不去触碰叨叨的书，那都是外来物，碰不得。

"你觉得房间放紫色沙发好看，还是红色？"

吴感凑上前看已经摆得差不多了的材料板，"就这么看，紫色比较搭。"

"我也这么觉得。"叨叨喜笑颜开，找个人商量一下也别有乐趣。

"你中饭就没做吧！"

叨叨抬起下巴，"你又要问了？"

"都下午了，他还不来。"吴感脸上写满了失落。

"他肯定会来的。"

"你有预见未来的能力？"

"嗯。"叨叨眨眨眼，看样子不像开玩笑。

"太偏心了，老头给了你多少能力？"

"每个女人都有啊！"叨叨逗趣地看着他，真是个好骗的家伙，"第六感，听过吧，灵着呢！"

叨叨这么一说，吴感反倒有些失望了，他还真希望叨叨能预见未来，看看爸爸到底会不会来。

"几点了？"

吴感抬头看天，太阳都快下山了，"你的周末餐厅有规定关门的时间吗？"

"没有，不过你爸真会挑时间，猪肚就是要炖得久才会好吃，中午来的话估计还嚼不动呢，下回我要去买只高压锅，可以炖快点。"

吴感见叨叨从藤椅上起来，"你就不担心他不来吗？"

叨叨"砰"地合上书，收拾东西往屋里走，"你们俩兄弟啊真是太像了，一个呢担心他不来，一直在那碎碎念，还有一个呢总担心我会是什么绑匪，大半夜还来考察，你数数看，现在雾山边站了多少人，要是不来何必那么大费周章。"

吴感瞬间消失，叨叨摇摇头向厨房走去，举着筷子试试猪肚的软烂程度，"幸亏你爸不是国家元首，要不这雾山该被铲平了。"

　　吴感已经出现在叨叨身后，这回算放心了，闻着猪肚香，20年来第一次觉得饿了。

　　"要尝尝吗？"叨叨已经将猪肚捞起，放在案板上准备切块。

　　"不用了，我还得出去。"吴感晃晃手中的收录本，一下午都耗在雾山跟叨叨抱怨，只是这抱怨时断时续，意外过世的钟声基本没停过。

　　叨叨专注于眼前的猪肚，切了两刀觉得费事，不妨看着它自动成片，可这次却比任何时候都要费劲，猪肚切了一半就停住了，叨叨眼睛酸疼，只好换刀切。这段时间眼睛确实有些异样，有时候连正常看东西都会模糊，难道自己近视了？老花了？还是说这就是惩罚？可别到最后直接失明了，这代价也太大了吧！叨叨赶走这个可怕的念头。外面雾气涌动，院里传来脚步声，叨叨跑出去，一个身影正缓缓朝小屋走来。

　　"您就是预约的客人吧？"虽然是明知故问，但叨叨心里却有点小兴奋，总算是来了，自己都着急了。

　　"你好。"

　　吴秉天走快两步，四周的雾气散得很快，叨叨站在屋前台阶上，穿着围裙，一脸笑意。

　　"不好意思，本该上午就来的，但遇到些事情脱不开身，延迟了，该怎么称呼你？"

　　"您喊我叨叨就行了，请进吧。"

　　吴秉天跟上，总觉得眼前的姑娘眼熟，却想不起在哪见过，落座后便问叨叨以前是否认识。

　　叨叨端上茶器，面带微笑，说："您是第一次来我这儿，自然是第一次见面，可能是我长了一张大众脸吧，所以您觉得眼熟。"

　　"哦！我想起来了，我有个设计师朋友，她和你年龄差不多，年轻有为，你与她长得很像。"

　　叨叨尴尬地咧嘴吸气，这样被完全对上的情况还是第一次，难道真是帮了吴感，所有能力都弱化了？"您尝尝看这个茶吧。"得赶紧分散注意力，再让吴秉天往下想就该全对上了，"它是用山里的花瓣泡制的，水是竹叶上的露水，两者都保持原有的温度，不经过加热，现在喝最舒服。"

　　吴秉天端起茶杯，看上去小巧，拿在手里却颇有分量，茶水呈淡红色，入口微苦，后味却又清甜芳香，最重要的是温度，不冷不热，喝下去刚刚好。

　　"有心了，这茶很好喝。"

　　"那您休息一下，我去准备晚饭。"吴感还没回来，要是他能听到吴秉天说茶水好喝，一定会很开心的，毕竟这是他想了好多天才调配出的能与竹叶茶媲美的茶水，好给吴秉天换换口味。

　　"等一下。"吴秉天喊住叨叨，"你知道我要吃什么？我不需要点吗？"

　　"白切猪肚，爆炒螺蛳，再加个丝瓜炒蛋如何？我种了好多菜，可新鲜了，您觉得怎么样？"

　　吴秉天笑着点头，这哪里还需要征求自己的意见，说的每道菜都是自己的最爱。赫儿说这家周末餐厅神奇，看来是有那么回事，"这家餐厅就你一个人吗？"

　　"嗯。"

　　"那再加一个我如何，不嫌我会帮倒忙吧。"

　　叨叨有些意外，但看吴秉天是真有兴致，便答应了。

　　吴秉天一进厨房看到煮好的猪肚，说："我来调汁。"

　　像是条件反射一般，他指挥叨叨拿来小碗，麻利地开始调配酱汁。只是那架势，无论是酱油还是米醋，拿到手里都要仔细掂量一番，与其说是在调酱汁，还不如说是在做实验。

　　"调料都在这儿，我炒菜喽。"

"好，你忙你的。"

叨叨看他认真的样子心里也高兴，转身往碗里打了两个鸡蛋，放入油锅中翻炒，凝固成形后立刻盛出，倒入切好的丝瓜，过油后，丝瓜变得翠亮诱人，微微出水后加入炒好的鸡蛋，简单调味，丝瓜炒蛋便好了。

"接下来要炒螺蛳吗？"吴秉天盯着水池里剪好的螺蛳，手在盆里来回扒拉，"叨叨，这个菜我来炒吧，虽然多年没下厨了，但这道菜以前是我的绝活。"

叨叨听吴感说过，吴秉天平时工作繁忙，难得有空与家人一起吃饭时，就会小露身手，这道爆炒螺蛳，既方便又能出味道，虽然吴感不爱吃，却是吴秉天与吴赫的最爱，"没问题，厨房归您。"

"不过你的围裙得借我。"

吴秉天穿着白衬衫，来的时候还穿着西装，一身隆重，肯定是刚应酬完才赶来的，叨叨把围裙解下递给他。

"你这儿辣椒有吗？"

"有，您等着。"

叨叨跑出厨房，吴感回来了，悠闲地靠着大门，挡住了去路。

"赶紧让路，你爸要辣椒。"

吴感原地不动，朝叨叨摊开掌心，5个艳红的辣椒已经准备好。叨叨佩服地点点头，不愧是父子，心有灵犀。

"他爱用辣椒却吃不了辣，你让他少放点。"

"放心吧。"

叨叨轻声回道，看着她微笑快乐的样子，吴感也格外开心。

11

燕群向医院请了假，因为姐姐回门。虽然心里明白，继母对他的出现与否并不在意，就像两天前姐姐结婚，燕群只犹豫了一下该如何调班，就听到继母在说："忙就不用来了，没影响的。"爸爸在电话那头沉默，让燕群自己做决定。燕群看着病床上已陷入昏迷的奶奶，对那个家的牵挂快断了，"那结婚就不回去了，回门时我再回来。"燕群从不做主家里的事，选在这个时间结婚道理上本就说不过去，但他不想表态，谁让他们是一家人呢！这个继母可是奶奶自己选的人。

午饭时有些喝多，一下午都是迷迷糊糊的，从床上起来已是晚餐时间，燕群听着声音走去客厅，还有两桌亲戚留下来吃晚饭，已经开席，热热闹闹地并没有注意到少了他。帮忙的婆婆见到燕群，让他坐下来一起吃，燕群没胃口，礼貌地谢绝了。

"我酒还没醒，出去走走。"

开门时听到继母在说："没叫他吃晚饭生气了呀！这么难说话！"

燕群闭上眼懒得往心里去，用力合上门独自往外走，天已黑，9月的夜晚已算清凉，没走多远身后传来一阵脚步声，"燕群，一块儿吃点吧。"

是爸爸，燕群回过头，跑来的爸爸一身新装，胸口还别着已经发蔫的鲜花，而脚上却是一双破旧的老拖鞋，跑起来摇摇晃晃，带着气喘，他的样子让燕群心里发酸。

"你要去哪呀，一起吃饭吧。"

"不了，中午喝了太多酒，没胃口，我去鱼塘，等会儿再回来。"

"燕群……"

"奶奶的事，你想好了吗？"

"这个……这段时间太忙，你继母的意思是……已经用了不少钱了，如果治不好的话，就别再……"

"我知道了！"燕群打断他的话，那些"放弃治疗,随她去"的话,燕群不想从他嘴里听到，"也没多少时间了，有空就来医院看看吧。"

"燕群……"

燕群不想再听他说任何没用的话，蒙头朝鱼塘走去。对爸爸，他没有怨恨，自从妈妈自杀后，他对这个家早已没了年少时的依赖，心里的漠然日积月累，却在他刚刚跑来喊他吃晚饭的瞬间浮出一丝不舍。可两句话一说，他还是那个懦弱无用的人，燕群对他的所有期待都断了，就这样活下去吧，好坏从此都与自己无关了。

今晚的鱼塘没什么雾气，燕群没进屋，绕着鱼塘转了几圈，直接躺在岸边，看着天空放空发呆。耀眼的车灯来得突然，这时候怎么会有人来？燕群坐起来，发现车子并不是拐来鱼塘的，而是停在了雾山脚下，燕群躲在篱笆后，茂密的蔷薇花将他挡得严实，一位领导模样的男子从车上下来，几个人围上前，声音不高，但足够听清了，此刻燕群才发现，那几个保镖模样的人一早就在那了，燕群从鱼塘的另一面进来，看来是没被发现。

"还没出来吗？"

"是的，我们原想跟进去，可是雾太大，董事长进去后我们怎么都进不去。"

"再等等吧。"

"是。"

燕群贴着篱笆，空中亮起烟火，没记错的话这是不远处夜公园放的，现在这个时间应该是第二次了。

"赫儿！"

燕群循声望去，一个颇威严的老人出现了，他应该刚从雾山下来，脸上挂着轻松的笑容。

"爸，怎么样？怎么会这么久？"被唤作赫儿的男子走上前，扶住老人。

"我倒没觉得时间久，叨叨和我说了很多。"

叮叮？燕群心头一震。

"那您有见到……"

老人摇摇头，"正如叮叮所言，一个人的离开并不代表彻底消失，他总留在我们心里，只有我们过得好，他才能好。而且老天眷顾我，给了我两个儿子，就像这烟火，今晚已是第二次了，每次都很美。"

所有人都注视着空中的烟火，多弹齐发，化作大片的流星雨，布满夜空。

"我们回家吧。"

燕群看着一群人驶出视线，脑子里还回荡着"叮叮"的名字。

"见到啦，什么感受啊？"

这声音犹如晴天霹雳，燕群诧异地望向山脚，那个身影，那张面孔，她在和别人说话，可她身边空荡荡的，但她却在微笑，从未有过的明媚笑容挂在俏丽的脸上。燕群早有预见，从上次她受伤开始，可不见到这一幕，自己总是不确定的，为什么会是叮叮呢？她真的与那个奇怪的老爷爷有关系吗？

12

天蒙蒙亮，可这里的雾气很重，阳光照不进来，燕群狼狈地在树林里穿梭，这里本就没有路，每一脚都是踏着坚硬的杂草往上爬。

山里没有风，但燕群耳朵里都是细碎的声音，仿佛周围的一切都会说话，自己是不小心，想看看爸爸一大早要去哪，却见到身旁的雾山露出一个洞，到底是自己钻进来的？还是被一股莫名的力量拉进来的？燕群也不确定了。这里的一切与外面不同，就像脚下的杂草，颜色各异，仿佛是由着性子长出来的颜色。温度也格外低，走在里面不知是害怕还是寒冷，燕群一直在瑟瑟发抖。

前方有户人家，燕群跑快了两步，铁门开着，燕群在犹豫要不要往里走。

"喵……"

眼前走来一只漂亮的黑猫，它在引路，走两步便回头看看，燕群踏着脚下的鹅卵石小道往前走，院中的雾气散去，一个老爷爷站在院中央，黑猫已安分地躺在他怀里。

"欢迎，我还是第一次接待像你这么年轻的客人。"

老爷爷转身往屋里走，燕群跟上，八仙桌上已沏好了茶水，冒着热气，清香扑鼻。燕群打量着小屋，朴实无华，一个硕大的展柜正对入口，"咚咚咚"，一旁的挂钟响了，燕群盯着钟面上的桃心时针走神。

"给你的。"

燕群手里出现一支冰棍，冰冷的感觉让他浑身一颤，冰棍掉地了，老爷爷直盯着他，眼神恐怖诡异，燕群赶紧捡起来，捧在手里完全没有胃口。

"这是你最喜欢的味道，我现在送你，怎么不吃了？"

"我不想吃。"

"不想吃？那这个呢？"冰棍消失，燕群手里又出现了滚烫的萝卜饼，这一次没掉地，而是握得紧紧的，"怎么不吃？"

"我害死了我妈妈。"无论是冰棍还是萝卜饼，似乎都在提醒燕群，因为他偷拿了钱，因为他想用零食讨好朋友，所以妈妈才会受辱跳河自尽。

"你妈妈很爱你。"

"您认识她吗？"燕群惊讶，从冰棍到萝卜饼，再到妈妈，眼前陌生的老爷爷似乎很了解自己。

"我认识所有人，包括你，包括你爸爸。"

"可我不认识您。"

"从现在起就认识了，以后也会一直认识。"老爷爷饮下一杯茶，"每一次守门人更替，我都会实现一个魂魄的念想，细算离上次已有 70 年了，这次轮到你妈妈，机会很难得。"

燕群不懂他在说什么。

"你有什么想要的，都可以告诉我。"

"我什么都不要，我只要我妈妈回来，你能让她活过来吗？"燕群知道自己在说疯话，可眼前的老头能凭空变出那些东西，还那么直截了当地问他要什么，那自己就说出最想要的。

"活过来吗？"老爷爷似乎考虑了一下，"人的念想真是奇妙，她把最好的机会留给你，可你却只要她，可惜太晚了，你妈妈走了，你还想要什么吗？"

"我什么都不要，我只要我妈妈。"燕群哽咽了片刻还是流下了眼泪，即使知道老爷爷有可能是在与自己开玩笑，可现在连玩笑都在告诉他妈妈走了，再不会回来了，心里的空洞惶恐，自见到妈妈浮出水面后达到了极点。

"你还小，总有一天会知道自己想要什么，到时候再告诉我也不迟。"

燕群从睡梦中醒来，眼角挂着泪珠，胸口郁结难耐，这么多年过去了，年少时误入雾山的记忆像是被人刻在脑中一样，时不时提醒他一下，有一个特权还在等他去开口。古北老街，这个地名老爷爷不曾开口提起，但燕群就是知道这个地儿，知道在那里可以找到他。

燕群对着水龙头冲了把脸，思绪多的时候他希望一直留在医院加班，困了就在休息室趴一会儿，有时间就去病房看看奶奶。她瘦得不成样了，多数时间都在昏迷，难得醒来也是在说胡话，燕群常常会看着她现在的样子想到她以前，嗓门那么高，说话那么刺耳，不给任何人留面子，她的辛辣伴随了她一辈子，现在都化成病痛侵蚀着她的每一寸骨肉。

燕群眉毛上还带着水珠，他来到病房，在一旁静静地坐下，屋内一直拉着窗帘，分不清昼夜，如果没有病痛，奶奶能这样安静地睡着，倒也让人安心，但燕群知道她痛苦，每吸一口气，每吐一口气，都伴随着疼痛，疼痛摧毁了她的意志，让她生不如死，可燕群还是不舍得就这样让她离去，她要是走了，那他的好与坏谁还在意，还有像叨叨说的，他心里抹不去的愧疚还有谁能分担。燕群知道自己是自私的，残忍的，想要用这样的痛苦来惩罚她，来弥补她当年对妈妈的伤害，可归根到底，自己是害怕一个人孤独无助地活在这个世上，即使是怨恨，也希望有一个能牵扯自己内心的人陪在自己身边，别让他一个人孤零零地活着。

那个奇怪的老爷爷，古北老街，当初说的话，现在不知还算不算数。

13

看着店外熙熙攘攘的人群，叨叨特意请了会儿假出来配眼镜，验光师说她有些散光，还有 400 多度的近视，可能是最近用眼过度了。叨叨听完忍不住笑了，从小到大念了那么多年书，比现在更费眼的年代都过去了，居然在 25 岁的年纪被告知近视了。叨叨觉得好笑，但她清楚里面的原因，没让她全瞎已是给面子了，让验光师尽快把眼镜做好，迷迷糊糊看世界让人很不舒服。

等待的时间，叨叨在热闹的商业街瞎逛，顺道买了几件新衣服，路过一家新开的餐馆，快到午餐时间了，叨叨拐进去用餐。眼神不好看谁都神似，迎面走来的老板娘让叨叨误以为是周嘉于，但说话声音不像，要不然真以为是周嘉于开始搞副业了。时间尚早，店内用餐的人并不多，菜肴很精致，清淡爽口，叨叨吃着很舒服。埋单时有个年轻人走了进来，看样子与老板娘很熟，直接递上自带的便当盒，"老样子，再打包两份。"

叨叨觉得便当盒眼熟，离开时听到年轻人在问演唱会去不去，老板娘笑着说她去的话估计会引起别人的猜想，就不去凑热闹了。

出了餐厅，路上行人渐渐多起来，中午的用餐时间格外短暂，所有人都步履匆匆，这就是生活，每个人都很忙碌，叨叨要赶紧去拿眼镜，还有好多工作等着去解决。

吴感将魂魄交给付医生，他回来了，一切恢复如初，"疤痕差不多了吧，最后一瓶，抹完就好了。"

吴感替叨叨谢过，拿着去除伤疤的药剂去到雾山，今天是周五，叨叨晚上一定会过来，先去喂黑猫，再把药给叨叨，有时间今天还能问她讨杯茶喝。

燕群从古北老街回来，疲惫的脸上少了很多愁容，手里握着一根细长的木针，像是捧着个宝贝。即使只是多出几年时间，他也心满意足了。

"周医生，你不是回家休息了吗？还过来上班啊，会把身体累坏的。"

"我去看一眼奶奶，等会儿就走。"

燕群心情很好，微笑着向小护士解释，刺耳的鸣笛声呼啸而至。

"哎，午饭又要变晚饭了。"

小护士抱怨地收起饭盒，向正门跑去，燕群扫了一眼被抬下车的伤者，前面一位是个小孩，还能说话，看来伤得还行。后面一位，短发，女生，鲜血染红了白衬衫，已经昏迷了，看来是伤得不轻。

"铛！"

碗没碎，付医生给的药剂摔碎了，黑猫冷眼盯着吴感，这一次它没上前挠他，而是悠长地叫了一声。吴感耳朵里响起了钟声，赶紧抹掉手上的药剂，打开收录本：

李幕北（25 岁，车祸）。

雾山上刮起狂风，雾气涌动异常，黑猫的叫声有些凄厉，吴感不知所措，心颤得厉害，黑袍一挥，消失在了雾山。

心 门

1

"叨叨！叨叨！"

呼唤声越来越清晰，叨叨从无力的深渊醒来，吴感正摇着她的肩膀，见叨叨恢复神志，焦虑的脸上总算有了其他表情。这里是哪？不是雾山，吴感怎么能碰到自己？

"打起精神来，你不能死。"

"你在说什么啊？"叨叨头昏脑涨，四肢更是乏力，倚着吴感才勉强站直。

"准备电击！"

还有其他人在？叨叨环顾四周，冰冷的金属器材，深红色的血浆包，还有戴着口罩的医护人员，这里是手术室！叨叨推开吴感，跟跄地走向人群，他们直接从自己的身体里穿过，那个躺在病床上脸色灰白的病人正是自己。

"再来！"

说话的医生双目赤红，叨叨盯着他悄无声息地流下眼泪，他是燕群。万医生已经让他住手，可他还是不肯放弃，一次又一次，直到被医护人员拖开。叨叨注视着一言不发，只顾摆脱束缚的燕群，万医生呵斥了好几句"冷静一点"，可他还是冲到了自己身边，贴着自己的脸默默流泪。他的悲伤让叨叨心痛，原来看着别人为自己难过是这么痛苦的一件事。

"燕群。"叨叨想安慰他，想抱抱他，可自己已经无法触摸他，只能无助地看着他难过，"我……我已经死了？"

"我们得赶紧走，我带你去雾山，一定还有机会的。"

吴感拉住叨叨的手，第一次，叨叨能感觉出他的温度，同为魂魄了，才知道他也是有温度的人。

"什么叫还有机会？我已经死了，为什么要去雾山？"

"别问这么多了，我说过我欠你一个人情。"

吴感展开黑袍，包裹住叨叨，叨叨头晕得很，看燕群的视线变得越来越模糊，吴感抱得很紧，叨叨只觉得耳边传来风声，自己越来越冷，下意识贴近唯一的温暖。这一刻，时间犹如停滞，叨叨感受着吴感的温度，体会着自己的生命一点点消散，没有恐惧，没有绝望，只是越发疲惫，不断往下坠。

"叨叨，醒一醒。"

再次睁眼时，已是在雾山，看着夕阳下再熟悉不过的场景，叨叨苦涩地笑了，阳光照在身上，是一种从未有过的温暖舒适。

"魂魄……不是该去……付医生那吗？你这样是要受罚的。"

"我不怕受罚，但怕你消失。"

"为什么？"

吴感低头看叨叨，向来冷漠的眼眸里透出悲凉，"我在你身上看到了所有美好，我羡慕你，所以希望你能一直那样活着。"

"吴感……"

"我们一同在冥间快 20 年了，却只在最后的一段时间才算彼此相识，不过我很庆幸，能与你成为朋友，我很高兴。"

"我也是。"叨叨闭上眼，两行清泪划过惨白的脸颊。

"还记得我与你说过的吗？念想来自于人的心跳，你不知道念想与你守门有什么关系，但我们收录者却很清楚。"

叮叮已无力回答。

"你守了这么多年的雾山，可知雾山的门到底在哪？不是这满山的雾气，而是你自己的念想，念想来自于你的心，这扇门看不见摸不着，因为它一直在你的心里，它是心门。魂魄找不到，却又很好找，因为只要你心软了，你肯让他们出去了，心门一开，魂魄就自由了。我以前一直不明白老头为什么要选你，将雾山交于一个像你这样心软又心善的姑娘，所以反复盯着你，可自从上次你被我打伤，我总算是明白了，其实那天就算我不出现，你也不会放走李美珍，你的原则比谁都坚定，从来不曾动过放他们出去的念头，即使他们魂飞魄散，你也没动过这个念头。但就这一次，我希望你破一次例，趁一切都来得及，为你自己打开心门，离开这里！"

"心门！"叮叮捂着胸口喃喃自语，原来那扇门是自己的心啊！这么多年，自己居然从没动过放走魂魄的念头，叮叮不佩服自己，而是佩服老头的自信，他居然将交界处的大门设为心门，他那么自信，可这样自信的人不会忘记预设心门开启之后的一切，冥间的所有都有惩罚，自己活了，那放走自己的吴感会如何，魂飞魄散吗？她不会这么做的。

叮叮伸手去握吴感的手："谢谢你，从小到大，我朋友一直不多，可只要是我的朋友，每一个对我都很好，燕群，许静，还有吴感你，拥有你们，我已经很高兴，不管是你们哪一个，我都不会愿意为了自己而让你们去承担罪责。"

"我不怕什么罪责，即使魂飞魄散我也无所谓，你已经帮我了，我无所求了。"

"不一样。"叮叮虚弱地摇头，"我不希望你和李美珍一样，不希望。"

"叨叨，我已经是魂魄，你该多为活着的人想想。"

对话间，雾气已开始有了波动，吴感知道魂魄不归位，迟早是要被冥间发现的。原以为劝叨叨离开应该不难，现在看来，大事不妙了。院中狂风大作，五个雾气漩涡从天而降，吴感冷笑，这么兴师动众，是铁了心不放叨叨走。

吴感将叨叨放下，散开绳子，护在她身前。漩涡已幻化成五个黑衣人，正中间的蒋疑看着吴感直摇头。

"我是怎么教你的！"

"我不想违背我的心，对不住了。"

吴感用力挥起长鞭，蓝色的火焰幻化成火柱猛扑而上。意外收录者的能力相较他人确实要强一些，但现在以一抵五，吴感无疑是以卵击石，叨叨的眼睛帮不上忙，身体已快透支，她让吴感快点停下，不要因为自己而魂飞魄散。吴感还在喊"快走"，可叨叨怎会舍下他灰飞烟灭。

"喵……"

黑猫来了，叨叨知道这回不仅自己走不了，连吴感也在劫难逃。她支起身体，用尽所有力气喊了一声："别打了，我不走！我不走！"

吴感被打倒在地，蒋疑的长鞭勒着他的脖子。

"不关吴感的事，是我想再回雾山看看……是我求他的，你们放了他，不是他的错。"

"叨叨！"

叨叨朝他直摇头，别坚持了，放弃吧！

黑猫悠然地靠近，经过吴感时原地转了好几圈。

"留不得了！"蒋疑大喝一声。

黑猫不为所动地走向叨叨，叨叨支起的身体又摔在地上，"是我的错，求你别伤他。"黑猫朝她叫了两声，辨别不出情绪，再次转向吴感，它是收录者的刽子手，任何收录者都躲不过它眼中的冥火，叮叮耳边的声音越来越微弱，视线越来越模糊，蓝色火焰亮起，惨叫声回荡于耳……

睁开眼，这一幕是那么熟悉，布满血丝的双眼，眼泡浮肿，妈妈怎么又哭了，幸好自己不像妈妈，动不动就爱流眼泪。可是全身像散了架一样地疼，特别是头，有把锤子正不断敲打着自己的脑壳，太疼了，叮叮忍不住流下眼泪。

"总算醒了，总算醒了。"

叮叮看着围上来的人影，"妈……爸……"一家人都在，这里是医院吧，白晃晃的没有一点生气，消毒水的味道太刺鼻，叮叮不喜欢医院，这里总充斥着压抑的气息。

"我生病了？"

"你出车祸了。"妈妈责怪又心疼，"不过医生说能醒过来就没事了。"

"我头疼。"

"妈妈知道，不过会好的，很快就会好的。我去叫医生，马上回来。"

文静抹着眼泪往外走，女儿醒了她激动万分，这昏迷的一个月全家都快失去信心了，而且撞的是头，生怕留下后遗症。可叮叮醒来，每个人都认识，真是老天保佑。

叮叮侧过头，看到椅子上放着一面鲜艳的旗子，爷爷高兴，将旗子展开给她看。

"见义勇为，你救的那个孩子送的。"

"不过下次可别这样了，首先要保护好自己。"奶奶在一旁立刻补充道。

叮叮向他们点头，她还是觉得累，说了两句又昏昏沉沉地睡了过去。

2

"好好活下去。"

"好好活下去。"

叨叨惊醒,浑身都是汗,这段时间,各种奇怪的梦都会不断闪现,可总是雾蒙蒙的,看不清画面,只听到有个声音在与她说"好好活下去",这样的话,为什么听着那么心慌呢?

"我还以为你要睡到半上午呢,"许静推门进来,她手里拿着水壶,显然是来了一会儿了,"去打了点水,你怎么出这么多汗啊?"

"我做了个梦。"

许静接了点热水,拧了条毛巾替叨叨擦汗,"你还是身体太虚了,所以才会出那么多汗,我给你熬了骨头汤,等下要多喝一点。"

"你不用上班吗?怎么白天就过来了?"

"你忘啦?今天是周日,我休息的。"

许静打开保温盒,看她的衣着应该已入秋,这一场车祸横跨了两个季节,自然也分不清今天是星期几了。

"对了,我是在市立医院吧,怎么燕群都没来看我,他那么忙吗?"连 Tony 和史文凯都来医院看过自己了,隔三差五还送来鲜花,燕群却很反常,连人影都没见到。

"燕群奶奶过世了。"许静脸色黯然,将桌子移到叨叨面前,给她倒了些温水,先让她刷牙洗脸。

虽然早知燕群奶奶身体不行了,但听到她过世,心里还是有些唏嘘,"那等我好点了,我去看看燕群,他真是可怜,奶奶一走,那个家也没什么意义了。"

"嗯,等你好了,我们一起去。"

许静脸色不好,叨叨拍拍她的手,说:"一切都会好起来的。"

许静眼眶泛红,可又故作轻松露出笑颜,叨叨总觉得她有事瞒着，可她总是犹豫着又咽了回去，可能这段时间真的发生了很多事情，等自己不再这么疲惫了，再去搞清楚吧。

"不吃了，吃不下了。"

许静削了一个苹果，叨叨胃口不比从前，喝些汤就饱了。

"你以前周末都做什么？"

叨叨费劲思索，许静笑她："这个问题有那么难回答吗？因为你都住在市里，我不知道你周末怎么过的，看书？或者看电影？我帮你下一些怎么样，要不然光躺着也挺无聊的。"

叨叨还在想，自己周末做什么。她记得平时都在工作，加班基本上是每天，可周末做什么呢？好像不是在加班，连自己在哪儿都不记得。叨叨拍拍脑袋，许静赶紧拉住她的手。

"别乱敲，你就是头部伤得特别严重，不就是忘记周末在做什么嘛，无所谓啦，反正都是休息，休息还不就是看书、睡觉，我今天有时间，陪你说说话。"

"我觉得我什么也没有忘记，我记得你们所有人，爷爷奶奶，爸爸妈妈，还有公司同事，可为什么这些事之间都有空白呢？我一定是忘了什么对吧！"

"你别着急，才开始恢复，很多事情会慢慢想起来的。"

叨叨皱着眉头，太阳穴的地方隐隐生疼，目光瞥见远处的眼镜，是一副女士眼镜，有块镜片已经碎了，"那个？"

"好像是你救的那家捡到的，她说你戴了副眼镜，可我怎么记得你眼睛比谁都好呢，真的是你的吗？还是说别人掉现场的？"

叨叨接过许静递来的眼镜，拿在手里仔细端详，"是我配的，可……"叨叨放眼前一试，度数太深，记得自己是去配了一副眼镜，可为什么配，自己却想不起来了。

"别试了，你眼睛好的话就不要戴了。"

"我只是不明白我为什么要去配眼镜，这就是我和你说的空白，我现在有很多事情都像这样连不起来。"

"你这样医生知道吗？"

叨叨摇摇头，"如果不是你问我周末干什么，我自己都不知道我忘了些东西。"

"那我还是找医生来看看吧，原来真会有失忆这种事啊，那你这种肯定是选择性失忆，也许你忘记的都是你不想记得的呢？"

不想记得还会有那么多空白吗？很明显，自己忘记的东西占了以前生活的很大一部分，没了那部分记忆，叨叨总觉得少了很多东西。

3

床上躺久了，叨叨觉得很无聊，身体上的病痛在慢慢痊愈，可总觉得没精神，早饭过后，爸妈都回去工作了，叨叨躺在病床上看了几页书，还是决定出去走走。去哪儿呢？不如去找燕群吧，他这么长时间都没来，想必是心情不好，他不来，自己就去找他好了。

叨叨习惯性地往 12 楼去，想到燕群奶奶已经过世，才调转方向去门诊，今天是工作日，医院人很多，叨叨在经过挂号队伍时，听到有人在说，医院有个医生为了救病人，猝死在了手术台前，却把病人救活了，现在全市都在表彰他。叨叨既佩服又惋惜，不知这位尽职的医生是谁，自己是否见过，等会儿见到燕群一定要问问清楚。

"万医生。"

叨叨在门诊晃了一圈，还是没找到燕群，只好找他的师傅万医生。万医生见来的人是叨叨，脸上一阵青白。

"燕群没来上班吗？我怎么找不到他？"

"都能出来闲逛了，看来是好得差不多了。"

"嗯，这些天一直在喝各类补汤，想好得慢都难，燕群去哪了？手机也打不通。"

"周医生……"万医生有些为难，"他奶奶不是过世了嘛，所以请了一段时间的假。"

"还在请假吗？那好吧，看来只能等我出院再去找他了。"

"你好好养身体，别想太多。"

叨叨扫兴而归，燕群也真是，请假就请假吧，还关什么手机啊，越长时间见不到他，叨叨心里就越不安，这家伙不会想不开吧，那就更应该开着手机了，这样自己还好开导一下他。

经过大厅时，叨叨遇见了一张熟面孔，是以前住在燕群奶奶隔壁的病人，他坐在轮椅上，一脸傲慢的女儿在后面推着他，看到叨叨，还是那副目中无人的样子，她已经记不得叨叨了，但叨叨却忘不了她，更忘不了他们一家的荒唐行径。她父亲看起来精神不错，同样是肿瘤，他却控制得好很多。人还是会羡慕有钱吧，有时候它可以用来买命。

"26 床的病人好得差不多了。"

叨叨经过茶水间，每天负责给自己发药的护士正在那打水，与同事闲聊。

"周医生也该放心了，他宁可自己死也要救活她，真是感人。"

"周医生喜欢那个 26 床吧！"

"肯定的，要不然谁会那样做，都好几天没休息了，进手术室的时候人都恍惚了。"

26 号！叨叨疑惑地往回走，这个床号……每天护士进来给自己发药喊的是多少号？叨叨没留心记，却觉得耳熟。每往回走一步，每回忆一次，脑中的空白就如电波般闪动，一点点，一点点，仿佛在接收信号。叨叨呼吸加重，眼睛盯着前方，走廊尽头有扇落地窗，窗外白茫茫一片，叨叨的视野却越来越清晰，雾气中翻飞的红叶筋脉毕现，叨叨眼眶发酸，双拳紧握，26 号……周医生……

叨叨冲进病房，沿着病床四周找床号。

2……6！

叨叨瞪着那两个数字悲凉地笑了，开玩笑，一定是开玩笑的吧，医院肯定还有别的 26 号，一定还有别的周医生，只是联系不上，只是因为他奶奶过世了心情不好，救人怎么会把自己搭进去呢，自己已经够不小心了，燕群不会的，医院不是有很多医生吗？这可是燕群自己说的。太可笑了，可笑着笑着叨叨控制不住地哭了，脑中的记忆越来越清晰，闪动的电波有了清晰的画面，叨叨腿脚发软地跪倒在地，浑身颤抖得厉害，许静提起燕群时的黯然，万医生的闪躲，那都是真的。叨叨捂住脸，泪水沿着指缝滴滴滑落。

"叨叨，那天你让我向许静介绍我的女朋友，我一直说还没定呢。因为她总是很忙，忙着她的工作，忙着她认为有意义的事情。可我们一有时间就会通电话，很少抱怨，都是彼此关心。我真的很喜欢她，喜欢她吃萝卜饼满嘴油油的样子，喜欢她笑我过劳肥太胖的样子，我更喜欢她握着我的手，对我说，不要怕，无论如何我都不会是一个人的样子。我曾想用一辈子去守护她，哪怕知道像我这样的人根本就不配去爱她，可我还是喜欢她。但是叨叨，你告诉我，她现在就躺在我面前，不会笑，不会讲话，也没了心跳，她说过永远陪着我的话还作不作数……我曾经遇到一个很奇怪的老人，这些年，他总在重复问我同样的问题，问我想要什么？以前我只想要我妈妈回来，回到我没偷拿钱的那刻，我被愧疚捆绑了这么多年，太痛苦了。我一直希望我奶奶活着，确实是因为我不敢一个人愧疚地活在这世上，明知她痛苦，我也自私地想让她留在我身边……可现在，看到你这样，什么都不重要了。叨叨，我早该随我妈妈一块儿离开，是因为你的出现，我的世界里又有了光……原谅我，你也许没法在醒来的第一时间见到我了，我也没法来看你，照顾你，陪你吃饭，因为我要用我的生命去保护我最重要的一束光，一束更值得存在于这世上的光，你要好好活下去，按你的本性好好活下去。"

燕群憨厚的笑容，叮嘱的话语，叮叮觉得眩晕，眼里有强光射入，燕群坐在双杠上，阳光很好，他还是年少时的样子，眼里含着泪水对自己说：“我想要留着那个鱼塘……”

叮叮伸手去摸他，可他和阳光融为了一体，根本抓不住。

为什么命运总在亏待燕群，他承受了那么多还不够吗？他才27岁！猝死！叮叮按住胸口，心疼得快要炸开，氧气越来越少，脑子快裂了。

"啊！"

护士冲进病房，看着蜷缩在地上痛哭的叮叮，她尖叫着发出哭声，护士不知所措，跑出去叫主治医生，与前来探望的客人撞了个满怀。

"怎么了？"

史文凯听到病房传出尖叫声，吴赫也一脸紧张，两人立刻冲进去。叮叮跪在地上，神情涣散地大哭大叫。

"幕北！幕北！你怎么了？"史文凯扶起她，吴赫站在一边慌了神，此刻的叮叮神情诡异，一双空洞的大眼睛转向他盯着不放，吴赫什么都没做，只是出于关心过来医院探望，现在这一幕，让他不知该如何是好。

"吴感……"叮叮看着吴赫泪流满面，"我害死了燕群，我害死了燕群。"吴赫震惊于叮叮口中的名字，为什么叮叮神志不清地对着自己喊大哥的名字，这是怎么回事？

万医生冲进来："叮叮！来，先把她扶床上吧！"

"要不要打镇定啊，刚刚，刚刚好恐怖啊！"小护士心有余悸。

"不用，她只是受刺激了，先缓一下，她有自控力的。"

冲进来的万医生也是一阵慌乱，看来还是瞒不住的，只是不知两人感情那么深，一知晓就如此惊天动地。

"万医生。"吴赫与他认识，上次还救了他的儿子，万医生一见他便记了起来。

"你好，对不住，叨叨现在情绪不稳定。"

"叨叨？她不是叫李幕北吗？"

"叨叨是她小名，她与我徒弟周燕群是好朋友，这次车祸，周医生为了抢救她，不幸猝死了。"

万医生压低声音，叨叨的情绪有所稳定，只是眼神依旧直愣愣地盯着正前方。

"砰！"

所有人一阵惊呼，叨叨盯着的热水壶突然炸了，吴赫发现叨叨又哭了，不过这回，眼神里总算有了思绪，不像刚刚那样空洞绝望了。

"要不你们先出去，我和叨叨聊两句。"

万医生提议，所有人都退了出去，吴赫再次看向叨叨，她刚刚喊他吴感，难不成是自己听错了？可是她就叫叨叨，这一切，已经很难再说没有关系了吧。

万医生拖了张凳子坐在一旁，替叨叨盖好被子，刚刚这么一闹，叨叨似乎有了点往常的神色，这个女孩本就不适合病快快的样子，就像上次，即使受了那么重的臂伤，她也是一脸坦然，仿佛有股力量一直在支撑着她，而现在，那股力量又出现了。

"还好吗？"

"万医生，我忘了点东西。"叨叨声音冷冷的，仿佛刚刚情绪崩溃的不是她。

"我知道你和普通人不一样，燕群是个好孩子，碰到这样的事

244

情是所有人都不想的，但他既然做了选择，那你就该好好珍惜再活一次的机会。"

"再活一次？"

"当时你的心跳已经停止，我们都放弃了，可燕群站在手术台旁不肯离开，我们劝了，也安慰了，但他一直守在你身旁，不让任何人动你。我们离开了一会儿，就有人说，周医生不肯放弃又开始重新抢救，这是违规的，等我们再次冲到手术室，他已经去了，而你又有了心跳。"

万医生从口袋拿出一块叠好的手帕，里面包裹着一根木针，"我不知道这是什么，但能肯定这不是医院的东西，监控里只看到燕群握着你的手，说了很多话，那些话让所有人都心碎了。最后那几下抢救他已经掏空了所有，他的生命结束了，而你的又重新开始了，为了他，你要好好地活着。"

万医生将木针放在叨叨手里，好长时间，叨叨都沉默不语，万医生叹了口气离开了，叨叨盯着木针，不对，它是续命针。

"您这东西可真多。"

"不都见过了嘛！"

"这是什么？"叨叨举着一根很细的木针，这是老头最新的杰作，"缝衣针？还是针灸用的？可那不是该用银做吗？"

老头一言不发地拿过木针，放于中指位置，木针奇妙地融入肌肤，只剩长于手指的部分露出针尖，老头走到窗边，在一株蔫掉的盆栽前弯下腰，针尖触碰到枯萎的叶片，神奇的一幕发生了，叶片恢复生机，长出新芽，等枝繁叶茂时，木针显现，掉落在窗台。

"这到底是什么？"

"续命针，把我的生命挪了一些给这盆荆芥。"

"还有这种东西啊，那您的生命不就变短了。"

老头轻声道："我都不知我生命的尽头在哪，给一些又何妨。"

"能借我试试吗？我种了一盆玉树，明明很好养活的，可现在怎么浇水都没用。"

"玉树！你有多少阳寿，可别拿自己的生命开玩笑。"

"怎么说？"

"有些树原本能活个 50 年，偏偏主人不好好照顾，在活了一两年的时候就枯死了，那原本的寿命就浪费了。"

"有续命针，借它个几年也不错啊。"

"你怎么知道它只借几年？"老头拨动荆芥的叶片，"寿命短一些的还行，真要碰上松柏之类的长寿植物，我也得掂量一下自己，或许还不够它借的。"

"您的意思是，一旦借了，就是要借满它原本的寿命，哇，这么看来，这个续命针真的不能随便用。"

"是啊，人生在世，借与不借，都要想好后果。"

叩叩曾经盯着展柜上的划痕估算自己的寿命，25 岁，却还有四分之三的距离没过，自己那么长寿，一下就借走了燕群所有的寿命吧，老头给他续命针，不可能不告诉他续命针的门道，可他却还是这样做了，叩叩触摸着指尖，用力握紧木针，即使泪如雨下也浇不灭手中的火焰，木针化为灰烬，再也不能重组。

4

叩叩站在雾山前，抬头仰望着笼罩在大雾里的交界处，它的沉寂与往常没有两样，只是杀戮过后的平静，早已变了味道。叩叩顺着石子路往上走，两旁的花朵凋零，草皮枯萎，山间没了山泉声，只有萧瑟的风声在耳边呼啸。

院门开着，叩叩驻足在院外，盯着"周末餐厅"四个字，回忆自己初来这里时的场景。年少时的新奇和激动，现在都变成了心灰意冷。自己曾经是多么喜欢这里、依赖这里，想到偌大的世界，还有这么一片净土可以安放自己的心灵，是何等的慰藉。可它最终带给了自己什么，死亡，离别，还有深不见底的愧疚。

"你来了，今天可不是周末。"

说话的是婆婆，她还是多年前的样子，一头白到耀眼的头发，拄着拐杖，伴随着话音一起颤颤巍巍。

"婆婆。"

"既然来了，就进来吧，这交界处可是你的地方。"

婆婆转身往屋里走，叨叨迟疑了，自己来这儿的目的，是为了告别。

"已经是晚饭时间了，有什么话，吃了饭再说吧。"

叨叨垂下头，跟上。院中的鹅卵石小道掉满了黄叶，每踩上一脚都发出窸窣声，一个多月没来，这里全部都是破败之气。

推门进屋，里面的一切倒还安好，婆婆做的晚饭摆在玻璃茶几上，还是与以前一样，摆了两副碗筷。婆婆在毛毯上盘腿而坐，让叨叨也坐下。

"年轻人都喜欢这样的桌子吗？等下你可要扶我起来。"

叨叨一言不发，在婆婆对面席地而坐。

"身体可好了？这个鸡汤是专门为你熬的，趁热喝吧。"

叨叨接过小碗，喝了两口就忍不住落泪了，"婆婆，我不当守门人了，我还活得好好的，能走能跑，还能吃东西，可是燕群和吴感都不在了，都是因为我，是我害了他们。"

婆婆轻叹，"你们几个都是好孩子，却都有一个共同的毛病，就是不肯放过自己。错与对，恩惠与索取，在你们的世界里分得太清，才会为它所累。他当初选你当守门人，选吴感当收录者，就该料到会有这么一天。"

　　叨叨撑着头抑制哭泣，可眼泪还是止不住地往下流，不知从何时起自己也变得如此爱哭了，可心里就是难受，控制不了。

　　"我原本是不会来这儿的，每天那么多魂魄要重新投胎，忙都忙不过来。可没办法，冥间一下少了那么多个收录者，他要重新布置工作，而你，又要让他头大了。"

　　叨叨睁着哭肿的眼睛看向婆婆，"为什么有那么多个？不是只少了吴感一个吗？"

　　"你是因为周燕群把阳寿过给你才消失在雾山的，消失前，你可有看到什么？"

　　"冥火烧了吴感？"叨叨也不确定，只模糊看到大片的蓝色火焰，惨叫声徘徊于耳。

　　"黑猫烧的不是吴感，是蒋疑五人。"

　　"什么！"

　　"如果不是他察觉到情况不妙立即赶来，这五个收录者真怕是要烧到魂飞魄散了，可即便是这样，他们都受了重伤，要些时间才能恢复。"

　　叨叨记得黑猫最后看自己的眼神，原来它是要帮忙，天哪！

　　"那黑猫现在？"

　　"黑猫跟他的年数是这世上最长的，惩罚会有，但他是个心软的人，对它，对你们，都下不了重手。"

　　"那吴感还好吗？他还在吗？"叨叨能感受到一丝希望。

　　"冥间一下少了那么多收录者，吴感不仅在，而且有的忙了。"

　　叨叨心中的大石落地，知道吴感没有因自己而魂飞魄散，心中的愧疚轻了不少。

　　"你不问问周燕群吗？"

　　"燕群？"叨叨不知婆婆是什么意思。

　　"冥火烧收录者的时候，吴感去人间收了周燕群的魂魄，他的死亡是人间第一例，魂魄残缺不堪，这样的魂魄就算送去投胎，也是这世上那些心智不全的可怜孩子。"

"那……"

"吴感去得及时，付医生也医治得当，不过，如果不是他有心要保全这个孩子，付医生医术再高，也没法让残缺的魂魄复原，可我送走周燕群时，他魂魄完整，而且来世命数安定，他给了周燕群一个最好的未来。叨叨你是聪明人，这里面的苦心你该懂。冥间绝不是你想象中那种不近人情、只有惩戒的地方，他看中你至死不开心门的原则，保全周燕群和吴感，是他给你的奖励。"

叨叨已泣不成声，婆婆的这番话打开了她所有的心结。

"快别哭了，我们的守门人怎么会是这么爱哭的丫头？快喝吧，吃饱了给我个准信，下回可愿意再来？"

叨叨端起鸡汤，又哭又笑地直点头。屋内钟声响了，叨叨感觉自己的心总算是活了过来，院外黄叶消散，化成金色的光亮升腾于夜空，花簇重新开放，山泉流动，万物复苏，一切都恢复了生机。

出了雾山，叨叨悲伤多日的脸上总算有了点笑容，这已经是最好的安排，自己该珍惜了。

沿着小路往外走，一旁是燕群家的鱼塘，心中还是会有失落，但想到老头期许给燕群的未来，也许他能活得比今生今世轻松一些。

"把群群还我，把群群还我。"

脚步声伴随着诡异的话音出现在叨叨身后，还没来得及回头，叨叨就被扑倒在地。

"还我群群，还我群群。"

这个疯疯癫癫的人是燕群的父亲周劲，他瞪着空洞的双眼，双手用力掐着叨叨的脖子，"我一早就知道你是个坏人，你和那个老头一样是个坏人，可怜人，我是个可怜人。"

叨叨喘不上气来，因为是燕群父亲，她不想伤害他，只盯着他的耳朵，一条血痕迅速拉扯开，可失了心智的人哪还感觉得到疼痛？他继续用力掐着叨叨的脖子，嘴里像念咒一般说个没完，叨叨大病初愈，根本没力推开这个大块头，缺氧让她越发无力。

"啊……啊……放开我，还我群群，还我群群！"

周劲被人拖起，叨叨用力咳嗽，大口吸气，一个高大的身影对着周劲猛打两拳，周劲晕了过去。叨叨细看，来的人是吴赫，他在这里，是意料之外，也是意料之中！

5

叨叨站在燕群的墓前已有好几个小时，许静一闲下来便跑去看她，身体才恢复，这样长时间站着怕她吃不消。可叨叨脾气倔，许静也明白她的心情，只能在办公室远远地注视着，有情况再过去。

"你好。"

叨叨扭过头，她是……付碧华，"你好。"

"还记得我吗？我是小方的女友。"

叨叨自然记得，她现在的样子与当时很不一样，气色神态都好了很多。

"你……朋友吗？"

"是的，我发小。"

"这么年轻也是意外吗？"

叨叨沉默，付碧华见她脸色不好，不再多问，"上次谢谢你，是你与我说，最错误的想念就是活在想念里，自那回去后，我虽然还是难过了一段时间，但一切都在慢慢好转，现在已过去大半年了，我也想通了。生活要继续，既然小方不在了，那他的那一份就由我来替他好好过。你也一样，不要太难过了，总会过去的。"

付碧华拉起叨叨的手，"你是个心善的人，你的朋友必然也是，我们都年轻，未来的路还很长，既然他们无缘往下走了，我们就好好替他们走下去。"

叨叨心里宽慰，"能看到你这样，我真高兴，相信小方也会。"

"嗯，一定的。"付碧华神色坚定，"那我先走一步，天气凉了，你也别在这儿停留太长时间了。"

叨叨谢过，回过头看着燕群的墓碑，上面的照片是他从医学院毕业时拍的，他还是那副笑容，憨厚朴实下隐藏了多少数不尽的心酸苦楚，那一次在医院，燕群瞪着自己说："你要向我保证，别再让我看见你受伤，要好好照顾你自己。"

"我向你保证，我会好好照顾我自己，那你也要答应我，这辈子，为你自己，好好过。"

叨叨顺着台阶往下，黑猫来了，就站在几层台阶下，半坐着，尾巴在身后左右摇摆。叨叨蹲下身，伸出手臂，"来。"

黑猫跑上前，跳进叨叨的怀抱，"谢谢你，替吴感，也替燕群。"黑猫舔着叨叨的手指，乖巧温顺。

"老头怎么惩罚你的？"

黑猫似乎叹了口气，趴在叨叨胳膊上，瞪着远方。

"雾山不能去是暂时的，你可以来我人间的家，我给你准备一个温暖的小窝，放心吧，还怕没有你住的地方吗……"

6

"幽黄色灯光

暖暖的味道

你打着瞌睡在等我回家

> 放下重书包
> 亲吻你脸颊
> 这样的时光真是太美好
>
> 漆黑的房间
> 冰冷的味道
> 再没有人盛着甜汤等我归来
>
> 卸下大浓妆
> 捧起旧书本
> 等我的人去了远方
>
> 你说人总会老
> 让我勇敢往前走
> 爱我的人会化成灯火在远方的桥头等我"

　　叨叨坐在观众席上，周嘉于的演唱会办在了圣诞节，两万人的现场座无虚席，演唱会的门票是吴秉天给的，现在正一同坐在VIP区，吴赫的女儿很喜欢周嘉于，头带亮闪闪的发箍，荧光棒挥得比谁都起劲。叨叨静静地听着周嘉于唱歌，即使在这么庞大的现场，她的每首歌，每句歌词，都能唱进观众的内心。

　　"不虚此行吧。"史文凯凑上来搭话。

　　"谢谢您。"史文凯今天还特意开车来接她，说是Tony回家过圣诞，他要替朋友好好照顾公司骨干。

　　"客气什么，赫叔很满意别墅的装修，一直叫你过去聚一聚呢，可你周末都没空。"

叨叨微笑，用余光看了眼吴赫，他抱着不足 10 岁的小女儿，满脸笑容，"现在每个周末比以前更忙了，谢谢你们的好意。"

"Tony 说你一直去天使之家做兼职，真有爱心。"史文凯说的天使之家是一所孤儿院，里面收留了各种情况的孩子，叨叨以前没去过，但燕群常去，他在这群可怜的孩子身上找到了精神寄托，免费为他们做检查、看病，自己现在不过是一个人过两人的生活，比以前更加充实了。

"那里的孩子很单纯，永远都停留在最可爱的年纪。"

"什么时候带上我，我们一起去。"

叨叨点点头，周嘉于已唱了五首，换嘉宾上了，叨叨去卫生间，在后台碰上了吴赫，两人在会场的咖啡厅找了个位置。

"彻底恢复了？"

"嗯。"

"周燕群的父亲？"

"在医院待了段时间，现在已经清醒了，生活总要继续，会好的。"叨叨低头，转动着咖啡杯。

"你的作品我很满意，还没与你道谢呢！特别是客厅那张紫色的沙发，出人意料地贴合空间。"

"是他选的。"

吴赫微笑，"我哥惩罚结束了？"

叨叨端着咖啡杯笑容明媚，"让他换个工作做做还挺开心的，他说时不时犯个小错，能把他贬到以前没去过的地方经历一下也挺好。"

"也好，给生活换换口味。有时间就来我家坐坐，周末我都会在爸爸那边。"

"好。"

"还有那用花瓣泡的茶，让大哥把秘方给我吧，我泡不出来。"

　　叨叨笑出了声，吴赫比任何人都要细致和敏感，在雾山脚下与他碰面后，叨叨交待了一切，两人都如释重负，叨叨在冥间外有一个能坦白一切的人，这种感觉倒也不赖，而且常能从他嘴里听到一些吴感的趣事，生活也更有滋有味。外面下雪了，周嘉于的声音悠扬而至，两人喝完咖啡起身离开。

尾 声

推开铁门，叨叨拎着大包小包往里走，院中雾气散去，吴感抱着黑猫站在正前方等她。

"有客人？"

"今天是我的重生之日，你俩干了什么都忘记了？"

"喵……"

黑猫趴下了脑袋，被冥火烧伤的收录者现在都已经恢复，叨叨在他们治疗期间前去探望，答应每年的今天算是赔罪日，请他们吃饭。

"今天老头好像也来，他就爱喝清粥，我还得给他煮个鸡蛋。"

"什么，他也来！"

吴感与黑猫对视一眼，立刻不见了踪影，叨叨好气又好笑，开房门时感觉到雾气有异样，来客人了？不是时候吧！

"求求你，我的钱，我的钱还有好多没烧呢！"

是他！

那么多钱还是没救得了他的命！

好不辣德皮特 / 绘

好不辣德皮特 / 绘

好不辣德皮特 / 绘

好不辣德皮特 / 绘